Heinrich-Stefan Noelke wurde 1955 in Versmold in Ostwestfalen geboren und erlernte zunächst den Beruf des Metzgers. Es folgte ein Studium der Betriebswirtschaft, unter anderem in England und Frankreich. Als Unternehmer war Heinrich-Stefan Noelke in der Fleischwarenbranche tätig, längere Zeit davon in Spanien. Er wohnt seit drei Jahren mit seiner Familie in Osnabrück. »Tod an der Hase« ist sein erster Kriminalroman im Emons Verlag.
www.hsnoelke.de

Dieses Buch ist ein Roman. Handlungen und Personen sind frei erfunden. Ähnlichkeiten mit lebenden oder toten Personen sind rein zufällig. Vieles kommt dem Autor sehr bekannt vor, aber wie in jeder guten Geschichte ist nichts davon wirklich geschehen.

Die Livemusik in dem Kulturcafé Erdbeerblau hat mich zu vielen Ideen inspiriert, die in diesem Roman eine Rolle spielen. Das Café musste zum 31.12.2009 geschlossen werden, die Musiker sind umgezogen ins big Buttinsky in der Johannisstraße. Es gibt in Osnabrück weitere Lokale, die Musikern eine offene Bühne bieten. Ihnen verdankt die Stadt eine ganz besondere Atmosphäre.

HEINRICH-STEFAN NOELKE

Tod an der Hase

NIEDERSACHSEN KRIMI

emons:

MIX
Papier aus verantwortungsvollen Quellen
FSC® C083411
FSC
www.fsc.org

Umschlagfoto: Lena Gartner
Umschlaggestaltung: Tobias Doetsch
Druck und Bindung: CPI – Clausen & Bosse, Leck
Printed in Germany 2011
ISBN 978-3-89705-791-3
Niedersachsen Krimi
Originalausgabe

Die im Text aufgeführten Zitate von Rainer Maria Rilke entstammen dessen Duineser Elegien (erste, dritte, sechste und siebte Elegie; Reclam 1997).

MONTAG

Tondokument von Montagnachmittag, dem 1. Januar
Niederschrift durch Kommissar Karl Heeger

Der Zeitstempel der Datei markiert den Beginn der Aufnahme um 16.56 Uhr. Zunächst ist zaghaftes, leises Atmen zu hören. Entfernte Stimmen im Hintergrund, unverständlich.

Mein Mädchen.

Pause. Ein paar Sekunden Stille, dann ruhiges Atmen.

Mein Mädchen,

ich schlafe jetzt etwas besser und beruhige mich ab und zu. Die Tabletten nehme ich nicht mehr, denn zunehmend lehne ich es ab, solche Hilfe zu akzeptieren.

Eine Frau im Hintergrund ruft laut: »Kaffee kommt gleich!« Lachen. Ein Stuhl wird energisch zurückgestoßen. Schritte entfernen sich vom Mikrofon. Eine Tür wird zugeworfen. Die Stimme klingt jetzt ärgerlich und weiter weg, nähert sich aber sofort wieder. Jemand geht hin und her. Ein leichter Hall liegt über dem Ton, wie aus einem kahlen Raum.

Ich fürchte oft, verrückt zu werden, aber das sind sicher die Jahre. Nur die Angst bleibt ständig bei mir. Erinnerst du dich an meine Angst? Ich stecke voller Furcht. Und Wut natürlich, diese blinde Wut, die mir viel besser gefällt. Sie hat schwarze Segel, die man setzen und in den Wind zerren kann. Furcht und Wut sind nun ein fester Teil meines Wesens. Nur manchmal noch spüre ich eine halb verschüttete Freude.

Die Person nimmt offenbar Platz am Tisch, auf dem das Tonband steht: lautes Rumpeln und Räuspern.

Sie benötigt stets einen Anlass, diese Freude, um sich bemerkbar zu machen. Das entlarvt sie als falsch. Aufgesetzt. Es fällt mir schwer, fröhlich zu sein. Die Furcht dagegen braucht nie einen Grund. Ich kann sie spüren wie ein Sediment, das stets in mir treibt.

Ich wünsche dir ein frohes neues Jahr.

Die Stimme klingt zunächst zögernd, dann flüssig, fast hastig.

Heute Nachmittag hielt vor mir das Auto einer Sozialstation an einer Ampel. Das sind die, die die Alten und Kranken pflegen. Sie sind auch an Neujahr im Dienst, das macht man sich gar nicht klar. Das Firmenlogo fiel mir auf: In der Mitte sieht man eine aufrechte Person, die beide Arme ausstreckt. Ihre Rechte reicht sie jemandem, der im Rollstuhl sitzt. Die Linke stützt einen anderen Menschen, der sich voller Dankbarkeit verneigt. Das Bild gibt mir Orientierung. So jemand weiß, wohin er gehört.

Mit diesem Eindruck beginnt für mich das neue Jahr. Hast du jemals Rilke gelesen? In den Duineser Elegien zeigt er Engel, aber wir können nichts mit ihnen anfangen. Sie strahlen viel zu hell. Es macht mich traurig, so nutzlos zu sein.

Im Hintergrund ist deutlich das Schlagen einer Turmuhr zu hören. Fünf Schläge.

Ich muss aufbrechen, hörst du? Aufbrechen. Aber nicht ohne meine Tochter.

Dieser Reporter bat mich, seinem Forum beizutreten, weil ich wertvoll sei für die Gemeinschaft dort. Stell dir vor, man ruft nach mir! Ein ganz neuer Horizont. Ich kann einen Computer bedienen, man kennt mich jetzt als »Pocahontas«. Wie gefällt dir der Name? Ist mir eingefallen. So hieß die Tochter eines Indianerhäuptlings, die sich im sechzehnten Jahrhundert schützend vor einen englischen Kapitän warf. Man hat sie nach England entführt, wo sie elend starb. Es sind gute Menschen, von denen ich im Netz erfahre, und es sind so viele. Sie zeigen sich empört über die Mächtigen dieser Stadt und das mit Recht. Manche Geschäfte machen schon zu, weil die Leute kein Geld mehr verdienen. Es heißt, dass man sich wehren soll. Kohn will seine Fabriken schließen, da man ihn verärgert hat. Er schmollt, stell dir vor. Wenn ich an all die Arbeitsplätze denke, über die er herrscht, und die vielen Tiere, die er schlachtet.

Mein Gott, wie sehr ich mich fürchte! Aber ich habe verstanden! Ich bin ruhiger geworden, glaub es mir. Nur wehren will ich mich.

Bei Rilke las ich Folgendes: »Ach, wen vermögen wir denn zu brauchen? Engel nicht, Menschen nicht, und die findigen Tiere merken es schon, dass wir nicht sehr verlässlich zu Hause sind in der gedeuteten Welt.«

Klingt das nicht herrlich? Die gedeutete Welt. Man müsste wissen, was gemeint ist! Ich höre dich rufen, mein Kind. Ich lasse nicht los!

Laut Zeitstempel wurde die Aufnahme um 17.05 Uhr gestoppt.

***

Das neue Jahr begann an einem Montag, und der Tag war fast vorüber, als Gerda Lottenburger sich durch den Osnabrücker Bürgerpark schlich. Sie hielt ihre blutende Hand und sah sich mit weit geöffneten Augen um, dabei stolperte sie mehr, als dass sie ging. Ihre leichten Schuhe fanden auf dem gefrorenen Rasen keinen Halt, das helle Blouson war blutverschmiert und viel zu dünn für die Nacht. Sie sah entsetzlich aus, das Gesicht stark aufgedunsen. Auf Nase und Wangen ließen rote Kapillaren auf Alkohol schließen. Ihre Haare hingen strähnig und verklebt bis auf die Schultern.

Gerda Lottenburger wirkte nicht wie eine routinierte Obdachlose. Die Auflösung ging über das übliche Maß hinaus, an das man sich gewöhnt hat. Aus Versehen schien sie in eine falsche Ordnung geraten zu sein, mit der sie nicht zurechtkam.

Der Bürgerpark liegt oben auf dem Gertrudenberg. Man hat ihn allen Bewohnern der Stadt gleichermaßen gewidmet, den guten wie den schlechten. An seinem Rand stehen die uralten Gebäude des Niedersächsischen Landeskrankenhauses. Von dort war sie entkommen, aus der Aufnahme in die Psychiatrie. Die geschlossene Abteilung ist weit offener, als man meint. Es handelt sich nicht um ein Gefängnis. Gerda entkam, noch bevor sie registriert werden konnte, weshalb ihre Flucht zunächst nicht auffiel.

Sie wurde gehetzt von einer Angst, die sie selbst kaum begriff.

Man hatte ihr helfen wollen, aber das ließ sie nicht zu. Brave Menschen aus Osnabrück fanden sie am späten Nachmittag in den Straßen nahe beim Bahnhof. Sie hatte sich an den Scherben geschnitten, in denen sie lag, wehrte sich, als man ihr helfen wollte, ein völliger Absturz.

Wohin sollte sie sich nun wenden? Sie kannte mal ein Haus, gar nicht weit weg und älter selbst als das Krankenhaus. Sie wusste noch, wo das war!

Gerda stolperte zu Tal, geriet bald aus dem Park hinaus, drückte sich an Steinmauern vorbei und fand sich schließlich im Norden des Geländes wieder. Sonnenhügel wird das Viertel genannt. Die Nässe der vergangenen Tage war tiefgefroren. Es hatte aufgeklart, der Himmel lag offen und zeigte seine funkelnden Sterne. Einzelne Schneeflocken hingen in der Luft, obwohl es kaum Wolken gab. Es war die Art Flocken, nach denen man gerne lachend schnappt. Kalte Hauswände reflektierten das Schaben ihrer Schritte.

Gerda blieb stehen und sah sich um. Sie sollte sich links halten, nach links, dann wären es nur ein paar Schritte. Doch sie zögerte. Man durfte sie nicht finden. Gerda ging nur selten noch den geraden Weg.

Um diese Zeit waren kaum andere Leute unterwegs. Erst zehn Uhr am Abend, doch wenig Verkehr in den dunklen Gassen. Ein lachendes Paar, beide etwas jünger als Gerda. Sie gingen vorbei, drehten sich zwar um, neugierig, ließen sich aber nicht lange stören.

Gerda spannte ihren dürren Körper und schien neuen Mut zu fassen. Sie staunte über ihre blutende Hand, als ob sie nicht wüsste, wo sie sich verletzt hatte.

Es gellte ein Pfiff durch die Nacht, als sie die Ziegelstraße erreichte. Köpfe drehten sich im Dunkeln, jemand sprang auf die Füße. Mit knappen Gesten lösten sich einzelne Gestalten aus dem Dunkel heraus. Junge Leute trafen sich hier. Selbst im Winter scheint das attraktiver zu sein, als zu Hause zu hocken.

Gerda schreckte zurück und duckte sich in den Schatten einer Mauer. Sie kannte das junge Mädchen dort, das ganz in Weiß gekleidet war. Es stand breitbeinig mitten auf der Straße und wartete, dass man ihr den Grund für den Pfiff nannte. Einer der Jungen informierte sie flüsternd, das Mädchen nickte kurz und entließ ihn. Sie sah sich um, fast protzend mit dem Weiß ihrer Kleidung in der dunklen Nacht, dann nickte sie erneut, und die Jugendlichen um sie herum entspannten sich.

Gerdas Zähne schlugen unkontrolliert aufeinander, als spürte sie jetzt erst, wie kalt es war. Sie zog sich zurück und schlich einen Weg entlang, der außerhalb der alten Klostermauern verlief. Ein Umweg durch die Schrebergärten. Links biegt nach hundert Metern ein weiterer Weg ab, der zu Terrassen hinunterführt, über die sie die Ziegelstraße von der nordwestlichen Seite her erreichte.

Hübsche alte Häuser gibt es dort am Hang, vor allem die mit dem Gesicht zur Stadt. Die auf der anderen Straßenseite wirken weit weniger ansprechend, man hatte die meisten von ihnen nach dem letzten Krieg neu bauen müssen. Gerda sah zu den hell erleuchteten Fenstern hoch und zu der Wärme, die sie versprachen. Da saßen Menschen an Kaminen und lasen in Büchern. Sie füllten Lottoscheine aus, redeten miteinander und liebten sich lauthals, geschützt von all dem Licht um sie herum, von Fensterscheiben, die das Dunkel fernhielten. Die Welt dort drinnen lässt sich von außen nur ahnen. Das Leben hält sich nachts gern in solch hellen Löchern auf. Die im Dunkeln sehen zu.

Gerda machte sich klein vor Angst und schlich einen dunklen Feldweg hinunter, dann über ein brachliegendes Gelände hinter dem Hasetor-Bahnhof. Über den Nonnenpfad, eine helle, breite Straße, wollte sie den Gertrudenberg wieder hinaufgelangen, in weitem Bogen um die Jugendlichen herum, bis zu dem Haus, das sie suchte.

Sie hatte das Licht noch nicht wieder erreicht, als von oben, von dort, woher sie kam, der Pfiff gellte, den sie schon kannte. Auch hier lagen die Posten der Lumpen, auf Zerstreuung lauernd, auf einen Zeitvertreib. Der Zufall hatte die Aufmerksamkeit auf Gerda gelenkt. Zwei der Jugendlichen, halbe Kinder noch, hatten gesehen, dass jemand den dunklen Weg nahm. Sie riefen nur zum Spaß die anderen herbei, man könnte ihnen dafür kaum eine böse Absicht unterstellen.

***

Die kleine schwarze Frau lag auf dem Sofa und schlief. Sie schnarchte leise, was seltsam beherrscht klang. Sie hatte sich in eine Wolldecke eingewickelt, der Fernseher lief. Er war auf einen spanischen Satellitenkanal eingestellt, der vornehmlich Berichte aus der besseren Gesellschaft brachte, Familienserien und Liebesfilme, Glanz, Glamour und Dramen, Softpornos für die weiblichen Zuschauer, vierundzwanzig Stunden am Tag und auch an Neujahr.

Die kleine schwarze Frau hätte nie öffentlich zugegeben, dass sie gerne solche Sendungen sah. Sie hieß Francisca Dyk und war zweiundsiebzig Jahre alt. Ewig kalte Füße plagten sie, und ihr kräftiges Haar war ergraut, ansonsten konnte sie über ihre Gesundheit nicht klagen. Klar im Kopf, auch wenn sie ab und zu etwas eigenartig wirkte, fremd. Ihr Körper erreichte selten mehr als die Temperatur einer Leiche, und ihre Haut war bleich wie Elfenbein. Früher, als ihr Haar noch schwarz glänzte, hatte sie ausgesehen wie Schneewittchen.

Mit einem dezenten Grunzen wurde sie plötzlich wach, so als ob es jetzt Zeit sei auf ihrer inneren Uhr. Sie blickte sich verwirrt um, starrte auf den Bildschirm, setzte sich langsam auf, ganz gerade, begriff resignierend, sammelte sich, blieb noch einen Moment so sitzen und griff sich schließlich mit der Motorik eines antiken Roboters ein Tablett, das auf dem Beistelltisch stand, um es in die Küche zu tragen.

Die Spülmaschine war voll, also musste sie sie leeren, da sie sonst die eine schmutzige Tasse nicht wegstellen konnte, die auf dem Tablett stand. Es schien undenkbar, dass sie die Tasse bis zum folgenden Morgen stehen ließ. Nicht vom Verstand getrieben, sondern von eisernem Willen und jahrelanger Übung, stellte sie alles an seinen Platz und löschte das Licht. Sie ging ins Wohnzimmer zurück, schlug die Kissen aus, auf denen sie geruht hatte, faltete die Decke zusammen und knipste auch hier Licht und Fernseher aus.

Dann zog sie mithilfe zweier Kordeln die Vorhänge vor dem Panoramafenster auf, welches die gesamte Hausfront zum See hin einnahm. So blieb sie einen Moment stehen und sah in die Dunkelheit, schließlich zog sie die Vorhänge wieder zu. Ihr Haus war aus Holz gebaut und nicht sehr groß, aber es stand in einer exklusiven Lage in Lembruch am Dümmer See, genau dort, wo die Lohne herausfließt, sich kurz teilt, eine Insel bildet und hinterher wieder zusammenfindet, als sei alles nur ein verzeihlicher Scherz gewesen. An einer im Winter kahlen Trauerweide vorbei kann man von hier die Lohne entlangsehen bis zum See. Rechts und links der verwilderten Flussufer hat ein Segelklub vorsichtig Stege aus Holz und einen kleinen Hafen in das Schutzgebiet gebaut. Von den Stegen bleiben im Winter nur Gerüste übrig, alles andere wird weggepackt.

Doña Francisca hätte niemals zugelassen, dass das Haus so blau gestrichen wurde, wie es nun einmal war. Sie hatte es nach der Scheidung zugesprochen bekommen, und da war es bereits blau gewesen. Ihr Mann, ein strohblonder Arzt aus Bramsche, der als junger Mann in den Gassen ihrer Heimatstadt um sie warb, hatte schon als Kind mit seinen Eltern die Ferien hier verbracht. Für ihn hatte das Haus Bedeutung gehabt, jetzt gehörte es Doña Francisca. Sie lebte seit dreißig Jahren am Dümmer, im Winter meist allein, da die Nachbarn während der kalten Monate woanders wohnten. Der Ort war ein schaler Ersatz für die Sandbuchten der spanischen Nordküste, an denen Doña Francisca aufgewachsen war. Santillana del Mar, so heißt der Ort, an dem sie zur Welt kam. Die Häuser dort sind aus Holz gebaut, ähnlich wie die am Dümmer. Auch dort sind die Bäume im Winter schwarz vor Nässe. Hier wie dort gibt es Segelboote wie auf jedem Wasser, obwohl sie das nicht interessierte, denn Doña Francisca würde nie eines betreten.

Die Häuser am Dümmer See erinnern an Vogelnester. Sie sind klein und versteckt. Im Winter kann man sie durch die kahlen Hecken sehen, im Sommer gleichen sie Inseln. Zuflucht oder Gefängnis, wie man es nimmt. Wie die Vögel kehren die Leute im Frühling zurück und machen erst einmal alles sauber.

Doña Francisca gab einen missbilligenden Laut von sich, eine Art Brummen, das allumfassend gehalten war, und nahm sich einen Wischmopp aus dem Schrank im Flur. Rückwärts zur Treppe in die oberen Räume gehend, wischte sie hinter sich her in dem Versuch, ein Ende zu finden. Die Welt mit ihrer Unordnung anzuhalten, und sei es für einen Augenblick.

Oben öffnete sie die Tür zum Zimmer ihres Sohnes. Hier pflegte er zu arbeiten. Er schrieb Bücher, die sie nicht mochte. Tagelang trieb er sich in der Gegend umher, sah den Leuten zu und schrieb Geschichten über sie. Sein Vater hatte das nicht verstehen wollen, daran war die Ehe gescheitert, denn sie hielt zu ihrem Sohn.

Sie hatte ihm den Blick auf den Seglerhafen gelassen, da sie selbst sich meist im Wohnzimmer aufhielt. Doña Francisca hatte aufgeräumt, so gut sie es vermochte, als Hero nach Osnabrück gezogen war. Auf den Schreibtisch hatte sie ein Foto von sich selbst gestellt, denn all die anderen Fotos und Bilder, auch die schmutzigen, hatte ihr Sohn mitgenommen.

Ein Lächeln zog drohend über ihr Gesicht, als sie den alten Wäschekorb sah. Dort hatte Hero oft nackt und rührend verschämt vor ihr gestanden, wenn sie an Waschtagen auch die Unterwäsche von ihm verlangte, die er am Leib trug, denn da sie sich darum kümmerte, sollte alles … wirklich alles … sauber sein. Ausschließlich in solchen Augenblicken, wenn all die Arbeit getan war, gelang es ihr, sich völlig zu entspannen.

Wieder ließ sie dieses Brummen hören, dann zog sie die Tür zu. Es war kalt, und der Junge wohnte nicht mehr hier. Er lebte jetzt in Osnabrück. Doña Francisca seufzte, obwohl es ihr eigener Wunsch gewesen war, dass er ging. Sie hatte ihn vor die Tür gesetzt. Freiwillig wäre er nie gegangen.

Auf wackligen Beinen stehend streifte sie sorgfältig ihre Kleider ab, löste den Haarknoten und putzte sich die Zähne. Sie zog ein weißes Nachthemd an, füllte eine Wärmflasche mit heißem Wasser aus dem Hahn, legte sie ins Bett, schlüpfte selbst dazu und lag schließlich wach bis zum Morgen, denn schlafen konnte sie nur vor dem Fernseher.

***

Hero Dyk war ein stattlicher Mann mit heftigen, ausladenden Bewegungen, die dennoch etwas Ungelenkes und Verschämtes an sich hatten, wie man es oft bei großen Menschen findet oder bei solchen mit schlechten Zähnen. Trotz der kalten Jahreszeit war er braun gebrannt, seine Gestalt lang und sehnig, der Kopf etwas zu groß für den schmalen Körper, das Gesicht zu klein. Sein Schädel wirkte fast kahl geschoren, so kurz trug er die Haare. Sehnsucht lag in seinen ernsten Augen, der Mund war verkniffen und schmal.

Er hatte zu viel getrunken und befand sich auf dem Weg nach Hause. Ein guter Freund begleitete ihn, Karl Heeger, Kommissar der hiesigen Polizei. Sie hatten sich dicke Mäntel angezogen. Der, den Hero Dyk trug, war lila, mit Daunen gefüttert und reichte ihm bis zu den Waden. Eine braune Bommelmütze wärmte seinen Kopf, den von Heeger zierte ein schwarzer Hut. Die beiden kamen aus dem Erdbeerblau, einer Musikkneipe in der Wachsbleiche. Es gibt mehrere solcher Lokale in der Stadt. An festen Wochentagen stehen die Bühnen offen für jeden, der ein Instrument beherrscht.

Sie gingen an den großen Plakatwänden vorbei, die in der Bahnunterführung zum Nonnenpfad hängen. Manche davon waren ungenutzt. Weißes Papier. Jemand hatte etwas daraufgeschrieben.

»Siehst du, was dort steht?«, fragte Hero Dyk.

»Was?«

»Yes we're able to go without those stupid capitalists!«, las Hero Dyk lallend vor. »Das steht da auf Englisch.«

»Wieso auf Englisch?«

»Was?«

»Warum steht das da auf Englisch?«

»Man könne auf die Kapitalisten verzichten, steht da.«

»Das ist Aufruf zum Mord«, schimpfte Karl Heeger. »Man sollte es herunterreißen.«

»Dann schreiben sie es neu.«

»Wieder runterreißen. Immer wieder runterreißen.« Heeger begann, kleine Fetzen Papier abzuziehen, bis er genug hatte. Dem Plakat konnte er keinen ernsthaften Schaden zufügen.

»Lass das doch«, nuschelte Hero Dyk und hielt sich an seinem spindeldürren Freund fest. Die letzten Jahre seiner Schulzeit hatte er am Dümmer verbracht und mit Karl Heeger zusammen das Gymnasium besucht, so lernten sie sich kennen. Täglich gemeinsam mit dem Zug nach Diepholz und zurück, so wurden sie Freunde. Der eine wuchs ohne Vater in einem Ferienhaus auf, der andere stammte aus einer ortsansässigen Großfamilie. Hero Dyk bildete einen Farbklecks in der ländlichen Gegend, den Heeger in die örtlichen Jugendcliquen zu integrieren wusste, bis man den Fremden annahm, ohne dass er sich ständig erklären musste. Man lernte Mädchen kennen und vergaß einige von ihnen wieder, andere nicht. Heeger hatte geheiratet und eine Familie gegründet. Seine Frau Lena hatte drei Kinder bekommen.

Heeger blieb stehen, nahm Hero Dyks Gesicht in beide Hände und küsste ihn auf die Wange. »Schön«, sagte er. »Sehr schön, dass du so hässlich bist.«

Hero Dyk wies ihn von sich. »Mann«, rief er. »Lass das.« Aber er lachte dazu. Dann wurde er ganz plötzlich ernst. »Mutter, weißt du«, sagte er. »Die macht mir schon Sorgen. Sie ist immer noch fremd hier. Ich vermisse die Seifenopern im Fernsehen, die wir uns zusammen angesehen haben.«

»Mann«, sagte Heeger, »du bist wirklich der einzige Kerl, den ich kenne, der Seifenopern mag. Sie hat dich vor die Tür gesetzt.«

Das gab ihnen Anlass, sich auszuschütten vor Lachen und sich gegenseitig auf die Schultern zu klopfen. Sie stiegen den Berg hoch. Auf der gegenüberliegenden Straßenseite saßen zwei junge Leute auf dem Zaun eines Spielplatzes. Sie rauchten und schwatzten und tranken Alkohol im Schein einer Straßenlaterne. Teenager. Ein Halbstarker und ein Backfisch. Sie waren viel zu leicht gekleidet. Das Mädchen trug eine dunkle Jacke und einen türkisfarbenen Rock, der zu kurz war, um ihre bleichen Beine zu schützen. Schwarze Haare betonten den fahlen Ausdruck ihres Gesichtes.

»Sicher gehen sie gleich in eine Diskothek, wo es warm ist«, sagte Hero Dyk mit ernstem Ton. »Man möchte ihr direkt heißen Tee bringen.« Er machte sich Sorgen um das Paar.

Heeger lachte. »Grog«, sagte er. »Den würde sie wohl nehmen. Die beiden trinken sich warm. Kälte scheint nicht ihr Problem zu sein.«

Die Jugendlichen unterbrachen jetzt ihr Gespräch und sahen böse zu ihnen rüber. Das Mädchen machte eine obszöne Geste in ihre Richtung. Früher waren es die Jungen, die so reagierten, aber die Mädchen haben sich stark emanzipiert.

Mit der Autorität des Polizisten verscheuchte Heeger die beiden mühelos, sie würden sich einen anderen Platz suchen müssen. Der Kommissar urinierte auf die Stelle, an der die beiden gesessen hatten.

Von Beruf war Hero Dyk Autor und als solcher außergewöhnlich erfolgreich. Ein zweites seiner Bücher sollte verfilmt werden. Von den Honoraren hatte er sich ein Haus kaufen können, als seine Mutter ihn vor die Tür setzte. Er besaß eine der herrlichen Stadtvillen aus Sandstein, die den letzten Krieg überstanden haben. Nur ein paar Meter weiter die Straße hinunter.

»Ich gäb ihr eine Decke, wenn sie nur wollte«, sagte Hero Dyk.

»Sie würde nicht wollen«, antwortete Heeger. »Da bin ich sicher.«

»Das ist unwichtig, ob sie will oder nicht.« Hero Dyk nickte nachdrücklich mit dem Kopf und ließ sich von Heeger weiterziehen. »Ich wollte es aus tiefstem Herzen. Ich muss ein guter Mensch sein.«

Sie lachten still vor sich hin, bis sie das Haus erreichten. Eine kleine stämmige Frau kam ihnen auf dem Bürgersteig entgegen und öffnete vor ihnen die Eisenpforte zu Hero Dyks Besitz. Sie stieg entschlossen die Stufen hoch und schellte an seiner Haustür. Hinter ihr schalteten sich zwei Strahler ein und warfen ihren Schatten riesig an die Hauswand.

»Hallo«, rief Hero Dyk und winkte. »Ich bin hier unten.«

Die Frau drehte sich um und kam wieder zu ihnen herunter.

»Ich bin Svetlana«, sagte sie. Eine sehr tiefe Stimme mit östlichem Akzent. »Ich möchte putzen. Annonce in der Zeitung. Am Samstag. Sie wissen?«

»Ja, ich suche eine Putzfrau«, sagte Hero Dyk und sah verwundert auf seine Uhr. »Aber es ist spät. Und es ist Neujahr.«

»Ich bin nicht müde«, sprach Svetlana tief aus der Kehle heraus.

»Zeigen Sie mal Ihren Ausweis«, lallte Heeger, um Svetlana zu erschrecken.

»Mann«, rief Hero Dyk und hielt ihn zurück. »Verschwinde!« Zu der Frau sagte er: »Dann kommen Sie mal herein.« Er zog ein Schlüsselbund aus der Tasche und klimperte fröhlich damit wie ein kleines Kind, bis er es endlich schaffte, die Tür zu öffnen.

Karl Heeger wollte mit ins Haus, aber Hero Dyk schickte ihn nach Hause. »Das kann ich jetzt allein«, sagte er. »Ruf dir eine Streife oder geh zu Fuß nach Haus.«

»Mensch«, rief der Kommissar. »Das werd ich Lena erzählen!« Dann trollte er sich schimpfend.

Svetlana war älter als Hero Dyk, Ende vierzig vielleicht. Sie roch nach frischer Wäsche und ein wenig nach Alkohol. Ein mürrisches Gesicht, drall, die Mundwinkel zog sie leicht herab, aber lustige Augen hatte sie. Sie trug einen Hut, an dem eine Blume steckte, ein graues Wollkostüm unter ihrem Mantel und Pumps an den Füßen, dazu einen Schal um den Hals gewickelt. Es war kalt, also bat er sie schnell herein.

Sie musterte ihn streng, bis ihre Miene sich schließlich erhellte.

»Svetlana also?«, fragte Hero Dyk. Auch er lächelte nun und wurde ein wenig nüchtern. Sie gefiel ihm.

»Ja.«

»Wie haben Sie den Weg gefunden? Ach, sicher haben Sie nach mir gefragt. Man kennt mich in der Stadt. Mein Gott, ist das kalt.«

»Ja. Ich habe gefunden.«

Hero Dyk nahm ihr den Mantel ab, bevor er seinen auszog. Umzugskartons standen herum. Vieles hatte er schon ausgeräumt, aber einige seiner Sachen waren noch eingepackt.

»Ich bin sehr überstürzt umgezogen«, sagte er.

Svetlana blieb vor einer Radierung stehen, die gerahmt im Flur hing. Ein Akt. Sie zeigte den Hausherrn hockend von der Seite, sein Blick einem Punkt im Raum zugewandt, der im Bildhintergrund durch Striche nur angedeutet war. Ein Fenster vielleicht. Das Bild war der Grund, weshalb Doña Francisca ihn aus dem Haus gewiesen hatte. Eine Künstlerin hatte ihn gemalt, weil sie seine Bücher mochte. Hero Dyk hatte das Werk seiner Mutter schenken wollen, aber die hatte abgelehnt. Ihr fehlte der Sinn für Kunst, aber anders als sein Vater hatte sie zu ihm gehalten. Ihr in Silber gerahmtes Foto stand nun direkt unter dem Akt. Hero Dyk korrigierte seinen Stand mit einem kurzen Griff.

Svetlana sah amüsiert vom Bild zu Hero Dyk.

»Es fördert die Verdauung, wenn ich es ansehe«, sagte er.

»Ist gut«, sagte Svetlana. »Gefällt.«

»Woher kommen Sie?«

»Weißrussland. Ist groosses Haus.« Sie war beeindruckt. »Sehr grooss. Viel putzen.«

Hero Dyk musste lachen. »Ja, ich mag es auch«, sagte er. »Eine Perle, wirklich. So etwas muss man erst einmal finden. Kommen Sie, ich zeige Ihnen die Küche. Ist es zu groß für Sie?«

»Ist gut. Sie leben allein.« Sie machte am Ende des Satzes einen deutlichen Punkt, sodass es nicht wie eine Frage klang.

»Ja«, sagte Hero Dyk. »Ganz allein.«

Sie sah sich in der geräumigen Diele um, die auf geradem Wege durch das Haus zum Hof führte. Über eine Holztreppe erreichte man die oberen Etagen, über Steine den Keller. Rechts ging es in die Küche und das Esszimmer, links in ein Wohnzimmer mit Blick auf die Straße sowie in einen herrlichen Patio, der jetzt im Dunkeln lag.

»Ich bin Schriftsteller«, sagte Hero Dyk. »Ich arbeite viel zu Hause.«

»Ich weiß«, sagte Svetlana. »Sie sind berühmt. Da war ein Bild in der Zeitung. Sie wohnen neu in der Stadt.«

»Ach … Haben Sie eines meiner Bücher gelesen?« Das hätte ihr ohne Umschweife die Stelle gesichert.

»Ich putze«, sagte Svetlana.

»Ah … es sind Romane. Geschichten, die ich erfinde. Sie verkaufen sich gut. Man kann sie lesen. Ich habe das Haus davon gekauft.«

»Haben Sie Kaffee? Ich trinke Kaffee.«

Das half ebenfalls. Hero Dyk besaß eine neue Kaffeemaschine. Er war es gewohnt, Unmengen an Koffein zu sich zu nehmen, kam jedoch mit dem neuen Apparat nicht zurecht. Die Maschine war recht eigensinnig, und der Kaffee schmeckte anders, als er es mochte.

»Bitte füllen Sie Wasser nach«, forderte stur das Display. Die Maschine weigerte sich andernfalls, die Bohnen zu mahlen, wie es ihre Aufgabe war. Als Hero Dyk Wasser nachgefüllt hatte, forderte die Maschine frische Bohnen.

»Sehen Sie«, sagte Hero Dyk, »das tut sie ständig. Mich ärgert das. Es lenkt vom Schreiben ab. Es ist ein Aufstand der Maschinen.«

»Lassen Sie«, sagte Svetlana und legte die Jacke ihres Wollkostüms ab. Darunter trug sie ein weißes Hemd mit Rüschen. »Wo sind Bohnen?«

Sie wusste, was zu tun war, und bald breitete sich der warme Duft nach Kaffee in der Küche aus. Sie tranken reichlich Eierlikör dazu, wie ihn auch Doña Francisca gerne trank.

»Haben Sie sich auf andere Stellen beworben?«, wollte Hero Dyk wissen.

Svetlana nickte, blies in ihren Kaffee, nippte daran und sagte: »Zwei Männer. Ich soll nackt putzen.«

»Nackt!«, rief Hero Dyk überrascht. »Ja, geht das denn?«

»Geht schon«, lachte Svetlana. »Wenn ich will.«

Er schüttelte interessiert den Kopf und staunte: »Nackt!« Eine

Fülle neuer Möglichkeiten eröffnete sich. »Sie können hier wohnen. Das stand in der Anzeige. Die ganze obere Etage ist frei. Es gibt eine kleine Küche und ein Badezimmer.«

»Zeigen«, sagte Svetlana.

Sie stieg hinter Hero Dyk die Treppe hinauf und ließ sich durch das Haus führen. Der leichte Geruch nach Farbe hing noch in den Räumen, und der nach geöltem Holz drang aus dem Parkett. Das Geschehen auf der Straße betrachtete man von hier wie von einer Loge herab. Als Zuschauer. Die Mauern bestanden aus dem dicken, gelblichen Stein, der vor den Toren der Stadt im Piesberg abgebaut wird. Die Fensterscheiben aus Dreifachverglasung ließen keinen Lärm durch, auch morgens und abends nicht, wenn der Verkehr laut wird. Mucksmäuschenstill war es, bis auf das Knarren der Dielenbretter, über die sie gingen. Svetlana schnalzte anerkennend mit der Zunge und Hero Dyk freute sich darüber, denn sie war die erste Fremde, der er das Haus zeigte.

»Hier können Sie wohnen«, sagte er mit ausladender Geste, als sie den zweiten Stock erreichten. Es gab mehr als genug Platz für Svetlana, die sich von der kleinen Küche entzücken ließ.

»Sie schreiben!«, sagte sie, als Hero Dyk ihr das Wohnzimmer im Erdgeschoss zeigte.

»Schreiben, ja. Wissen Sie, es ist nicht das Problem, dass mir nichts einfiele. Es ist – die Auswahl. Meist ist es harte Arbeit …«

»Sie schreiben, ich putze«, unterbrach ihn Svetlana und nickte heftig, als es an der Tür läutete.

»Ein Fan vielleicht«, rief Hero Dyk lachend. »Man ruft mich. Nicht weggehen.«

***

Zwei Jungen stiegen Gerda flüsternd nach. Sie kannte dieses Tuscheln, es sollte ihr Angst machen. Das Spiel begann. Nur sechs oder sieben waren es an diesem Abend, die sich trotz der Kälte nachts auf der Straße trafen.

Die arme Frau erschrak tatsächlich. Man würde sie nicht angreifen, davon konnte sie ausgehen. Die Wege lagen voller Papier von den Knallkörpern, die man gestern verbrannt hatte. Schnipsel, die sich in der Nässe des Tages zu einer roten Masse aufgelöst hatten, die jetzt festfror, was den Müllmännern die Arbeit erschweren würde. An Silvester hatte der Nebel so dicht in der Stadt gelegen, dass man die Raketen in der Luft nicht explodieren sah. Gerda hatte keinen Grund gehabt, mit all den Menschen zu feiern, aber das war nicht die Ursache für ihren Absturz. Für sie hatte sich die letzte Nacht kaum von all den anderen unterschieden, die sie erlebte. Die Tage zwischen den Nächten nahm sie noch viel weniger wahr.

Sie trieben sie zischelnd vor sich her. Manchmal kicherten die Jungen vor Spaß. Unten am Nonnenpfad verbarg das Licht der Laternen mehr, als es zeigte, aber das weiße Mädchen, das dort mit den anderen wartete, fiel trotzdem auf. Sie trug eine Daunenweste, die trotz der Kälte die Bauch- und Nierenregion frei ließ, so als ob diese Blöße jedes Gesundheitsrisiko wert sei. Das übliche Piercing, ein kurzer Rock, kaum breiter als ein Gürtel. Die dünnen Beine steckten in Wollstrumpfhosen und weißen Stiefeln. Sie trug gestrickte Pulswärmer aus Wolle, die bis zum Ellenbogen reichten, und einen dicken Schal. Der blonde Pferdeschwanz fiel auf, ebenso die leicht schräg stehenden Augen in ihrem Gesicht, das weich und weiblich wäre, wenn nicht so harte Schatten darauf lägen. Auf den rechten Wangenknochen hatte sie eine kleine Spinne tätowieren lassen, mit der sie sich bis ans Ende ihres Lebens festgelegt hatte. Sie war kaum achtzehn und hatte zu lange Arme. Fast wie ein Affe sah das aus.

Gerda war fast dreißig Jahre älter als diese junge Frau, aber sie wusste sich nicht zu wehren. Was immer kam, sie würde es geschehen lassen. Sie besaß keine Kraft mehr und blieb stehen. Das Mädchen reagierte mit Wut darauf. Sie näherte sich, kam Gerda sehr nah, betrachtete sie und sagte: »Sieh an!« Ihre Kumpane ließen ihr den Spaß und bildeten einen Kreis um die beiden.

»Lilly«, sagte Gerda, senkte den Kopf und verdrehte ihren Körper, um sich noch kleiner zu machen. Unauffälliger. Sie schien in sich zusammenfallen zu wollen.

Lilly spuckte vor ihr auf den Boden. »Ich hörte, dass du nicht tot bist«, sagte sie und sprach leise, direkt in Gerdas Ohr.

Eines der anderen Mädchen fragte, was Lilly gesagt habe, aber niemand antwortete ihr.

»Fast habe ich dich vermisst. Wo warst du die ganze Zeit? Du siehst scheiße aus. Du kennst ja meine Jungs.« Sie deutete in die Runde.

Gerda antwortete nicht, richtete sich aber etwas auf und sah Lilly an, als erkenne sie sie erst jetzt. Sie nickte, zog die Brauen hoch, seufzte, steckte die Hände in ihre Jackentasche, schob den Kopf noch tiefer zwischen die Schultern, verschloss sich auf diese Weise vollkommen und ging auf die Jugendlichen zu, die ihr gegenüberstanden.

Tatsächlich öffnete sich der Kreis.

»Das ist Gerda!«, rief Lilly den anderen zu und wies auf die Frau. Die Jugendlichen, ihre »Jungs«, zischelten zur Bestätigung. »Erinnert ihr euch an Gerda? Sie hatte mal ein Auto. Wisst ihr noch?«

Lilly ging Gerda hinterher, steckte die Hände in die Taschen ihrer Weste, richtete sich jedoch anders als die Ältere hoch auf und wiegte sich in ihrem Schritt, was etwas linkisch aussah.

Da streckte sich auch Gerda und konnte sich für einen Moment mit Lilly messen. Sie zog den Kopf zwischen den Schultern hervor, die Brauen noch etwas höher und sagte: »Ich wohne hier nicht mehr!«

Sie ging den Nonnenpfad hoch und ließ jetzt einen alten Stolz erahnen, nur war sie lange noch nicht nüchtern. Die Bande folgte ihr begeistert im Paradeschritt und gab Rap-Rhythmen von sich. Lilly blieb stehen und pfiff auf den Fingern, um ihre Jungs zur Ordnung zu rufen.

Man hörte sie nicht. »Mario!«, rief sie.

Einer der älteren Jungen drehte sich um und rief: »Wollten wir nicht Spaß haben?«

Das Licht der breiten Straße schien der verletzten Frau weiteren Mut zu geben. »Lass doch!«, krächzte sie.

»Wir sind noch nicht fertig«, schrie Lilly zurück und eilte ihren Jungs hinterher. »Ob es dir passt oder nicht.« Sie fiel in den Rhythmus ein, den die anderen vorgaben, erhöhte die Lautstärke ihres Gesangs und übernahm so wieder die Führung. Gerda stolzierte den Gertrudenberg hoch, den sie gerade heruntergekommen war, überquerte schließlich den Nonnenpfad und erreichte die Klosterstraße, die Bande hinter sich herziehend.

Dort standen vier alte Villen aus Naturstein. Zwischen der ersten und der zweiten führte eine enge Auffahrt hoch zu einem geteerten Hof, der hinter den Gebäuden lag, mehrere Meter über Straßenniveau. Das zweite Haus war drei Stockwerke hoch, das dritte lehnte sich an das zweite an, besaß aber nur eine einzige Etage und das Dach. Ein Kotten aus Sandstein, der sich hinter einer übermannshohen Mauer mit Stacheldraht verbarg. Das vierte schließlich stand wieder allein und war das prächtigste von allen. Dort öffnete Gerda eine schmiedeeiserne Gartentür und stieg die Stufen hoch. Die Kinder würden ihr nicht folgen, sie mussten warten. Gerda klingelte. Der Gong klang so laut, dass sie erschrak.

»Bfff ...«, machte sie, als die Haustür langsam aufschwang, und hielt sich mit der blutenden Hand an der Laibung aus hellem Naturstein aufrecht.

Hero Dyk wich zurück, als er die Haustür öffnete, denn eine völlig verdreckte Frau stand im hellen Licht. Dann jedoch obsiegte die ihm eigene freundliche Gesinnung.

»Bitte«, rief Gerda Lottenburger mit gehetztem Blick, »bitte, lassen Sie mich herein. Sie sind hinter mir her!«

»Aber wer denn?«, fragte Hero Dyk. Er sah auf die Straße hinunter, da war niemand. Die Frau blutete stark aus einer Schnittwunde am Handgelenk, man musste ihr helfen.

»Sie sehen aus wie Kinder«, sagte Gerda. »Sie sehen aus wie Kinder.«

Hero Dyk wusste sich nicht anders zu helfen und ließ sie eintreten. Man wird auf so eine Situation nicht vorbereitet. Seine Mutter hätte sich zu wehren gewusst.

Gerda Lottenburger gelangte an Hero Dyk vorbei in das Haus,

sah sich kurz um, zog ihr Windblouson aus und reichte es Svetlana, damit die es an einen Haken hänge, so als sei es das Natürlichste auf der Welt, über Dienstboten zu verfügen.

»Sie sollten in ein Krankenhaus gehen«, sagte Hero Dyk mit Blick auf ihre verletzte Hand. »Das muss genäht werden.«

»Da war ich gerade«, sagte Gerda.

»Soll ich für Sie anrufen?«

Sie antwortete nicht, sondern sah sich um. »Ich kenne das Haus!« Sie stellte sich zitternd vor die Haustür, ohne sie zu öffnen. »Sind sie weg?«, fragte sie zur Tür gewandt.

Hero Dyk versuchte, so gut es ging, ihr auszuweichen, sie nicht zu berühren, als er nachsah. Sobald er die Tür öffnete, drang gedämpft das Rauschen der Stadt herein. Die Sirene eines Einsatzfahrzeugs heulte in erschreckender Nähe. Auf der Straße jedoch war niemand zu sehen, was nicht viel besagte, da die Häuser erhöht lagen und sich durch Steinmauern vom Bürgersteig abgrenzten, hinter denen sich ein Übeltäter leicht verstecken konnte. An der Laibung der Tür war deutlich der Abdruck der blutigen Hand zu sehen, es erinnerte an alte spanische Steinmauern, die mit dem Blut getöteter Stiere bemalt werden.

»Da ist niemand«, sagte Hero Dyk. »Hören Sie, ich muss das Krankenhaus anrufen. Was ist denn passiert? Wieso kommen Sie zu mir?«

»Ich bin weggelaufen«, sagte Gerda Lottenburger. »Sie haben nicht aufgepasst.«

»Aber wer denn? Wer hat nicht aufgepasst?«

»Darf ich Ihr Klo benutzen?«

Sie stieg die Treppe hinunter, ohne auf Antwort zu warten. Die Gästetoilette in diesem Haus lag im Keller, wie konnte sie das wissen?

»Ich gehe ihr nach«, sagte Svetlana. »Alles ist gut. Sie rufen Krankenhaus.«

Hero Dyk tat wie ihm geheißen. Die Nummer fand er im Telefonbuch. »Hören Sie«, sagte er, als sich eine Schwester meldete, »bei mir ist eine Frau im Haus, die sagt, dass sie aus Ihrem Krankenhaus entlaufen sei.«

»Ach, bei Ihnen ist sie«, sagte die Schwester.

»Nicht! Nein!« Gerda Lottenburger hatte ihn sprechen gehört. Sie stürmte die Treppe aus dem Keller hoch, die Augen unnatürlich groß, Svetlana kam ihr nach.

»Legen Sie nicht auf«, sagte die Schwester. »Ich brauche Ihren Namen und die Adresse.«

»Klosterstraße 167«, sagte Hero Dyk und verriet, wie er hieß. »Hören Sie«, fuhr er fort, »bei mir ist alles voll mit ihrem Blut. Können Sie mir sagen, ob das ein Problem ist? Ist sie krank? Ich muss das wissen.«

»Das darf ich Ihnen nicht verraten«, schloss die Krankenschwester und legte auf.

»Ich muss weiter«, rief Gerda Lottenburger. Sie stürmte an Hero Dyk vorbei und riss die Haustür auf, ohne nach ihrer Jacke zu fragen.

»So warten Sie!«, rief Hero Dyk, aber Svetlana hielt ihn zurück. In der Ferne war die Sirene eines weiteren Einsatzwagens zu hören. »Was hat Sie zu mir getrieben? Ich muss das wissen. Aus solchen Zufällen werden Geschichten gemacht.«

Aber Gerda Lottenburger hörte nicht mehr zu.

»Sind sie weg?« Sie sah die Straße rauf und runter und tastete sich eine der Steinstufen nach unten, dann eine weitere und die nächste. Das Haus, Svetlana oder Hero Dyk existierten nicht mehr, nur noch das schmiedeeiserne Gartentor dort unten, das sie vom Bürgersteig trennte. Die Steine waren rutschig vom nassen Frost. Ihr Körper schien in der Kälte zu dampfen. Gerda tastete sich eng am Geländer der Treppe hinunter, öffnete die schwarze Pforte einen Spalt und schaute hindurch.

Rechts im Dunkeln standen Lilly und ihre Jungs. Das Mädchen lächelte und sagte: »Buh!« Ihre Jungs drückten sich hinter sie und lachten laut. Lilly streckte die Arme nach Gerda aus, so wie man es sich bei einem Monster vorstellt.

Gerda Lottenburger riss die Pforte ganz auf und ließ alle Vorsicht fahren. Sie sparte sich den Schrei, es war nur ein ergebener Seufzer zu hören, als sie loslief.

Die Jugendlichen setzten ihr nach, Hero Dyk konnte das von

seiner erhöhten Position aus gut beobachten. Sie liefen ein paar Schritte, dann blieben sie stehen, um zu sehen, was Gerda tat.

»Lilly!«, rief Hero Dyk das Mädchen in Weiß an und stürzte nach unten.

Gerda Lottenburger rannte auf die Straße, ohne sich noch einmal umzusehen. Niemand hielt sie auf.

»Ich nehme Stelle«, sagte Svetlana leise und hob ein Schlüsseletui auf, das Gerda Lottenburger hatte fallen lassen. Es enthielt keine Schlüssel mehr, nur noch den Ring.

***

Reiner-Maria Kohn hatte trotz des nasskalten Wetters das Verdeck an seinem Cabrio weit geöffnet. Er fuhr einen schwarzen Audi A6 mit starkem Motor, nicht zu auffällig, aber doch so, dass er die Aufmerksamkeit der jungen Mädchen erregen konnte. Kohn war nur einen Meter fünfundsechzig groß und wog kaum siebenundsechzig Kilo, dennoch schien sich jeder Raum, den er betrat, in seine Richtung zu krümmen. Für jeden Kompass galt er als Norden, und allein seine Anwesenheit bewirkte, dass anderen die Luft zum Atmen fehlte.

An seinem Auto stand das Faltdach offen, wann immer es nicht regnete. Ihm war nie kalt. Statt des üblichen hanseatischen Blazers trug er heute eine Wildlederjacke, die gut zur Hose und zu seiner beigen Gesichtsfarbe passte. Energische Augenbrauen. Dunkle Augen schauten unter gelbem, ganz glattem Haar hervor.

»Deine Frisur!«, rief Ines neben ihm und strich es aus seinem Gesicht.

»Lass!«, protestierte Kohn. Er schüttelte den Kopf, damit der Wind das Haar erneut zerzauste.

Ines Röhr war solche Reaktionen gewohnt. Seit weit mehr als zwanzig Jahren begleitete sie ihn. Ihr Verhältnis hatte drei seiner vier Ehen überdauert. Sie trug ein Kopftuch und einen warmen Mantel aus ganzen Nerzen, um sich gegen die Kälte zu schützen, aber es half nicht viel. Darunter war sie nur mit einer engen Hose bekleidet und mit einem hauchdünnen Trägerleibchen in blassem Rot, so mochte er es. Sie war einen guten Kopf größer als er, ihre Haut hatte bald für immer genug unter der Sonnenbank gelegen, und von der Form her neigte sie bereits zur Übertreibung.

»Du könntest dir ein größeres Auto leisten«, sagte sie schmollend. »So eins mit Dach und Heizung.«

»Nicht jetzt. Nein!«, brüllte Kohn. »Gerade jetzt wäre der falsche Zeitpunkt.«

Die Stadt litt arg unter einer wirtschaftlichen Krise. Die Auto- und die Metallindustrie bestimmten über Wohl und Wehe der Bürger, und die englischen Soldaten kehrten in ihre Heimat zurück.

Kohn hatte es stets vermieden, Leute, die weniger Geld verdienten als er selbst, durch zu große Autos zu provozieren. Daran wollte er sich halten, denn er war im Begriff, einen Produktionsbetrieb in der Stadt zu schließen. Eine Fabrik, in der Schweine geschlachtet wurden, die OSNINGFLEISCH GmbH. Drei entlassene Arbeiter hatten ihn unter Eid beschuldigt, vergammeltes Fleisch aus Polen zu verarbeiten. Seine Unschuld konnte zweifelsfrei bewiesen werden, doch die empörte Öffentlichkeit misstraute ihm. Mehr als eintausend Menschen und ihre Familien würden nun ihre Arbeit verlieren. Jemand hatte ihm deswegen einen gelben Farbbeutel gegen die Fahrertür geworfen. Die Farbe war bis auf das Faltdach gespritzt.

»Hast du die Zeitung gelesen?«

»Welche?«

»Ich sei ein Schweinehund, heißt es zwischen den Zeilen. Wie können sie es wagen?«

»So was lese ich nicht«, sagte Ines, als ob das helfe.

»Ich träume von meinem Schiff«, sagte Kohn. »Es ist ein schönes, großes Schiff … und dann bin ich weg.«

»Hör auf damit«, sagte Ines Röhr. »Du machst mir Angst.«

Die kalte Luft war stark ionisiert, der Fahrtwind schmeckte nach Rost. Sie fuhren in einem Pulk von Fahrzeugen auf der Hansastraße stadtauswärts, das ist die Verlängerung der B68. Auf Höhe eines Baumarktes machte eine Politesse einen Schritt auf die Fahrbahn zu. Eine hübsche junge Frau mit langem blondem Haar. Osnabrück ist Autofahrern gegenüber ganz besonders unfreundlich. Sie trug ein Radargerät in der Hand, mit dem sie auf Kohn wies, der das vorderste Auto einer Gruppe von Fahrzeugen fuhr. Sie zielte auf den Audi, anklagend, wie mit dem Finger zeigend. Ein träges Infrarotlicht von einer fest installierten Radarfalle direkt hinter der Frau schien das Auto gleichzeitig bis in den hintersten Winkel auszuleuchten. Die Messungen der beiden Geräte sollten verglichen werden. Ein warmes Leuchten füllte den Wagen wie Nebel, verharrte einen Moment und verschwand dann wieder, als ob nichts geschehen sei.

»Verdammt!«, rief Kohn, schlug mit der flachen Hand auf sein Lenkrad und hob dann in einer hilflosen Geste einen Arm in die Luft. »Hast du die gesehen?«

»Was war das? Kennt die dich?«

»Verdammt«, wiederholte Kohn, »sieh auf den Tacho. Ich fahre kaum sechzig Stundenkilometer.«

»Das stimmt«, sagte Ines. »War das ein Blitz?«

»Mann, bist du blöd!«, schrie Kohn. »Ich habe bereits acht Punkte. Letzte Woche hat mich die Stadt in einem sehr netten Brief darauf aufmerksam gemacht. Ich kann mir mehr nicht leisten. Morgen steh ich wieder in der Zeitung, die verfolgen mich schon. Hast du die Polizistin gesehen? Wieso darf die das? Warum zeigt die so auf mich? Warum nicht auf die anderen?«

Ines schwieg. Jedem freien Bürger fällt es schwer, von der Staatsmacht an seine Grenzen erinnert zu werden. Das gilt umso mehr, wenn es sich um jemanden handelt, der an anderer Stelle selbst abwägen und entscheiden muss.

»Meinst du, dass die mich gekannt hat?«, sagte Kohn mit Staunen in der Stimme. »Verdammt, ich pass doch auf. Erst das Auto versaut und jetzt geblitzt. Was soll ich denn noch tun?«

Er fuhr rechts ran, atmete ein paarmal durch und wendete dann. Die Hansastraße ist vierspurig, das Wenden ist jedoch erlaubt. Sie hatten Freunde besuchen wollen, aber Kohn hatte nun keine Lust mehr. Am Hasetor bog er nach links in den Erich-

Maria-Remarque-Ring ein, dann an der nächsten Ampel in den Nonnenpfad. Kohn gab Gas, da die Straße den Berg hinaufführt, aber er hielt seine Wut im Zaum. Der Motor war stark und vermittelte ein Gefühl von Kraft, von Leben und Selbstbestimmung. Es fiel ihm sichtlich schwer, sich zu beherrschen, aber es gelang ihm durchaus.

Man wies mit dem Finger auf ihn!

»Mach doch das Verdeck zu!«, bat Ines. Der sandfarbene Pelzmantel wärmte sie nicht mehr.

Kohn bog nach rechts in die Klosterstraße ein und hatte keine Chance, der Frau auszuweichen, die auf die Straße sprang. Man mag ihm einen Vorwurf machen, aber tatsächlich hätte er noch langsamer fahren können und hätte sie dennoch erwischt. Es war nicht seine Schuld.

Die Frau hatte sich aus einer Gruppe von Menschen gelöst und war auf die Straße gesprungen. Dort stand sie und sah das Auto, das auf sie zukam. Es lag Ruhe in ihrem Blick, Traurigkeit in ihrer Haltung, Fassung. Der verletzte Arm hing schlaff an ihrer Seite. Doch dann, gerade als der Audi sie erreichte, las man ein unfassbares Staunen in ihrem Gesicht und in den Augen. Ein stummer Schrei, der die Züge der Frau völlig beherrschte.

Kohn stemmte sich in die Bremsen. Der Boden war nass, nur ein Rutschen und Schleifen war zu hören. Der Wagen schob infolge des abrupten Lastwechsels über die Vorderräder. Er war mit einem Antiblockiersystem ausgestattet, das sich wie eine Nähmaschine meldete, weshalb der Wagen lenkbar blieb. Kohn war zudem ein sehr routinierter Fahrer. So kam das Fahrzeug zum Stehen. Die Frau hätte zurückspringen können, dann wäre ihr nichts passiert. Sie stand jedoch still, wie wartend, und fiel, als der Wagen sie kaum berührte.

Für einen Moment war Schweigen. Jeder Moment dauert anderthalb Sekunden, es ist ein altes englisches Zeitmaß. Ines und Kohn sahen sich an.

»Verdammt«, sagte Kohn schließlich. »Soll ich zurücksetzen, oder was?«

Die Umstehenden stießen kleine Atemwolken aus und zögerten ein paar Sekunden, bevor sie losschrien, so als trauten sie dem Anblick nicht. Ein voller Mond und die Scheinwerfer von Kohns Audi spiegelten sich auf dem eiskalten Asphalt und ließen alles nah erscheinen, eng und fassbar. Farblos, mit harten Kontrasten. Durch das Mondlicht schimmerten Sterne vom klaren Himmel.

Gerda Lottenburger saß auf der Straße und bewegte sich nicht. Das Auto schien sie kaum berührt zu haben. Sie saß aufrecht. Die Wunde an ihrer Hand blutete noch immer stark, sonst war sie unverletzt. Sie stöhnte nicht, kein Schimpfen oder Fluchen, gar nichts. Nur sitzen blieb sie. Sie saß im Weg, man musste sich um sie kümmern.

Hero Dyk und Kohn waren als Erste bei ihr, aber sie wussten nicht, was zu tun war. Ines rief die Polizei, als Kohn es ihr auftrug, und Sekunden später kam der Klang der Sirenen näher. Als hätte man in der Nähe nur gewartet oder sei auf der Suche gewesen.

Ein hagerer Mann mit einer Blitzlichtkamera sprang um Gerda Lottenburger und die drei Männer herum und schoss ein Foto nach dem anderen, statt zu helfen. Sein Auto stand mitten auf der Straße hinter dem von Kohn, die Scheinwerfer leuchteten noch, die Fahrertür war weit geöffnet. Der Mann hatte einen krummen Rücken und hielt sich schief, was an einen Vogel erinnerte. Er betrachtete die Szene kühl und nüchtern wie ein Regisseur und bat Hero Dyk, aus dem Bild zu gehen, um Fotos allein von Kohn und der katatonischen Frau schießen zu können.

Der stadtbekannte Unternehmer sah auf und stöhnte gottergeben. »Freytag, verdammt. Wo kommen Sie so schnell her? Sind Sie mir gefolgt?« Er schlug ein paarmal nach dem Reporter wie nach einer Fliege und ließ es schließlich, sich zu wehren, weil er sich um die Frau kümmern wollte.

Eike Freytag fuhr mit seiner Arbeit fort. Es gelang ihm, Kohn in sehr unvorteilhaften Posen zu fotografieren. Nicht ein Laut kam über seine Lippen, so konzentriert arbeitete er, bis Hero Dyk ihn schließlich grob zur Seite stieß.

»Was ist mit ihr?«, fragte er.

Kohn richtete sich auf. »Ich weiß es nicht. Sie sagt nichts mehr.«

Passanten sammelten sich um die Unfallstelle, jemand sprach von einer stabilen Seitenlage. Gerda Lottenburger saß stocksteif. Ihre Arme ließen sich nur mit Kraft und ruckartig entspannen, aber immerhin folgten die Augen dem Finger, den Hero Dyk ihr nun vorhielt – wenn auch nur langsam, so als würde sie von ganz tief drinnen zusehen, hilflos und ohne sich äußern zu können. Gerda Lottenburger war nicht ansprechbar. Wie zerbrochen wirkte sie, entsetzlich.

Lilly kam hinzu und bemühte sich nun ebenfalls um die Frau, sie sah in ihrer strahlend weißen Kleidung vollkommen unschuldig aus. Ihre Jungs standen betreten am Straßenrand.

»Gerda«, sprach Lilly sie leise an und gab damit zu erkennen, dass sie die Frau kannte. »Gerda, so war das nicht gemeint. Bitte stehen Sie auf!«

Sie nahm die Verletzte in den Arm, wiegte sie einen Moment und besudelte sich mit dem Blut. Freytag reagierte sofort und bat Hero Dyk und Kohn, zurückzutreten, ganz kurz nur, damit er seine Fotos schießen könne.

Lilly schrie plötzlich, man solle Hilfe rufen, und auf einmal waren die Sanitäter da. Nun lief alles sehr schnell ab, routiniert und oft geübt. Blaues Licht blinkte in der kalten Straße und spiegelte sich an den Fassaden der Häuser. Einige Fensterläden wurden geöffnet, man zog Rollladen scheppernd hoch. Zwei Polizisten stiegen aus einem VW-Bus und begannen, die Leute zurückzudrängen. Einer der beiden war weiblich. Es war die Beamtin, die vorher die Geschwindigkeit kontrolliert hatte.

Ein Arzt untersuchte Gerda, dann zogen die Sanitäter sie vorsichtig auf eine Trage.

»Stuporös?«, fragte einer der beiden, der Arzt nickte.

Plötzlich richtete sich Hero Dyk auf und betrachtete die Leute um sich herum. Etwas hatte seine Aufmerksamkeit geweckt, und er suchte den Anlass, fand aber keinen. Er musste sich getäuscht haben.

Gerda Lottenburger wurde abtransportiert, man schaltete das Blaulicht und das Martinshorn ein, der Krankenwagen bahnte sich einen Weg durch die Passanten. Kohn und seine Freundin wurden von den Polizisten vernommen.

Hero Dyk wand sich Lilly zu, zog sie beiseite, fasste sie an den Schultern und schüttelte das Mädchen. »Mensch, was soll denn das? Ihr habt sie gejagt. Das hab ich doch gesehen.«

»Der Kerl ist viel zu schnell gefahren«, rief Lilly abwehrend.

Hero Dyk überlegte, nickte geistesabwesend und strich ihr reibend über die Arme, als ob er sie wärmen wolle. Eine intime Geste, die das Mädchen unbewusst akzeptierte. Er betrachtete sie einen Moment. »Der Fahrer ist ein sehr bekannter Mann in der Stadt. Reiner-Maria Kohn. Der mit den Schlachthöfen.«

»Das ist der mit dem Gammelfleisch?« Lilly reagierte wütend. »Lass mich!«, rief sie empört und riss sich los. »Du kennst ihn!«

»Ich kenne ihn nicht«, sagte Hero Dyk. »Ich habe sein Bild in der Zeitung gesehen.«

Freytag trat auf die beiden zu und schoss ein paar verfängliche Fotos von dem Schriftsteller und dem sich sträubenden Mädchen. »Na, na«, sagte er zu Hero Dyk und drohte mit dem erhobenen Finger. »Lassen Sie doch die junge Dame los, Herr Dyk, was sollen die Leute denken.«

»Ich habe den Unfall gesehen. Der Kerl ist viel zu schnell gefahren.« Lilly stellte sich zu ihren Freunden. »Die hier können es bezeugen.« Allgemeines Flüstern gab ihr recht.

»Das ist ja alles sehr erfreulich«, sagte Freytag zu Lilly und reichte ihr die Hand. »Sie haben sich vorbildlich verhalten, junge Dame. Ich werde das so schreiben. Es gibt wunderbare Fotos, die das dokumentieren.« Freytag zeigte ihr auf dem Display ein Foto, auf dem sie die Verletzte im Arm hielt. Kohn stand böse blickend im Hintergrund. Dann wandte Freytag sich an Dyk, um ihn per Handschlag zu begrüßen. »Dass ich Sie treffe, Herr Dyk! Wohnen Sie hier? In dem Haus dort? Ich sah Sie herauskommen.« Er wies auf Svetlana, die vor der Tür stand. »Wir kennen uns von einer Veranstaltung des hiesigen Literaturbüros. Ich schreibe Kurzgeschichten … nicht so erfolgreich wie Sie, selbstverständlich nicht. Ich bin Reporter. Mich interessieren die Fakten, nicht die Fiktion.«

»Ich weiß«, sagte Hero Dyk. »Ich erinnere mich an Sie. Hören Sie, der Mann ist nicht zu schnell gefahren. Das Mädchen irrt sich.«

Lilly drängte sich zwischen die beiden. »Er kennt den Mann, der gefahren ist«, rief sie.

»Sie kennen Kohn?« Der Reporter wirkte erstaunt und interessiert.

»Freytag«, sagte Dyk nachdenklich, um den Namen zu üben und seinen Klang zu proben, und horchte plötzlich auf. »Natürlich. Sie sind Eike Freytag. Sie haben ihm den Gammelfleischskandal angehängt! Das Dementi fiel weit weniger spektakulär aus als Ihre Berichterstattung. Dann sind Sie immer noch an ihm dran? Kohn ist Ihre Story, oder? Fakten, sagen Sie? Sie betreiben doch dieses Internetforum, das die ganze Stadt verrückt macht. Und nein, ich kenne ihn nicht.«

»Kennt er doch!«, fiel Lilly ein. »Hat er gesagt.«

»Na schön«, sagte Freytag.

Einer der Polizisten kam auf sie zu.

»Sie hat alles gesehen«, sagte Freytag und wies auf Lilly. »Sie hat der Frau das Leben gerettet.«

»Und Sie?«, wollte der Beamte wissen.

»Ich fuhr hinter ihm, als es passierte. Ich konnte nichts sehen. Ich berichte nur darüber.«

»Er ist viel zu schnell gefahren«, rief Lilly.

Der Beamte wies mit seinem Stift auf Hero Dyk. »Und Sie?«

»Ich wohne dort in dem Haus«, sagte dieser und winkte Svetlana zu.

»Was haben Sie gesehen?«

Hero Dyk zögerte einen Moment und sah dann auf Lilly.

»Sie lügt. Er ist nicht zu schnell gefahren. Ganz sicher nicht. Er konnte nicht mehr ausweichen, keine Chance. Ihn trifft keine Schuld. Die Frau kam aus meinem Haus. Sie hat geklingelt und um Hilfe gebeten. Sie war verletzt. Ich habe das Krankenhaus informiert, dort sucht man sie. Sie ist auf die Straße gerannt und direkt vor das Auto.«

Lillys Jagd auf Gerda erwähnte er nicht. Freytag schlug vor

Freude die Hände ineinander und rief, dass das ja immer besser werde.

»Wissen Sie, wer der Fahrer ist?«, fragte Lilly den Polizisten. »Das ist der Kerl, der seinen Schlachthof schließen will.«

Der Beamte notierte sich die Personalien und bat alle für den kommenden Tag auf das Revier, da man eine schriftliche Aussage brauche.

Die Straße leerte sich nun schnell, es war schon spät. Man ließ Kohn seinen Audi nach Hause fahren, ohne ihn zunächst weiter zu belangen. Lilly, Freytag und Hero Dyk standen schließlich allein auf der kalten Straße, aus respektvoller Entfernung von der Jugendbande beobachtet.

»Lilly Clasen, so heißt du?«, wandte sich der Reporter an Lilly und zückte ein Notizbuch. Sie buchstabierte ihren Namen und nickte zufrieden, als er ihn aufschrieb. »Wohnst du hier?« Freytag wies auf das kleine Haus neben der Dyk'schen Villa. Es war ebenfalls aus Natursteinen erbaut, aber hinter einer Ziegelsteinmauer fiel es kaum auf. Oben war die Mauer mit Stacheldraht bewehrt, der sich im oberen Drittel zum Haus hin neigte, ein Ausbrechen verhindernd, nicht das Einbrechen. Der einzelne Zweig einer Kletterpflanze zog sich die Hauswand hoch wie eine Krampfader. Aus dem Dach ragte ein Erker hervor, den eine dicke Wurzel umschloss, die man mehrfach durchgesägt, aber nicht beseitigt hatte.

»Von hinten ist es ganz hübsch«, sagte Lilly und dass sie sich mit ihren Freunden dort treffe. Das Haus gehöre der evangelischen Kirche und stehe seit Jahren leer, aber das dürfe er nicht schreiben, es sei ein geheimes Versteck. Sie stemmte die Hände in die Hüften, und Freytag schoss ein weiteres Foto von ihr.

Dann hob er beide Arme in die Höhe, um zu beweisen, wie harmlos er war, legte den Kopf schief und zwinkerte mit einem Auge: »Zeigst du mir euer Versteck? Ich arbeite an einer Reportage über Jugendkultur, weißt du.«

»Sicher«, sagte sie lässig und winkte ihn hinter sich her.

»Lilly!«, rief Hero Dyk ihr nach. »Sei vorsichtig!« Aber sie sah nur über die Schulter zurück und streckte ihm die Zunge raus.

Freytag wandte sich noch einmal um und überreichte Hero Dyk eine Visitenkarte. »Ich bin sehr gespannt, was sie mir erzählt«, sagte er und tippte sich grüßend an eine gedachte Hutkrempe. Er folgte den Jugendlichen zu der steilen Auffahrt, die auf den Hof hinter den beiden Häusern sowie zum Garten von Hero Dyk führte.

Der Hof war asphaltiert und voller Schlaglöcher. Er lag höher als die ihn umgebenden Häuser und grenzte an drei Seiten an fremde Gärten. Eine Bretterwand trennte ihn von Hero Dyks Hinterhof, dessen Villa selbst gut zwei Meter tiefer lag. Sperrmüll quoll aus einer Garage hinter dem Haus. Hier hinten war das kleine Haus frei zugänglich. Ein riesiger Scheinwerfer brannte Tag und Nacht und spendete ein merkwürdig dünnes Licht. Von der Straße aus war es nicht zu sehen.

»Wohnt ihr hier?«, fragte Freytag verwundert.

»Ach was«, sagte Lilly. »Wie dumm ist das denn? Es gibt kaum Möbel, und die Heizung funktioniert nicht. Wir treffen uns hier, das hab ich doch gesagt, aber jeder von uns wohnt bei seinen Eltern.«

Ihr Versteck glich von den Ausmaßen her einer Bauernkate, das Haus war jedoch aus edlen Steinen gebaut. Die hübschen Sprossenfenster aus Holz waren vor Langem schon durch funktionelle aus Aluminium ersetzt worden. An der Rückseite des Hauses hatte man sich um den Efeu nicht gekümmert. Die Ranken wuchsen bis vor die Fensterscheiben. Regenrinnen liefen schräg vom Dach zum Boden, man hatte sie mehrfach geflickt.

Lilly zeigte auf das Nachbarhaus. »Dyk nutzt dieselbe Einfahrt, sehen Sie?« Sie wies auf ein Rolltor und winkte dann einem Jungen zu, der hinter dem Erkerfenster Wache schob. Das Haus war zur Straße und zum Hof hin identisch gebaut.

Sie öffnete eine schwergängige Tür in der Mitte des Gebäudes und führte Freytag in einen dunklen Flur. Der Rest ihrer Jungs kam ihnen nach.

Der Flur führte in gerader Linie durch das Haus zur Straße.

Den Vordereingang verschloss eine vormals wunderschöne Holztür mit bunten Butzenscheiben, die wegen des Stacheldrahts niemand mehr benutzte. Die Bodenfliesen waren grünbraun und sehr alt, die Tapeten zeigten Blumen und wellten sich. Eine schmale Treppe führte in das Dachgeschoss. Zwei Türen rechts blieben geschlossen, Lilly führte Freytag nach links in eine Wohnküche. Dort hatte man Linoleum verlegt, auf dem jeder Schritt ein hohles Klacken verursachte. Die Fenster zur Straße hin waren mit Stoff verhängt.

»Man darf von draußen kein Licht sehen«, erklärte Lilly und schaltete eine Lampe an. Das Haus wurde noch mit Strom versorgt, auch das Wasser war nicht gesperrt. Die Luft fühlte sich kalt und feucht an, deshalb ließen sie ihre Jacken an. Alle Küchengeräte hatte man entfernt, aber die Kochzeile stand noch zur Verfügung. Der Raum war sauber geputzt und wurde von einem großen Tisch dominiert, um den herum alle einen Platz auf Stühlen fanden. In einer Ecke hatten sie Getränkekisten gestapelt. Bier und Limonade wurden verteilt, Aschenbecher kamen auf den Tisch, man zündete sich Zigaretten an. In einem Vorratsraum stapelte sich der Müll, vor allem leere Pizzakartons.

Lilly wies mit dem Kopf auf den Müllhaufen und entschuldigte sich. »Wir können keine Mülltonnen an die Straße stellen, wo also sollen wir sonst damit hin? Flaschen bringen wir zurück, wegen Pfand und so.«

»Hier trefft ihr euch?«, wollte Freytag wissen.

»Du darfst es niemandem verraten!« Die jungen Leute sahen ihn an.

»Das ist versprochen. Und Hero Dyk wohnt nebenan?«

»Er schreibt Bücher«, sagte eines der Mädchen.

»Aber keine guten«, erwiderte ein großer Junge. Sein Teint war dunkel, und der Bart wuchs ihm kräftig nach.

»Ich kenne ihn schon lange«, meinte Lilly.

»Du kennst ihn?«

»Wir teilen uns den Hof. Dyk ist in Ordnung. Er lässt uns in Ruhe.«

»Was heißt das, du kennst ihn schon lange?«

»Schon lange.«

Freytag wartete, dass sie fortfuhr, aber sie sah ihm ruhig in die Augen und schwieg.

»Nun gut, dann habt ihr euch hier also eingerichtet?«

Lilly nickte. »Was wollen Sie von uns?«

»Moment«, sagte Freytag und sah verwirrt in die Runde. »Du wolltest mir etwas über Kohn und Hero Dyk erzählen, oder? Das hast du doch gesagt? Deshalb bin ich mitgekommen. Was weißt du? Es ist sehr wichtig, wenn es da eine Verbindung gibt. Das muss ich wissen.«

»Ich habe das nur so gesagt.« Lilly schmollte ein wenig. »Hero meinte, dass der Mann Kohn heißt. Deshalb dachte ich, er kennt ihn. Womöglich hat er es aber aus Ihrer Zeitung.«

»Und die Frau?«, fuhr Freytag fort. »Ich hatte für einen Moment den Eindruck, dass du sie kennst, kann das sein?«

»Er ist zu schnell gefahren, der Scheißkerl«, sagte Lilly wütend. »Das ist nicht unsere Schuld.«

Sie schnippte mit dem Finger einem der Jungen zu, der daraufhin begann, Milch auf dem Herd zu erhitzen.

»Wir trinken gerne Kakao«, erklärte Lilly. »Er hilft fast gegen alles, nur der Frau nicht mehr. Sie tut mir richtig leid.«

Einer der Jungen sagte, er sei erkältet, und erhielt einen Löffel Honig von seiner Chefin. Eines der Mädchen hatte sich am Ellenbogen verletzt und wurde ebenfalls mit Honig verarztet. Lilly bot Freytag eine Tasse Kakao an, der jedoch dankend ablehnte.

»Wie hieß die Frau?«, fragte er.

»Gerda«, sagte Lilly und leckte sich die Lippen. »Aber ich kenn die nicht.«

»Hör zu, du musst dabei bleiben, dass Kohn zu schnell gefahren ist«, sagte Freytag und beugte sich vor, um Lillys Hände zu greifen. Sie sah ihn erstaunt an, wehrte sich jedoch nicht. »Der Mann ist ein wirklicher Scheißkerl. Du musst mir versprechen, dass du bei deiner Aussage bleiben wirst.«

»Ja«, sagte Lilly und sah in die Runde, während Freytag sich Notizen machte. »Wir haben es alle gesehen.« Schließlich stand sie auf. »Wir hatten noch nie Besuch hier drin.«

Freytag ließ sich nicht stören. »Die Frau hieß Gerda, sagst du. Und weiter?«

»Weiß ich nicht.«

»Kannte Hero Dyk die Frau?«

»Das glaube ich nicht. Woher? Was wollen Sie jetzt tun?«

»Lest ihr Zeitung?«

Alle schüttelten den Kopf.

»Ich bin Reporter. Freier Journalist. Ich suche Geschichten, die ich dann an Zeitungen verkaufe. Ich bin nirgendwo angestellt. Man schickt mich nicht hierhin oder dorthin, vielmehr suche ich mir meine Themen selbst, das ist das Freie daran. Im Moment interessiert mich Reiner-Maria Kohn. Ich bin ihm heute Nacht gefolgt, als der Unfall passierte. Ich habe alles gesehen, versteht ihr? Ich weiß, was ihr getan habt.«

Die Jungen und Mädchen nickten mit offenen Mündern.

»Eine richtige Verfolgungsjagd?«, wollte der Älteste von ihnen staunend wissen.

»Das ist Mario«, sagte Lilly und wies auf den jungen Mann.

»Kohn ist sehr böse«, fuhr Freytag fort. »Habt ihr gesehen, dass man ihn unbehelligt ließ?«

»Genau«, sagte Lilly. »Die Reichen lässt man immer laufen.«

»Sind Sie Schriftsteller wie Hero Dyk?«, wollte eines der Mädchen wissen.

»Ich erfinde keine Geschichten«, sagte Freytag und schüttelte den Kopf. »Ich schreibe nur, was wahr ist. Wir Reporter sind die Wächter der Demokratie.«

Einer der kleineren Jungen meldete sich zu Wort. »Aber so schnell ist er gar nicht gefahren. Und wir haben sie gejagt, das stimmt doch.«

»Schsch!«, machten die anderen und brachten ihn zum Schweigen. Lilly reichte ihm einen Löffel voll Honig als Ausgleich und nahm sich abwesend selbst einen.

Freytag hielt seine Kamera in die Höhe und fragte, ob er fotografieren dürfe. Die Reaktion war jedoch abwehrend. Alle hoben die Hände vors Gesicht.

»Hier drin keine Fotos«, sagte Lilly.

»Aber ich brauche sie für meinen Artikel über die Jugend von heute. Ohne Bilder wirkt so eine Reportage nicht glaubwürdig.«

»Keine Fotos«, wiederholte Lilly. »Wir möchten das nicht. Das gibt nur Ärger.«

»Na schön. Ich muss jetzt gehen. Morgen wird noch nichts in den Zeitungen stehen, dafür ist es zu spät. Aber übermorgen.«

Freytag erhob sich vom Tisch.

»Also gut«, sagte Lilly und bedeutete Mario, dass er den Reporter bis zur Tür geleiten solle.

»Mario«, sagte Freytag, als sie draußen standen. »So heißt du doch? Wie weiter? Ich brauche das für den Artikel.«

»Mario Gonska.«

»Gut, Mario. Ich finde dich, wenn ich deine Hilfe brauche. Vielleicht bist du ab und zu anderer Meinung als Lilly?«

»Manchmal«, grinste Mario.

»Warte ... da kommt wer!« Freytag hielt den Jungen an der Schulter zurück. Sie standen im Schatten des Vordachs zum Hintereingang des Hauses. Ein Auto fuhr auf den Hof. Ein alter Golf, dem Geräusch nach zu urteilen ein Diesel. Der Wagen hielt neben dem Rolltor zu Dyks Grundstück.

»Wer ist das? Es ist fast ein Uhr morgens.«

»Das ist Kohn«, sagte Mario.

Kohn stieg aus und fand eine Klingel neben dem Tor. Aus dem Patio nebenan scholl kurz darauf ein Rufen, und die Beleuchtung schaltete sich ein, woraufhin er seinen Namen rief. Er wolle sich nur bedanken, auch wenn es spät sei. Das Tor öffnete sich, und der Unternehmer betrat Dyks Grundstück.

»So«, flüsterte Freytag, »sie kennen sich also nicht.« Er trat auf den Hof hinaus, als das Licht erlosch, grüßte Mario zum Abschied und ging zu seinem Auto, das noch an der Straße stand.

***

Hero Dyk arbeitete nachts. Das war vor allem der kleinen schwarzen Frau geschuldet, deren Aktivität er sich früher am See nur im Dunkeln hatte entziehen können. Sein Haus verfügte über einen

Patio, den er hatte pflastern lassen, und ein altes Backsteinhaus, ausgebaut und isoliert, welches Dyk als Schreibhaus verwendete. Es gab keinen Rasen, den man hätte mähen müssen, aber im Sommer würden Blumen blühen, Rosen vor allem, Hyazinthen und Flieder. In den Ritzen der gut einhundertundfünfzig Jahre alten Mauern verbargen sich Insekten aller Art, von deren Existenz Hero Dyk nichts ahnte. Zehn Stufen führten im hinteren Bereich des Grundstücks hoch bis auf das Niveau, auf dem er seinen Geländewagen parkte. Dort ragte ein Turm aus Stahlbeton gut vier Meter in die Höhe, über und über mit Efeu bewachsen. Man hatte ihn im letzten Weltkrieg gebaut, als Ausstieg aus einem Fluchttunnel des Hauses, verschlossen von einer Tür aus dickem Stahl. Den Tunnel wiederum hatte hundert Jahre vorher ein besorgter Familienvater anlegen lassen, als Schutz vor Übergriffen zu damaliger Zeit.

Hero Dyk hatte unendlich viel Platz, um gedankenverloren auf und ab zu gehen, was er sehr gerne tat, seit er nicht mehr bei der Mutter wohnte. Er konnte sogar ein Fenster offen stehen oder ein Licht brennen lassen, wenn es ihm passte.

Doch die viele Freiheit störte seinen Arbeitsrhythmus. Seit Wochen waren ihm nur wenige Zeilen gelungen. Den Leuten gefiel das Jammern, aus dem er seine Geschichten sog, aber nun fand er das eigene Klagen nicht mehr.

Svetlana war gegangen, nachdem sie das Blut aufgewischt hatte. Mehrmals unterbrach er sein Denken, stand auf, um der Maschine einen Kaffee zu entlocken, und begann von Neuem.

Es war weit nach Mitternacht, als er schließlich ein zweites Mal im Krankenhaus anrief. Tatsächlich antwortete jemand, jedoch nicht zu seiner Befriedigung: Die Frau befinde sich auf der Station in Sicherheit, aber man dürfe ihm nicht sagen, wie sie heiße, und schon gar nicht, ob er sich Sorgen machen müsse wegen irgendeiner Krankheit, die sie vielleicht habe.

»Schwester«, sagte Hero Dyk, »da klebte Blut überall. Ich möchte nur wissen, ob ich mir Sorgen machen muss. Es war doch Ihre Schuld, dass sie entkommen ist. Sie müssten mir doch entgegenkommen.«

Die Nachtschwester erwähnte ihre Schweigepflicht. »Rufen Sie morgen den Chefarzt an, dort erfahren Sie mehr.«

Hero Dyk musste sich gedulden und ging erneut, frischen Kaffee zu brühen. Der Automat verlangte diesmal, die Abtropfschale zu leeren, was er bereits mehrmals getan hatte.

Da schellte es an der Tür.

»Ja bitte?« Trotz der späten Stunde klang Hero Dyk fast erfreut über den Besuch, aber er war nun vorsichtig und ließ die Tür geschlossen, bis er wusste, wer dort stand.

»Ich«, sagte eine schwere Stimme. »Svetlana.«

Die Eingangstür war mit dicken Glasscheiben versehen, in die Blumenmuster gefräst waren, sodass man nichts erkennen konnte. Die Strahler vor der Haustür beleuchteten sie von hinten. Hero Dyk öffnete die Tür nur einen Spalt.

Sie trug einen Koffer in der Hand wie Mary Poppins.

»Ja?«, sagte Hero Dyk.

»Keine Kinder«, sagte Svetlana, »kein Ehemann. Ist gutes Haus. Ich akzeptiere. Mache Haushalt.«

»Aber es ist spät.« Ein schwacher Einwand.

»Das macht doch nichts«, sagte Svetlana und zwängte ihren Koffer an ihm vorbei. »Kommen Sie!« Sie stieg die Treppe zu den oberen Stockwerken schnaufend hoch und winkte ihn hinter sich her.

Dyk folgte kopfschüttelnd.

»Ist gut«, sagte Svetlana, als sie sich in ihrer neuen Wohnung umgesehen hatte. »Wo ist Bettwäsche?«

Dyk zeigte ihr den Schrank, der einen Stock tiefer in seinem Schlafzimmer stand.

»Ist sehr gut«, sagte Svetlana, nachdem sie sich auch hier umgesehen hatte.

»Na gut«, sagte Hero Dyk, »dann bleiben Sie also.«

Svetlana murmelte irgendetwas von Sozialversicherung, umarmte Hero Dyk und sagte: »Freunde!«, als es erneut klingelte. Diesmal war es jedoch eine andere Melodie als vorher, eine fröhlichere, die einen Gast am hinteren Rolltor ankündigte statt an der Haustür.

»Wer ist da?«, rief Hero Dyk, als sie in den Patio hinaustraten. Ein Bewegungsmelder schaltete ein Licht im tieferen Teil des Hofes ein, während der hintere, höher gelegene im Dunkeln blieb. »Um diese Zeit?«

»Hier ist Reiner-Maria Kohn, entschuldigen Sie die Störung so spät in der Nacht«, rief eine laute Stimme. »Ich hatte vorhin den Unfall vor Ihrem Haus, wenn Sie sich erinnern. Ich möchte mich nur bedanken, bitte.«

Hero Dyk sah Svetlana an, die ihm zunickte. Da öffnete er das Rolltor mit der Fernbedienung, die bereitlag. Kohn erschien im Licht der Hoflampen. Er stieg die Steinstufen herunter und kam mit ausgestreckter Hand auf Hero Dyk und Svetlana zu.

»Sind Sie verrückt?«, fragte der Hausherr und tippte sich an die Stirn. »Was wollen Sie hier?«

Er ließ sich jedoch umarmen.

»Ich habe nicht sehr viele Freunde in dieser Stadt«, sagte Kohn lauthals, unfähig, seine Stimme zu senken. »Ohne Ihre Aussage wäre ich nicht freigekommen. Man wollte mich festhalten.«

»Ich kenne Sie kaum«, sagte Hero Dyk. »Es war nicht meine Absicht, Ihnen zu helfen. Ich habe gesehen, dass Sie nicht zu schnell gefahren sind. Das ist alles.«

»Das reicht doch schon.« Kohn schlug ihm auf die Schulter. »Es ist mehr, als viele in der Stadt für mich tun würden. Mensch, man hat mich laufen lassen.«

»Aber was wollen Sie denn?«

Svetlana ging auf Kohn zu. Sie war keinesfalls groß, überragte den Mann mit den gelben Haaren aber um ein paar Zentimeter. »Freunde!«, sagte sie und umarmte ihn herzlich.

»Ach du Scheiße«, sagte Kohn und schrak zurück. »Wer ist das denn?«

»Svetlana«, sagte Dyk. »Meine Putzfrau. Sie zieht gerade bei mir ein.«

Svetlana lächelte freundlich.

»Jetzt? Mitten in der Nacht? Gute Güte, Sie haben ein interessantes Leben. Man sagte mir, dass Sie Schriftsteller sind.«

»Sind Sie hier, um mich arbeiten zu sehen? Dann darf ich Ihnen sagen, dass Sie mich davon abhalten.« Dyk bat Svetlana um Kaffee für alle und führte Kohn in sein Haus.

Der sah sich um und sagte: »Schön!«

In der Küche gab es eine hohe Theke, an die sie sich setzten.

»Ja, schön«, sagte Hero Dyk. »Und was wollen Sie hier?«

»Ich bin noch ganz erschrocken«, sagte Kohn.

Beide sahen fasziniert Svetlana zu, die einen Servierwagen mit Alkoholika entdeckt hatte, einen Sherry auswählte und passende Gläser in einem Schrank fand, die sie sogleich füllte.

»Amontillado«, sagte sie zufrieden. »Spanien. Trinken Sie?«

Kohn nickte zerstreut. »Ich habe diese Frau angefahren, das nimmt mich mit.« Er kostete den Sherry, verzog anerkennend das Gesicht, betrachtete die Farbe des Getränkes und leerte das Glas. Svetlana schenkte ihm erfreut nach. »Wissen Sie, wie es ihr geht? Sie sah nicht gut aus. Wie weggetreten.«

»Ich habe im Krankenhaus angerufen«, sagte Hero Dyk. »Sie wollen mir nichts sagen. Nicht um diese Zeit. Nicht, ob von ihr eine Gefahr für mich ausgeht, und nicht, wie es ihr geht. Wir sollen uns bis morgen gedulden.«

»Wer war die Frau?«, sagte Svetlana und ließ einen Kaffee nach dem anderen aus der Maschine. Sie fand Milch im Kühlschrank und bat um Zucker. Das Kaffeegerät mahlte die Bohnen mit einem hohen Sirren, dem ein Pressen folgte, das klang wie das Glucksen eines zufriedenen Kindes. Das Aroma stieg von den Tassen in ihre Nasen.

»Wer?«, insistierte Svetlana.

»Sie kam aus Ihrem Haus, sagt die Polizei«, ergänzte Kohn.

»Sie war verletzt und blutete. Es muss ein Zufall sein, dass sie bei mir Hilfe suchte. Sie fühlte sich verfolgt und suchte eine Toilette. Mehr nicht. Ich mache mir große Vorwürfe, dass ich sie abgewiesen habe.«

»Sie kannte das Haus«, sagte Svetlana.

Das sei richtig, bestätigte Hero Dyk. Sie wusste, dass die Toilette im Keller lag, vielleicht sei sie hier schon mal zu Gast gewesen.

»Man kennt mich in der Stadt«, sagte Kohn. »Man wünscht mir alles Böse, weil ich meinen Betrieb schließen werde. Ich bin Ihnen zu großem Dank verpflichtet, Herr Dyk. Deshalb bin ich gekommen. Es ist nicht selbstverständlich, dass sich jemand auf meine Seite stellt.«

»Dann lassen Sie Ihren Betrieb doch weiterarbeiten«, sagte Dyk.

»Nachgeben? Sehen Sie, ich werde verleumdet, und man wirft mit Steinen nach mir. Ich habe kein unreines Fleisch verarbeitet, das ist bewiesen. Alles, was ich verkaufe, ist einwandfrei. Ich habe viel Geld verloren, und man spuckt mich an, das ist der eigentliche Skandal. Ich soll das aushalten, heißt es. Ich bin zutiefst verletzt, und niemanden kümmert das. Deshalb werde ich den Betrieb nun schließen. Ich habe nicht getan, was man mir vorwirft, nur haben die Leute so ihre Zweifel. Könnte doch sein, oder? Man weiß ja nie. Dem schlechten Geld soll ich nun gutes hinterherwerfen, aber ich will das nicht tun. Es steht in meiner Macht, diesen Betrieb aufzugeben.«

»Ein Krieg beginnt dann, wenn zwei Seiten bereit sind, ihre Existenz aufs Spiel zu setzen«, philosophierte Hero Dyk.

»Genau. Und jetzt läuft mir diese Frau vor das Auto.«

»Noch Sherry?«, wollte Svetlana wissen und goss nach. Die Männer tauschten Visitenkarten aus.

»Hatten Sie getrunken?«, fragte Hero Dyk.

»Nein, ich trinke jetzt erst. Ich war völlig nüchtern, das hat man mir bestätigt. Es ist falsch, was das Mädchen behauptet. Ich bin nicht zu schnell gefahren. Kennen Sie das Mädchen? Warum tut sie so etwas?«

»Ich kenne sie sehr gut«, sagte Hero Dyk. »Aber das heißt nicht, dass ich Einfluss auf sie hätte. Lilly ist meine Tochter. Unehelich. Die Mutter hat das Sorgerecht, scheint aber überfordert zu sein.«

Kohn und Svetlana stellten erstaunt ihre Gläser auf den Tisch, während Hero Dyk an seinem nippte.

»Ihre Tochter?«, rätselte Kohn.

»Sie hat mich auf dieses Haus aufmerksam gemacht, als sie erfuhr, dass ich eines suche. Wir verstehen uns in Grenzen ganz gut, vielleicht mochte sie den Gedanken, ihren Vater als Nachbarn zu haben. Sie ist schwierig. Ihre Bande hat sich einen Spaß daraus gemacht, die arme Frau zu jagen, deshalb hat sie bei mir geklingelt. Ich weiß nicht, warum sie das taten, und Lilly wird das nicht zugeben. Es ist einfacher für sie, zu lügen.«

»Dieser Freytag wird das ausnützen«, sagte Kohn.

»Der Reporter«, sagte Hero Dyk. »Wo kam der her?«

Kohn zuckte mit den Schultern. »Er muss mich verfolgt haben. Er ist in letzter Zeit ständig hinter mir her. Eike Freytag … allein der Name!« Er schüttelte sich. »Das ist der, der meine Arbeiter zu einem Meineid angestiftet hat.«

Sie schwiegen eine Weile und tranken den Sherry. Kohn starrte in sein Glas. Tiefe Schatten zogen sich durch sein Gesicht.

»Morgen erkundigen wir uns nach der Frau. Schlimm ist, dass er alles gesehen hat.« Kohn stand auf und umarmte Hero Dyk. »Freunde«, sagte er.

Svetlana nahm beide in den Arm.

»Ich kenne Sie gar nicht«, sagte Hero Dyk zu seiner neuen Putzhilfe, wehrte sich aber kaum. Er hatte gerne Freunde um sich.

DIENSTAG

Hero Dyk pflegte in der Stadt zu frühstücken, meist in einem Café in der Bierstraße. Dorthin ging er zu Fuß, in seinen lila Daunenmantel gekleidet, der ihm fast bis auf die Füße reichte. Svetlana kümmerte sich derweil um den Haushalt, das war nun ihre Aufgabe. An der Eisenbahnbrücke fiel Hero Dyk erneut die Plakatwand auf: *Yes we're able to go without those stupid capitalists!* In den Straßen der übliche Müll einer Innenstadt, den all die Leute hinterlassen, die sich nicht kümmern müssen.

Eine eiskalte Sonne leckte an den Giebeln der Stadt, kurz darauf begann es zu regnen. Morgens macht die Innenstadt einen versöhnlichen Eindruck. Frauen bestimmen das Bild, sie sind fast unter sich. Meist gehen sie allein, sodass sie sich gut voneinander unterscheiden lassen. Hinzu kommen nur ein paar Handwerker, Briefträger, Lieferanten oder Müllmänner, die still ihrer Arbeit nachgehen.

Eine gewisse Traurigkeit umgibt diese Damen, sie wirbeln sie vom Boden auf wie frisch gefallenen Schnee. Der Duft von Schwermut liegt in der Luft. Der Klang von Schritten bricht sich an den Hauswänden. Sie tragen Schuhe, in denen man kaum laufen kann.

Die Zeitungen kannten das Thema an diesem Morgen noch nicht, also konnte man sich nicht sicher sein, dass es den Unfall tatsächlich gegeben hatte.

Christina, die Kellnerin in der Bierstraße, trug ihre üblichen Pumps – sehr bequeme Schuhe, mit denen man notfalls einen Klumpfuß verbergen konnte. Dazu eine schwarze Hose, ein schwarzes Hemd und eine Schürze in Mitternachtsblau. Sie war eine stämmige, schwatzhafte Frau, die in einer Ecke darauf lauerte, dass man sie rief. »Christina Rott« stand auf ihrem Namensschild zu lesen.

»Christina!« Hero Dyk hob eine Hand. »Bringen Sie mir grünen Tee und ein Croissant.«

»Herr Dyk«, gab sie laut zurück. »Guten Morgen und ein frohes neues Jahr. Sie sollten ein Gedicht über mich schreiben, was halten Sie davon?«

»Oh, ich bin nicht sicher, ob Sie das wollen.« Dyk lachte.

Christina lachte ebenfalls und drohte schelmisch mit dem Finger. Zwei junge Frauen auf der Straße teilten sich einen Regenschirm, eine von ihnen war in Graublau gekleidet, die andere in Schwarzaubergine. Letztere schob einen Kinderwagen vor sich her, der ganz von einem Regenschutz umhüllt war. Sie zögerten einen Moment und waren sich unschlüssig, ob sie eintreten oder noch etwas im Regen laufen sollten, gingen dann aber weiter. Sie redeten lebhaft aufeinander ein und konnten das Kind in dem Wagen vor sich nicht sehen. Es war in Aubergine gekleidet wie die Mutter und hatte sich aufgerichtet. An einer Stange zog es sich hoch, um zuerst die Nase, dann einen ganzen Arm durch ein rundes Loch im Plastik dem Regen entgegenzustrecken.

Ein Bäckergeselle trat aus der Backstube ins Café und wurde freundlich begrüßt: »Guten Morgen, lieber Jens.«

Auch hier waren die Frauen um diese Zeit in der Überzahl. Eine sehr junge mit strähnig blondem Haar kam aus einem Hinterzimmer und rief: »Jetzt sagt einer, dass sie selbst schuld sei!« Dann ging sie zurück.

»Ach was!«, antwortete jemand auf der Empore.

Christina brachte Hero Dyk den Tee und das Croissant.

»Es soll einen Unfall gegeben haben, gleich dort, wo Sie wohnen. Haben Sie davon gehört? Eine Frau soll tot sein, und es war dieser Kohn. Dieser Industrielle. Wie schrecklich. Ein Mädchen soll ihr das Leben gerettet haben.«

»Die Frau ist nicht tot«, sagte Dyk. »Sie befindet sich auf dem Gertrudenberg, wie man mir sagte. In guten Händen. Ich war dabei, als es passierte, aber woher wissen Sie, wo ich wohne?«

»Sie fallen auf. Sie sind bekannt, ein Schriftsteller. Über Leute wie Sie, da erkundigt man sich. Ich lebe nicht weit weg von Ihnen. Sie schreiben doch so schön.«

»Ach«, sagte Dyk und hantierte mit dem Löffel in seinem Tee.

»Der hier war dabei!«, rief Christina nun laut in den Raum und wies mit dem Finger auf Hero Dyk, der sich an seinen Tisch kauerte. »Er wohnt gleich dort, wo der Unfall passiert ist. Das ist Hero Dyk, der Schriftsteller.«

Alle Köpfe drehten sich ihm zu, sogar die junge Frau aus dem Hinterzimmer erschien erneut, um einen Blick zu riskieren.

»Was soll das?«, wollte Hero Dyk wissen.

»Wir haben doch jetzt den großen Bildschirm dort hinten«, sagte Christina und wies auf das Hinterzimmer.

Hero Dyk erhob sich, um nachzusehen. Der Raum war recht dunkel und wurde von einem übergroßen Flachbildschirm beherrscht. An kleinen Tischen saßen mehrere junge Leute vor Computertastaturen. Auf dem Bildschirm erschienen immer wieder neue Textzeilen. Das geschah so schnell, dass Hero Dyk sich nicht lange die Mühe machte, mitzulesen.

Hero Dyk setzte sich wieder. »Ja und?«, fragte er.

»Da läuft den ganzen Tag dieses Internetforum. Osnabrueckerleben.de, so heißt es. Dieser Reporter hat es eingerichtet. Eike Freytag, den kennt jetzt jeder. Er berichtet über alles, was in der Stadt so passiert, und wir diskutieren mit ihm.«

»Über alles?«

»Na, er wählt natürlich aus, was er für wichtig hält. Darüber diskutieren wir dann. Wer schuld ist und so. Das ist doch die Aufgabe eines Cafés, oder nicht? Hier wird besprochen, was wichtig ist. Wir sind alle ganz aufgeregt, Herr Dyk. Der Bildschirm ist noch neu. Jetzt sind wir live dabei. Jeder hier kennt Eike Freytag.«

»Dann wissen Sie ja, was gestern passiert ist.«

»Eben nicht!«, sagte Christina, und man sah, dass sie das unsagbar quälte. »Das Beste behält er für sich. Darüber schreibt er in der Zeitung. Damit verdient er sein Geld. Niemand weiß Genaues. Dieser Kohn, das muss ein ganz Schlimmer sein, heißt es. So viele Leute will der entlassen! Und jetzt hat er eine Frau getötet. So jemand macht mir große Angst. Das sind ganz böse Menschen.«

»Das weiß man also? Dass die böse sind.«

»Wissen tu ich gar nichts. Es steht noch nicht in der Zeitung. Er macht uns nur neugierig, so läuft das. Wie soll ich was wissen, bevor es in der Zeitung steht? Wir sind alle ganz gespannt.«

»Dann haben Sie also bis morgen Zeit, zu spekulieren?« Hero Dyk schien begeistert ob dieser Erkenntnis. Er lachte laut. »Das ist ja praktisch.«

»Na, wenn es doch dann gedruckt ist! Es passiert so viel in der Welt, da muss ich mich auf die Zeitung verlassen. Manchmal drucken sie Fotos zum Beweis. Im Internet ist das anders. Da reden wir alle durcheinander.«

Die junge Frau aus dem Hinterzimmer kam noch einmal nach vorne. Sie hielt eine Tasse Tee am Henkel und kaute auf einem trockenen Brötchen. »Sie haben das Mädchen identifiziert. Sie heißt Lilly.«

»Lilly?«, rief jemand von der Empore herunter. Typ Reisender eines Süßwarenherstellers. »Und weiter?«

»Das weiß man noch nicht. Sie soll ein richtiges Luder sein.«

»Die Frau ist nicht tot und Kohn nicht schuldig«, sagte Hero Dyk laut.

»Na, ich weiß nicht«, sagte eine Frau in einer Ecke. »Das sind schlimme Leute. Ganz anders als wir. Der will seinen Betrieb dichtmachen. Dabei haben wir doch schon genug Arbeitslose.«

Hero Dyk setzte sich, nahm den Beutel aus seinem Tee und rührte ihn um. Es roch ein wenig nach Feuchtigkeit. All die nassen Mäntel. Ein schlaksiger Kerl lief draußen dicht am Fenster vorbei, Anfang vierzig, ganz krummer Rücken, der Kopf gebeugt. Ein grobes Gesicht und das Haar wie um einen Topf geschnitten. Er sprach mit sich selbst.

»Und wenn er einer von uns ist?«, fragte Hero Dyk. »Wenn die schlimmen Leute wir selbst sind?«

»Wer? Der Kohn?«

Ein anderer Gast bat laut um Aufmerksamkeit.

»Komme gleich«, sagte Christina und antwortete auf Dyks Frage. »Wie soll er denn einer von uns sein? Ich kenne den ja gar nicht. Man liest nur über ihn. Das ist keiner von uns.«

»Oder ich einer von denen«, beharrte Hero Dyk.

»Ach, Herr Dyk«, sagte Christina und unterstrich ihre Meinung mit einer wegwerfenden Handbewegung. »Sie kenne ich doch!«

Hero Dyk lachte mit. »Wenn ich über Sie schreiben würde, Christina, dann wäre das kein Gedicht, sondern ein Roman. Ich sehe ein Theater, auf dessen Bühne ein Stück aufgeführt wird. Sie sitzen im Zuschauerraum und essen Popcorn.«

»Ich mag kein Popcorn, aber ich amüsiere mich gern, Herr Dyk. Jetzt entschuldigen Sie, man ruft mich.«

»Warten Sie«, rief Hero Dyk. »Wer schreibt denn auf dieser Seite? Im Internet, meine ich.«

»Na jeder, der will«, sagte Christina.

»Also sind auch ein paar Böse dabei? Das ist doch möglich, oder?« Hero Dyk senkte den Blick ein wenig, sodass es wie Spott aussah.

»Jetzt gehen Sie zu weit«, sagte Christina. Sie tänzelte davon, und man erwartete fast, dass Dyk ihr auf das dralle Hinterteil schlug, aber er konnte sich beherrschen. Mit Christina legte man sich nur ungern an.

***

Lilly Clasen stand halb nackt vor dem Spiegel und betrachtete ihren unproportionierten Körper. Sie war nicht dürr, wohl aber groß und schlaksig. Sie nahm merkwürdige Posen ein, knickte in der Taille ab, ohne darüber lachen zu können. Ihre Erscheinung wirkte etwas grob. Die Beckenknochen drückten sich durch den Slip, den sie trug. Arme, Beine, Hände, Finger und die Zehen waren zu lang für den bleichen Körper, der Mund zu breit für das Gesicht. Ihr Busen wölbte sich kaum mehr als ein Vanilletörtchen und würde wohl nie ein Kleid ausfüllen. Sie stemmte die Arme in die Hüften und drehte die Ellenbogen grotesk nach vorne, sodass sich ihre Schulterblätter wie Engelsflügel aufrichteten. So betrachtete sie sich eine Weile und streckte ihrem Bild schließlich die Zunge entgegen.

Lilly stand oft vor diesem Spiegel, bevor sie sich anzog. Als könne sie kaum fassen, was sie sah. An diesem Tag wählte sie warme Unterwäsche aus, das Hemd so tief ausgeschnitten wie das lange Wollkleid, das sie darüberzog, dazu Wollstrümpfe, Stiefeletten und Pulswärmer, die bis über die Ellenbogen reichten. Alles war in tiefem Schwarz gehalten.

Sie öffnete das Fenster weit und ließ kalte Luft in ihr Kinderzimmer. Zusammen mit ihrer Mutter bewohnte sie eine recht geräumige Altbauwohnung im ersten Stock. Über den alten Dielen war Linoleum verlegt worden, ein warmer Geruch hing in der Luft, der penetrant an verschimmelte Nüsse erinnerte. Die Fenster der Schlafzimmer erlaubten den Blick auf das Nachbarhaus, dazwischen lag ein dunkler Weg. Mitbewohner warfen gelegentlich ihren Müll aus dem Fenster, Zigarettenkippen und Asche lagen herum, eine halb gegessene Leberwurst im Plastikdarm. Noch gelegentlicher fand sich ein anderer, der den Abfall wegräumte.

Die vorderen Räume von Lillys Zuhause lagen zum viel befahrenen Nonnenpfad hin. Die Wohnung selbst war aufgeräumt und sauber, daran mangelte es nicht.

Der Duft von Kaffee drang in ihr Zimmer ein. Hanna Clasen, Lillys Mutter, hatte zu frühstücken begonnen. Sie saß verschlossen auf einem Hocker in der Ecke der schmalen Küche, ganz nah beim Fenster, und tunkte getoastetes Brot in ihren Milchkaffee. Mehr aß sie nie am Morgen. Eine große, schlanke Frau Mitte vierzig, die ihr volles dunkelblondes Haar gerne mit einem Kamm zu einer prächtigen Dekoration hochsteckte. Ihre Arme und Beine waren ähnlich lang wie die ihrer Tochter. In Reichweite stand ein geöffneter Laptop, dessen Lüfter leise blies. Dunkle Schatten zogen sich um Hannas Augen.

»Hast du überhaupt geschlafen?«, sagte Lilly, als sie ihre Mutter so in die Ecke gedrängt sah.

Hanna gab einen unartikulierten Laut von sich und wies mit dem Kinn auf einen kleinen Esstisch, der sich gegen die Wand drückte, davor der einzige Stuhl mit Rückenlehne im Raum. Auf dem Tisch standen ein Glas Milch, Brötchen und ein großer Becher mit Schokoladencreme. Wortlos bestrich Lilly ihr Brötchen dick mit der fetten Emulsion und trank die weiße Flüssigkeit in langen Zügen, während Hanna sie voll Ekel betrachtete und das Gesicht verzog.

Lilly achtete nicht darauf. Statt abzubeißen, riss sie das Brötchen mit ihren großen Zähnen auseinander und schluckte es hinunter, ohne sich mit Kauen zu belasten. Maßlos bestrich sie sich sofort ein zweites, schmatzte laut und goss sich ein weiteres Glas kalte Milch ein.

Als Lilly gegessen hatte, zog sie sich eine Daunenjacke über ihr Wollkleid und trat in den Flur hinaus. Das Haus besaß keinen Aufzug. Sie blickte die Treppe hoch, zog die Schultern ein und verschloss sich noch ein wenig mehr.

Draußen auf der Straße saßen drei Mitglieder ihrer Jungs auf einer Bank. Sie froren, während sie stoisch warteten. Zwei Jungen und ein Mädchen.

»Lilly«, sagte einer der Jungen und stand auf. »Mensch, das wird Zeit. Is kalt hier. Wir warten schon.«

Sie stieß ihn grob zur Seite und rief, er solle aus dem Weg gehen.

»Jetzt kommt schon. Ich muss mit dem Nachbarn reden.«

Der Junge folgte wütend seinen Freunden.

***

Das Leben als freier Journalist hat deutliche Schattenseiten. Man ist so frei, dass es kaum jemanden interessiert, ob man zu tun hat oder nicht. Kein Verlag beschließt, worüber zu berichten ist, aber man muss jemanden finden, der die Story kauft, wenn man eine hat. Wie wählt man eine Geschichte aus, die sich lohnt? Es gibt so viel zu schreiben, aber wer will das alles lesen? Man muss sich entscheiden, und das bedeutet immer den Verzicht auf die anderen Möglichkeiten. Man hat Miete zu zahlen und Benzin fürs Auto, und essen muss man auch, das macht nervös.

Eike Freytag hatte sein Thema gefunden. Es hieß Reiner-Maria Kohn. Er wusste alles über den Unternehmer und beherrschte zudem die Kunst der Mutmaßung.

Ein Zimmer seiner Doppelhaushälfte im Osnabrücker Stadtteil Wüste diente ihm als Büro. Es gab in dem Raum nur Platz zum Stehen für die vier Männer, die ihn besuchten. Drei von ihnen arbeiteten als Schlachter für Kohn, der vierte war ihr Betriebsratsvorsitzender.

»Die Redaktion fühlt sich nicht verantwortlich«, sagte Freytag mit Nachdruck.

Die drei Arbeiter redeten durcheinander und gestikulierten wild. Sie hätten auf ihn, den Reporter, vertraut.

»Aber was heißt das, dass Sie mir vertrauen? Ich bin nur der Überbringer von Nachrichten. Ich schreibe die Geschichten und verkaufe sie, das ist schwer genug. Ich kann nicht helfen, wenn es dünn wird. Ich besitze kein Geld, das ich Ihnen geben könnte. Hören Sie, die Geschichte ist zu Ende. Ihre Kollegen haben gelogen und mich und meinen guten Ruf für die eigenen Zwecke benutzt. Die Geschichte ist durch. Fertig. Aus. Die Zeitungsredaktion wird nicht helfen. Es gibt keine Story mehr, in die sie investieren könnte.«

»Aber die drei haben ihre Jobs verloren. Kohn hat ihnen gekündigt«, sagte der Betriebsrat. »Er wird das Werk schließen.«

»Das darf er tun. Unsere Gesetze lassen das zu. Der Betrieb gehört ihm. Gehen Sie auf die Straße. Ändern Sie das System oder, noch besser, gleich die Leute, dann schreibe ich darüber, das ist mein Job.«

Der Betriebsrat argumentierte, begleitet vom heftigen Nicken der Arbeiter, dass Freytag die drei verführt habe, einen Eid zu schwören, und dass die Gewerkschaft darüber nicht informiert war.

»Es war gelogen«, sagte Freytag und wühlte in den Dokumenten auf seinem Schreibtisch nach einem, das ihm nutzen konnte, irgendetwas. Schließlich fand er eine Kopie der eidesstattlichen Versicherung und wedelte damit in der Luft herum. »Sie haben Ihren Eid gebrochen. Eine Falschaussage aus Rache. Kohn hat kein Gammelfleisch verarbeiten lassen.«

»Sie haben sie verführt«, beharrte der Betriebsrat.

»Ach was«, sagte Freytag. »Sie haben um Hilfe gerufen.«

»Aber Sie haben uns den Anwalt besorgt. Sie haben die Regie geführt.«

»Das ist mein Job«, sagte Freytag, »Regie zu führen. Zu inszenieren. Und ich mache ihn sehr gut, den Job. Ich habe kein Geld, mit dem ich helfen könnte, und die Redaktion ebenso wenig. Die drei können schwarzarbeiten, da findet sich immer etwas.«

Das schien den Arbeitern nicht zu gefallen, denn sie machten Anstalten, sich auf Freytag zu stürzen, der sich hinter seinen Schreibtisch verzog. Einer der Männer war größer als die anderen. Er schlug Freytag auf die Nase und zog ihn am Kragen aus seiner Deckung. Freytag griff ein stabiles Messer, das unter dem Schreibtisch klebte.

»Ist mein Haus«, ächzte er. »Raus!« Am Schlafittchen hängend und die Nase hochziehend, wies er mit der Waffe zur Tür hinaus.

»Wir wissen, wo du wohnst«, sagte der Schlachter und hob die Faust.

Der Betriebsrat fiel ihm in den Arm und redete auf ihn ein. Der Mann hatte genug Scherereien. Alle fluchten durcheinander, aber immerhin trollten sie sich zur Tür hinaus. Freytag warf sie hinter ihnen zu.

»Was für ein Leben«, schimpfte er und schleppte sich in die Küche, um einen Kaffee zu kochen. Meline, seine Frau, war nicht im Haus. Er goss sich trotz der mittäglichen Stunde einen Schnaps ein und stürzte ihn in einem Schluck hinunter. Dann wusch er sich das Gesicht mit kaltem Wasser, drehte etwas Toilettenpapier zusammen und steckte es in das blutende Nasenloch, das sich bald wieder beruhigte.

Das Telefon klingelte.

»Ja?«, blaffte er in den Hörer.

Es war Meline. Was sie zum Abendessen besorgen solle. Ob er großen Hunger habe.

»Nein«, sagte Freytag, hängte ein und starrte auf das Telefon, als ob es eine tödliche Krankheit verbreite.

Schließlich setzte er sich an seinen Schreibtisch und begann mit der Arbeit. Das Geschäft lief gut.

***

Bis zum frühen Nachmittag wurde Lilly von ihren Freunden in Anspruch genommen. Ein Streit war zu schlichten. Man erwartete, die Ereignisse des Vortags mit ihr zu besprechen. Gegen die Langeweile zog man gemeinsam durch die Innenstadt und lungerte schließlich im Bürgerpark herum. Keine ausgesprochen kreative Lösung für das alte Problem, aber akzeptabel. Als sie mittags ihr Geld zusammenlegten, um Pizza in ihr Versteck zu bestellen, machte Lilly sich frei. Neben dem Tor zu Hero Dyks Patio griff sie durch eine Lücke und erreichte so auf der Innenseite des Zauns den Taster, mit dem sich das Rolltor öffnen ließ. Man muss nur wissen, wie es geht.

»Lilly!«, rief Hero Dyk, der sie in seinem Hof empfing und in die Arme nahm. »Hast du zu Mittag gegessen?«

Sie zeigte Interesse an einem Butterbrot. Es gelang ihm, sie zu Käse und gutem Schinken zu überreden. Kein Salat, nichts Warmes, das ließ sie selten zu. Essen schien für sie eine andere Bedeutung zu haben als für die meisten anderen Menschen.

Svetlana war überrascht, als Lilly in der Tür stand. Das Mädchen zeigte ihr den Mittelfinger, was nur bedingt bös gemeint war. Der Finger hatte kaum mehr Bedeutung als ein Gruß, mit dem sich erwachsene Menschen gegenseitige Wahrnehmung zeigen. Der Hinweis schwang mit, dass mit ihr nicht zu spaßen sei, und verriet Lillys Angst, an Einfluss zu verlieren.

Hero Dyk stand dieser Aggression ziemlich hilflos gegenüber und versäumte seine Pflicht, Svetlana zu schützen.

»Wie geht es deiner Mutter?«, lenkte er ab.

»Geht«, sagte Lilly.

Sie setzte sich auf den Platz, auf dem in der Nacht zuvor Kohn gesessen hatte, und wartete, dass man sie ansprach. Svetlana setzte Milch auf und servierte sie heiß mit Honig. Lilly trank gern davon.

»Ich hatte vor, jetzt gleich meine Aussage bei der Polizei zu machen und dann zum Krankenhaus zu fahren«, begann Hero Dyk. »Ich möchte diese Frau besuchen. Lottenburger heißt sie, das habe ich herausbekommen. Gerda Lottenburger, was für ein Name. Man wollte mir am Telefon nichts sagen, aber ich will sehen, ob man mich zu ihr lässt, wenn ich sie besuche. Möchtest du mitkommen? Wir können zusammen zur Polizei gehen und unsere Aussage machen.«

Lilly nickte, also stiegen sie in den Wagen und fuhren gemeinsam vom Hof, argwöhnisch beäugt von Lillys Freunden.

Lilly unterschrieb die Aussage, dass Kohn zu schnell gefahren war, ihn also die Schuld traf, und Hero Dyk bestätigte das Gegenteil. Ihr Verhältnis schien das nicht zu stören.

»Sie schreibt anonyme Briefe«, unterbrach Lilly schließlich das Schweigen, als sie wieder im Auto saßen.

Hero Dyk sah sie an, erhielt aber keine Erklärung. »Hanna?«

»Sobald sie etwas nicht mag, schreibt sie Drohbriefe. Sie findet die Adressen, wenn sie will, das hat sie gut drauf. Meist über das Internet. Und dann schickt sie den Leuten Briefe nach Haus. Einem oder zwei Beamten im Sozialamt. Einem Arzt, der sich weigerte, sie wegen einer Krankheit zu behandeln, die sie sich einbildete. Jemandem von einem Callcenter, der ihr etwas verkaufen wollte und immer wieder anrief. Sogar dem Bürgermeister schreibt sie Briefe. Einem Handwerker, dem sie schlechte Arbeit vorwirft.«

»Hanna tut das?« Hero Dyk konnte es nicht glauben. Sie schwiegen, bis er das Auto auf dem Parkplatz abstellte. Es war nicht weit bis zum Krankenhaus, nur den Berg hoch. »Kennst du die Frau, die gestern angefahren wurde?«

Lilly schwieg wieder.

»Und?«, beharrte Hero Dyk.

»Sie hat früher in deinem Haus gewohnt. Sie war reich und fuhr mit ihrem BMW über unseren Hof. Das hat uns provoziert. Wir haben ihr ab und zu aufgelauert, wenn sie zu Fuß ging. Mehr war nicht, ehrlich. Kinder hat sie nicht. Einmal hat sie die Polizei zu uns geschickt, das hat alles geändert. Da war dann

Schluss mit lustig. Das kann sie nicht tun, Mann. Da musste ich einschreiten. Das erwarten die Jungs von mir. Wir haben ihre Mülltonnen umgekippt, wenn sie an der Straße standen. Manchmal haben wir Pizzaschachteln oder Plastikbecher im Patio so platziert, dass sie wusste, dass wir eingedrungen waren. Sie sollte sich bedroht fühlen. Ihr Mann ging später pleite, das war nicht unsere Schuld. Er hat sich umgebracht. Gerda musste ausziehen, und jetzt wohnst du in dem Haus. Das war alles, ehrlich.«

Hero Dyk nickte. Was sollte er dazu sagen? Die Geschichte erschreckte ihn. Ein wenig klang es, als ob Lilly sich die Welt nach ihren Wünschen schuf, wie weit sie damit auch kommen mochte.

Die Klinik oben auf dem Berg stellt eine kleine Siedlung dar. Man kümmert sich dort um Menschen, die mit der Realität nicht zurechtkommen. Es gibt Werkstätten und geschlossene Abteilungen, ambulante und forensische. Tagesstätten Sucht und Psychologie. Ein Hof ist bis hoch oben vergittert wie ein Affenkäfig. Man möchte kaum glauben, dass so etwas nötig ist, muss es schließlich jedoch einsehen.

Straßen führen durch die Siedlung. Die Gebäude sind aus gelbem Sandstein gebaut, so wie das Haus von Hero Dyk. Sie stecken voller Flure und Treppenhäuser, die sich trotz aller Mühe nicht gemütlich herrichten lassen. Die Fenster sind aus Holz und wurden kürzlich erst weiß oder manche auch rostrot gestrichen. Dem Denkmalschutz zuliebe haben sie Sprossenfenster. Jede Tür zeigt in ihrem Bogenfeld ein anderes Symbol, vom Kleeblatt bis zum Davidstern. Es gibt Ladeluken und hanseatische Zinnen, Treppen und Rampen. Nichts Ungefähres, so als ob man sich besondere Mühe gäbe, eine belastbare Welt zu zeigen, eine großzügige, verlässliche. Sogar der Käfig hat etwas Beruhigendes. Hier herrscht Ordnung. Die Büsche sind üppig und gepflegt, Menschen gehen von einem Haus zum anderen, Ware wird angeliefert, es sieht alles sehr solide aus und macht ziemlichen Eindruck.

Es gibt am Fuß des Berges eine zentrale Stelle, wo der Besucher nach dem Weg fragt. Wenn man sich am Telefon Hero Dyk gegenüber noch wehrhaft gab, so wich dies nun einer Offenheit, die nur sehr diskret überwacht wurde. Sie betraten eine bescheidene Welt, in der man lernt, sich an der Freiheit ganz behutsam zu erfreuen. Man genießt sie zögernd und in kleinen Dosen bei der Zigarette vor der Tür, beim Gang über das Gelände, zur Kirche vielleicht oder in ein kleines Café, das dazugehört.

Schließlich fanden die beiden die Abteilung, die man ihnen genannt hatte. Ein Bereich, der sich Patienten widmet, die Probleme sowohl mit Sucht als auch mit Psychosen haben. »Die Tür ist offen«, stand auf einem Schild zu lesen, sie konnten eintreten, ohne zu klingeln. Die Abteilung kann fakultativ geschlossen werden, aber es ist kein Gefängnis, die Patienten sind nicht eingesperrt. Mit der üblichen Schläue, die Suchtkranke entwickeln, lassen sich die Barrieren überwinden, nur muss man anschließend noch den Weg durch die Flure finden. Einmal hatte Gerda das bereits geschafft.

Jetzt allerdings war sie arm dran. Gleich links vom Eingang lag ein Pflegerzimmer, welches über Fenster den Blick auf drei Patienten erlaubte, die beobachtet werden mussten. Gerda saß still auf einem Stuhl, die Augen immer noch geöffnet, ohne zu blinzeln, den gleichen Schrecken im Gesicht wie am Tag zuvor auf der Straße. Im Pflegerzimmer stand ein runder Kaffeetisch für die Pausen. Man muss die Patienten in diesem speziellen Raum im Auge behalten und achtet dennoch ihre Intimsphäre, soweit es irgend möglich ist. Eine elektrische Klingel war ganz oben an der Wand angebracht. Der Klangkörper war mit Gaffatape umwickelt, um ihn zu dämpfen. Das zeugte von dem alltäglichen Wahnsinn, den es hier zu verkraften galt.

»Kann ich Ihnen helfen?« Ein Pfleger von kräftiger Statur trat ihnen entgegen.

Hero Dyk nannte sein Anliegen. Er wolle die Frau besuchen, die gestern Nacht entkommen sei … die mit dem Unfall.

»Sie ist stuporös«, sagte der Pfleger. »Angststarre. Es wird dauern, bis sie wieder aufwacht. Sind Sie verwandt mit ihr? Kennen Sie sie?«

Hero Dyk verneinte das. Der Unfall sei vor seinem Haus geschehen, sie habe bei ihm um Hilfe gebeten, mehr nicht.

»Ich frage deshalb«, sagte der Pfleger, »weil ich wissen muss, ob die Patientin vielleicht auf Sie reagiert. Es ist möglich, dass Sie Angst vor Ihnen hat, verstehen Sie? Das könnte ihren Stupor verschlimmern und die Heilung verzögern. Sie ist wach, auch wenn sie nicht reagiert.«

Lilly erschrak, als sie das hörte. »Ich möchte da nicht hinein«, sagte sie.

»Kann ich sie sehen?«, fragte Hero Dyk. »Sie hat keine Angst vor mir. Ich habe sie gestern zum ersten Mal getroffen. Es reicht mir, von dort einen Blick auf sie zu werfen.« Er deutete auf das Fenster zu Gerdas Patientenzimmer.

Der Pfleger war einverstanden. Hero Dyk betrachtete die reglose Gestalt ein paar Minuten und setzte sich dann zu Lilly auf den Gang. Die Decke in dieser Abteilung hing niedrig, alles war in freundlichen Pastelltönen gehalten, mit vielen Grünpflanzen. Hotels sind oft unfreundlicher eingerichtet als diese Anstalt. Der Geruch nach Krankenhaus fehlte völlig, nur die Türen waren breiter als gewöhnlich und sehr massiv. Es gab einen großen, abgetrennten Raucherbereich, denn man will den Patienten diese Freiheit nicht auch noch nehmen.

»Sie hat Angst vor dir, stimmt das?«, sagte Hero Dyk zu Lilly. »Sie ist in diesem Zustand wegen dir, und nicht wegen Kohn, ist das richtig?«

»Ob sie wieder gesund wird?«, fragte Lilly, als ob sie nicht zugehört hätte.

Hero Dyks Handy klingelte, eine unbekannte Nummer. Auf dem Gertrudenberg ist es nicht nötig, das Telefon auszuschalten. Jemand meldete sich und behauptete, im Namen der Annkathrin-und-Ove-Herms-Stiftung anzurufen.

»Kenne ich nicht«, sagte Hero Dyk.

»Das ist unwichtig.« Eine strenge Frauenstimme, der man anhörte, dass sie im Leben auf der richtigen Seite stand, welche auch immer das war. »Eike Freytag gab uns Ihren Namen, der Reporter, Sie wissen schon. Wir möchten Kontakt aufnehmen zu dem jungen Mädchen, das sich gestern so heldenhaft benommen hat. Ganz wunderbare Bilder waren das, die er uns gezeigt hat. So etwas sieht man gerne. Herr Freytag sagte, Sie wüssten sicher, wo wir die junge Dame erreichen. Wir wollen ihr ein Stipendium schenken, damit sie studieren kann.«

»Aber sie will nicht studieren.«

»Das ist doch egal«, fuhr die Stimme fort. »Darauf kommt es gar nicht an.«

Hero Dyk schwieg, als müsse er nachdenken.

»Hallo? Sind Sie noch da?«

»Es tut mir leid«, sagte Hero Dyk. »Ich weiß nicht, wie Sie das Mädchen erreichen können. Rufen Sie nicht wieder an, bitte.« Dann legte er auf.

»Wer war das?«, wollte Lilly wissen.

Hero Dyk zuckte die Schultern und erhob sich. »Kennst du nicht.«

Vom Pfleger wollte er wissen, ob noch jemand anders nach Gerda Lottenburger gefragt hätte. Irgendjemand.

»Ein Herr Kohn hat angerufen«, sagte der junge Mann. »Aber Sie sind die Ersten, die nach ihr sehen.« Er sah ihnen nach, als sie die Abteilung verließen.

Beim Rausgehen erwähnte Lilly, dass sie noch nie in einem Krankenhaus gewesen sei, außer bei ihrer Geburt.

»Deine Geschwister lassen sich auch nicht sehen«, stellte sie fest, als sie auf die Straße traten. »Großmutter hat mir irgendwann erzählt, ich hätte einen Onkel und eine Tante, die kaum älter seien als ich selbst.«

»Ich kenne sie kaum«, sagte Hero Dyk. »Wie kommst du gerade jetzt darauf?«

»Warum bist du immer allein?«, wollte Lilly wissen.

»Ich bin nicht allein«, widersprach Hero Dyk. »Mein Vater hat neu geheiratet, als ich in deinem Alter war. Er hat zwei Kinder bekommen, die ich kaum kenne. Seit der Scheidung hatten wir nur selten Kontakt. Er ist ein sehr wichtiger, sehr korrekter Mann ohne Humor. Er mochte mich nicht. Wegen mir gab es ständig Streit mit Mutter, bis wir an den Dümmer gezogen sind. Ich habe dort viele Freunde gefunden. Heeger ist mein Freund.«

Sie gingen schweigend weiter.

»Du musst mir helfen«, sagte Lilly.

Hero Dyk nickte langsam und fragte erneut, warum sie die Frau gejagt hätten, sie und ihre Freunde.

Da lief sie ihm davon. Er konnte Lilly nicht halten, gab sich aber auch keine große Mühe.

Hero Dyk nahm zu Fuß einen Weg den Berg hinunter, den er kannte, und ließ das Auto stehen. Er folgte der Wittkopstraße und wandte sich schließlich nach rechts in die Bramscher Straße. Der Sonnenhügel ist ein sehr altes Viertel der Stadt. Es war nicht weit bis zum Erdbeerblau, der Kneipe, die Dyk gerne mit Karl Heeger zusammen frequentierte. Ein Kunstcafé im besten Sinne, ein Schmelztiegel aller Gesellschaftsschichten und eine Oase für jeden Musikliebhaber. Es war Zeit, dass man öffnete. Kaum eine andere Kneipe liegt dem Gertrudenberg näher als diese. Freigänger von dort mischen sich gerne unter das Publikum. Sie fallen wenig auf.

Hero Dyk trank ein Bier auf das Wohl von Gerda Lottenburger und ein zweites auf das von Kohn. Es war kaum jemand da, den er kannte. Nur ein Mann namens Rusty, der die Bühne vorbereitete für das Konzert am Abend, und ein Gitarrist, der auf einem Hocker saß und ein Stück vom Häns'che Weiss Quintett spielte. Zigeunermusik. Dienstags ist Open Stage, dann kommen Musiker von weit her und spielen zum Spaß. Es kostet nichts. Manchmal produzieren sich die Gertrudenberger auf der Bühne, das wird geduldet, bis es zu viel wird. Rusty war früher selbst ein begnadeter Gitarrist, hatte man Hero Dyk erzählt. Dann hatte er einen Unfall gehabt. Seine Hände waren so verstümmelt, dass er sich kaum allein die Hose zumachen konnte. Nur zum Trinken reichte es noch.

»Rusty«, rief Hero Dyk. »Was ist mit deinen Händen passiert?«, wollte er wissen. »Was war das für ein Unfall?«

»Das habe ich vergessen«, sagte der Mann und mühte sich, ein Mikrofon an ein Kabel anzuschließen. Hero Dyk half ihm dabei.

Bald darauf ging er den Weg zurück, den er gekommen war, stieg in sein Auto und fuhr nach Hause, wo Svetlana auf ihn wartete, was neu war für ihn und ungewohnt. Mit ihr trank er einen Sherry, die Flasche war seit gestern halb leer getrunken, anschließend setzten sie sich zusammen, um zu Abend zu essen. Ein Bilderrahmen fehlte, ein wertvolles Stück, das er in eine Nische der Küche gestellt hatte. Es kümmerte ihn nicht.

***

Eike Freytag hörte gerne Apocalyptica, wenn er sich die Welt vorstellte, über die er schrieb. Oder Wagner, den Walkürenritt natürlich. Led Zeppelin, Nina Hagen. Schwermetall vor allem, die große Geste. Freytag liebte den Applaus, wer tut das nicht?

Die Artikel, die er schrieb, pflegte er vor dem Spiegel zu deklamieren, wie eine Ode an sich selbst. Die Nachbarn protestierten manchmal, das nahm er hin. *Junges Mädchen sagt gegen Osnabrücker Unternehmer aus* – man mordet für solch einen Aufmacher, um ihn exklusiv zu besitzen. Darunter, in der zweiten Reihe und kleiner gedruckt, stand zu lesen: *Obdachlose liegt nach Autounfall im Koma.*

In seinem Artikel stand Lilly im Mittelpunkt, nicht Gerda. Die arme Frau war zum Objekt der Geschichte geworden, das Mädchen zum Subjekt. Kohn diente ihm als Hintergrund. Der Industrielle und seine Firma OSNINGFLEISCH brauchten kaum erwähnt zu werden, um ihre Wirkung zu entfalten. Man würde auch so wissen, um wen es sich handelte. Kohn war stadtbekannt.

Freytags Laptop thronte auf den Stapeln von Dokumenten, Papieren und Zeitungsausschnitten, die den Schreibtisch bedeckten. Ab und zu erhob er sich von dem Chaos, wenn er schrieb, griff eine akustische Gitarre, die in Reichweite stand, spielte zwei, drei Akkorde und setzte sich dann wieder. Abbau der inneren Spannung. Er hatte eine Geschichte zu schreiben, die ihm die Miete zahlen sollte.

Dann stockte er plötzlich.

»Scheiße!«

Da war eine Frage. Ein neuer Gedanke, der sich aufdrängte, störend zunächst. Der ganze Schwung drohte ihm zu entgleiten.

Doch dann entstand eine Idee: »Das ist ja noch viel besser!«

Freytag nahm das Telefon. Die Visitenkarte von Hero Dyk, wo war sie hin? Er fand sie unter den jüngsten Stapeln und wählte die Nummer. Ein Handy.

»Dyk, sagen Sie, was läuft da eigentlich zwischen Ihnen und dieser Lilly?«

Hero Dyk war sehr überrascht. Es war nach siebzehn Uhr, er saß an seinem Schreibtisch, um zu arbeiten, so wie Freytag auch, nur war im Schreibhaus alles aufgeräumt. Hero Dyk befolgte im Gegensatz zu seinem Kollegen die Regel, nichts auf seinem Schreibtisch zu dulden, was ihn ablenken konnte, aber auch er pflegte sich zu erheben und herumzulaufen, wenn eine innere Spannung ihn beim Schreiben übermannte. Hero Dyk hatte dazu weit mehr Platz als Freytag. Er konnte bis auf seinen Hof gehen und dort die Stufen hoch- und runterlaufen, wenn er wollte.

»Freytag?«, sagte Hero Dyk. »Sind Sie das?«

Svetlana stand vor ihm und servierte Tee, es war die rechte Zeit dafür. Hero Dyk scheuchte sie mit der Hand davon, aber sie setzte sich, als sie Freytags Namen hörte, als ginge sie das was an. Hero Dyk besaß ein wunderschönes rotes Ledersofa, hart gepolstert, auf das sie sich setzte. Den Tee trank sie selbst.

»Da läuft doch etwas, das merke ich.«

»Lilly? Wir kennen uns, das ist richtig.«

»Sie leugnen also nicht?«

»Was soll ich leugnen?«

»Dass Sie das Mädchen kennen.«

»Ich habe sie aufwachsen sehen.«

»Ja, das hört man immer wieder«, sagte Freytag. »Die Täter sind meist im familiären Umfeld zu finden.«

»Täter? Sie ist in Lembruch aufgewachsen, nicht weit von dort, wo ich mit meiner Mutter gewohnt habe.«

»Wie kommt es, dass Sie jetzt beide in Osnabrück wohnen? Als Nachbarn sozusagen? Was läuft da zwischen euch?«

Dyk schluckte das vertrauliche Du. »Das kann ich erklären«, sagte er viel zu eifrig. »Sie hat mir einen Tipp gegeben, als das Haus zum Verkauf stand. Sie wusste, dass ich nach Osnabrück ziehen wollte. Sie hat mich gerufen, wenn Sie so wollen.«

»Und Sie sind sicher, dass da nicht mehr dran ist, Herr Kollege? Wie alt ist das Mädchen?«

»Hören Sie, Freytag, was ist das für ein Artikel, an dem Sie schreiben? Geht es um den Unfall? Sie sollten über die Frau schreiben, die dabei zu Schaden kam. Über Gerda Lottenburger. Sie verdient unsere Aufmerksamkeit, nicht Lilly.« Hero Dyk öffnete die Tür zum Hof und ließ kalte Luft herein.

Svetlana wickelte sich in die Decke, die auf dem Sofa lag. »Brechen Sie unter«, sagte sie und senkte ihre Hand in einer resoluten Geste. »Legen Sie auf.«

Hero Dyk antwortete ihr mit der gleichen unwirschen Handbewegung und gebot ihr so, sich ruhig zu verhalten.

»Das klingt gut, was Sie da sagen«, fuhr Freytag fort, »aber einer von euch beiden lügt. Sie sind prominent, Herr Dyk. Es besteht ein öffentliches Interesse an Ihnen und ab morgen auch an dem Mädchen. Lilly sagt, Kohn sei schuld. Sie dagegen behaupten, es sei ein Unfall gewesen. Er sei nicht zu schnell gefahren. Geht es um einen Beziehungsstreit zwischen Ihnen und dem Mädchen? Oft ist das so, fragen Sie nicht, warum.«

»Gerade die Frage nach dem Warum ist häufig schwer zu klären.« So versuchte Dyk, die Antwort schuldig zu bleiben. Angriff. Ablenkung. Ein neues Feld eröffnen für die Diskussion. Wer sich verteidigt, klagt sich an. Dyk wollte das vermeiden.

»Es könnte eine Beziehungskrise dahinterstehen. Der eine sieht es so, der andere ist dagegen.«

»Lilly ist achtzehn. Jede Beziehung mit ihr wäre legal.«

»Die Leser interessiert es sehr«, sagte Freytag, »wenn Sie eine Beziehung zu dem Mädchen haben. Man müsste fragen, wie lange das bereits läuft. Sie kennen Lilly, seit sie ein Kind war, das haben Sie gesagt. Woher übrigens ist Ihnen Kohn bekannt? Aber das frage ich ein andermal. Ich darf Sie nicht länger stören, Herr Kollege. Sie haben sicher zu tun.«

»Hören Sie«, sagte Dyk, »ich hatte eine Beziehung zu Lillys Mutter, das ist alles.«

»Na sehen Sie«, sagte Freytag. »Mehr wollte ich doch nicht wissen. Die Leute haben ein Recht darauf, informiert zu werden. Ich wünsche Ihnen einen guten Tag.« Zufrieden legte Freytag auf.

Hero Dyk setzte sich an seinen Schreibtisch und starrte ungläubig das Telefon an.

»Was war das denn?«, fragte Svetlana.

»Das weiß ich nicht«, sagte Hero Dyk. »Ich hoffe, es kommt nicht wieder.«

Freytag lehnte sich zufrieden zurück, erhob sich dann, öffnete ein Fenster und steckte sich eine dicke Zigarre an. Der Tag war schön geworden, sehr kalt, aber ab und zu hatte man die Sonne gesehen. Jetzt ging er zur Neige. Bis Redaktionsschluss war noch Zeit. Er setzte sich an den Computer und wählte sich in das Forum ein, das er leitete, um ein wenig Werbung für die Berichte zu machen, die morgen in den Zeitungen stehen würden. Er erwähnte eine mögliche Beziehung zwischen Lilly und Hero Dyk und wies darauf hin, dass der bekannte Autor unter einer leicht weiblichen Ausstrahlung leide. Wieso kannten die beiden sich, und weshalb machten sie unterschiedliche Aussagen?

***

Tondokument von Dienstagabend, dem 2. Januar
Niederschrift durch Kommissar Karl Heeger

Beginn der Aufzeichnung um 19.34 Uhr. Die Stimme klingt zu Anfang etwas aufgeregt.

Mein Mädchen,

dieser Unfall, von dem alle reden. Er macht mich wütend. Kohn fährt ja meist wie ein Kranker, und diesmal stand tatsächlich eine Frau in seinem Weg. Es passierte direkt vor dem Haus von Hero Dyk, ist das zu glauben? Ich wusste gar nicht, dass er jetzt in der Stadt lebt. Er sagt nun für Kohn aus. Der sei nicht zu schnell gefahren, behauptet er. Wieso nimmt er ihn in Schutz?

Langes Schweigen. Das Gurren von Tauben ist kurz zu hören, ansonsten Stille im Hintergrund.

Im Forum wird viel spekuliert. Es gibt einen Elektriker, der seine Villa kennt. Unter Dyks Keller liegt ein Bunker aus dem letzten Weltkrieg, sagt er, den man von außen durch einen zweiten Eingang in einem Turm erreicht, der in seinem Garten steht. Eine Gruft, gut acht Meter unter der Erde. Der Mann hat dort Leitungen verlegt und Licht installiert. Er weiß, wie man eindringen kann, ohne dass es auffällt. Da sollte ich mich mal umsehen.

Ein wütender Aufschrei. Stühlerücken und Hin-und-her-Gerenne. Die Stimme ruft: »Schon gut, schon gut«, und beruhigt sich langsam.

Dieses ganze Diskutieren reicht mir nicht. Es bringt uns nicht weiter. Man schimpft auf Kohn, man verflucht ihn. »Das Schwein muss weg«, sag ich, und alles applaudiert. Jemand meldet sich zu Wort und bietet einhundert Euro für seinen Kopf. Andere steigen ein, so kommen schnell eintausend Euro zusammen. Die Leute hatten mächtig Spaß, doch das reicht ihnen meist.

Die Person schreit nun fast.

Das mit Rusty tut mir leid. Ehrlich.

Unartikulierte, gequälte Laute.

Da bin ich zu weit gegangen, auch wenn es ihm recht geschah. Glaube mir, ach glaube mir! Ich habe verstanden. Nie wieder.

Die folgenden Sätze werden schnell gesprochen. Eifrig.

Aber Kohn hat den Tod verdient. Strom und Säure, der Ordnung halber. Niemand wird ihn vermissen. Komm schon! Ich weiß, was ich tue. Man soll sich doch wehren!

Es war kein schöner Tag, heute. Nachmittags habe ich mich in der Stadt umgesehen. Es ist lange her, dass ich dort war. Ein Mann schien völlig betrunken zu sein. So früh am Tag schon! Er hat sich in einem Hauseingang übergeben und vor die Tür von fremden Leuten gekotzt. Mein Schweinetreiber hätte sich gerne auf ihn ge-

stürzt. Der Elektroschocker, du kennst ihn noch. Ich konnte mich jedoch beherrschen. Siehst du wohl, es geht.

Ich sehe jetzt ein Ziel. Eine Möglichkeit. Es tun sich Wege auf. Würdest du mit mir kommen? Du gehörst zu mir. Nicht ohne meine Tochter – so heißt es doch?

Laut Zeitstempel wurde die Aufnahme um 19.48 Uhr gestoppt.

MITTWOCH

Als Hero Dyk am nächsten Morgen in die Stadt ging, um zu frühstücken, wusste Christina, was sie von der Sache halten sollte. Sie hatte die Zeitungen gelesen. Hinten im Raum hingen sie in hölzernen Haltevorrichtungen von einer Garderobe herab wie reifes Obst. Alle berichteten über den Unfall und verwendeten dazu Freytags Foto. Kohn selbst war darauf zu sehen, das Unfallfahrzeug, Hero Dyk und eine strahlend weiße Lilly, die sich über die blutende Gerda beugte. Freytag berichtete, dass Kohn kurz vor dem Unfall wegen Rasens von einem Radargerät geblitzt worden war. Am Schluss erinnerte er daran, dass eintausend Arbeitsplätze durch die Schließung der OSNINGFLEISCH in Gefahr seien, aber den Unternehmer jucke das wenig. Er habe noch andere Betriebe. Ein ganzes Imperium.

»Sehen Sie«, sagte Christina, »ich wusste, dass da was nicht stimmt. Und der Kohn hat was damit zu tun. Kakerlaken sind das! Alles Diebe! Bis auf dieses Mädchen. Der will man jetzt einen Orden geben! Sie sollen sehr intim sein mit ihr«, setzte sie hinzu.

»Das steht da?«

»Das steht da!«

»Aber Christina«, sagte Hero Dyk an einem Croissant kauend, »er ist unschuldig. OSNINGFLEISCH hat kein Gammelfleisch verarbeitet, das stand ebenfalls in der Zeitung, wenn auch nur klein gedruckt. Und Kohn ist nicht zu schnell gefahren. Ich habe das gesehen. Die Frau ist ihm vors Auto gesprungen.«

»Haben Sie was zu schaffen mit dem?« Christinas Ton wurde schnippisch. »Das kann man so in der Zeitung lesen.«

»Ach was«, sagte Hero Dyk. Sein Handy klingelte. Er nahm das Gespräch an, ohne vorher auf den Anrufer zu achten.

»Kohn hier«, sagte eine tiefe Stimme. »Guten Morgen.«

»Kohn!« Hero Dyk stutzte einen Moment, sah dann auf Christina, die ihn böse beobachtete, wand sich schließlich ab und setzte sich gerade auf seinen Stuhl. »Ach ja, ich hatte Ihnen meine Visitenkarte gegeben, richtig. Das hatte ich ganz vergessen.«

»Hören Sie«, begann Kohn, »das mit dem Artikel ... Ich muss Sie sprechen. Sofort. Das geht so nicht.«

»Ich sitze in einem Café an der Bierstraße. Ich weiß nicht, ob es eine so gute ...«

»Ach was«, sagte Kohn. »Bierstraße ist gut. Ich bin gleich da. Zehn Minuten.«

Hero Dyk legte auf. Er hob die Arme, die Schultern, die leeren Hände, sodass sie Hilflosigkeit zeigten. »Was soll ich machen?«, sagte er zu Christina.

»Kommt er her?«

Hero Dyk nickte.

Christina schnaubte auf eine abfällige Art, um das Aufrechte an ihrer Haltung zu unterstreichen. Eine von zwei Frauen am Nachbartisch zeigte mit dem Finger auf Hero Dyk, das war verwunderlich, denn vorher hatte nichts die beiden in ihrem Gespräch stören können. Gestern schon waren sie ihm wegen des Kinderwagens aufgefallen, den sie mit sich führten.

»Gibt es ein Problem?« Von der Empore beugten sich zwei Männer herunter. Einer trug den grauen Overall eines Handwerkers, der andere Schlips und Kragen der Handelsvertreter.

»Kein Problem«, sagte Christina nun sehr mutig wegen der Unterstützung, die sie erhielt. »Das ist Hero Dyk. Der Schriftsteller. Der von dem Unfall.«

Die Männer und auch andere Gäste des Cafés betrachteten ihn stumm und voller Vorwurf. Gab es denn keinen Inhaber in diesem Café? Jemanden, der einschreiten konnte, wenn die Gäste vom Personal belästigt und nicht bedient wurden? Hero Dyk hätte gerne noch eine Tasse Tee getrunken, aber Christina weigerte sich, die Bestellung anzunehmen.

Schließlich bezahlte er und ging vor die Tür, um dort in der Kälte zu stehen. Kohn ließ nicht lange auf sich warten.

»Haben Sie das gelesen?« Er hielt eine der lokalen Zeitungen hoch und schlug sie sich dann in die hohle linke Hand. Christina und die beiden Frauen vom Nachbartisch standen innen vor der Glastür des Cafés, unerschütterlich wie die Mütter in Buenos Aires, die Aufklärung fordern über das Schicksal ihrer Söhne. Sie würden Kohn nicht durchlassen. *No pasarán!*

Kohn stand vor ihnen und schnitt Grimassen, bis Christina unerschrocken den Mittelfinger zeigte.

»Verflucht«, sagte Kohn, »vor ein paar Tagen noch hätte das niemand gewagt. Was gibt ihr jetzt den Mut dazu?«

»Man wird ihr auf die Schulter klopfen und ihr recht geben«, sagte Hero Dyk. Tatsächlich sah man, wie die drei Frauen sich die Hände schüttelten und sich freuten. »Sie werden gemobbt, Herr Kohn. Kommen Sie, wir gehen ein Stück. Sie werden es überleben.« Hero Dyk griff ihm jovial an beide Schultern und schob ihn sanft vom Café weg.

»Verflucht«, wiederholte Kohn, »das ist ja wie mit den Juden!«

Erschrocken schob Hero Dyk den schmächtigen Mann an den Schultern weiter vorwärts, vermied es aber, ihm körperlich zu nahe zu kommen. Sie bogen zum Markt ab. Die Stadt scheint zwei Zentren zu haben wie diese Doppelsterne, die gravitativ aneinandergebunden sind, wobei jeder eine ganz eigene Bahn beschreibt. Einmal diesen Markt, auf dem kein Wochenmarkt mehr stattfindet. Es ist ein alter Kopfsteinplatz, vom Rathaus und der protestantischen Marienkirche begrenzt. Zum anderen den katholischen Domplatz, nur ein paar hundert Meter entfernt, der tatsächlich an Samstagen als Marktplatz dient.

Die beiden Männer nahmen einen schmalen Weg bei der Kleinen Kirche, der am Carolinum vorbei zur Hase führt und früher Klapperhagen genannt wurde, da hier die Aussätzigen der Messe folgten und andere dabei mit ihren Rasseln warnten. Sie gingen über die Conrad-Bäumer-Brücke, dann den Herrenteichswall entlang, dem Lauf der Hase folgend, die durch die Stadt fließt.

»Das mit den Juden«, sagte Hero Dyk, »das lassen Sie besser.«

»Sind wir Freunde?«, wollte Kohn wissen.

»Hören Sie«, sagte Hero Dyk, »ich weiß gar nicht, was das bedeutet. Muss ich dann auf Ihrer Seite stehen, oder darf ich mich heraushalten?«

»Ich kann damit nicht umgehen«, sagte Kohn. »Kann ich einfach nicht, ich weiß das. Da bin ich sehr empfindlich.«

»Was meinen Sie?«

»Man muss mich nicht mögen, das ist es nicht. Man kann keine Geschäfte machen, wenn man ständig gemocht werden will. Ich muss nicht jedem gefallen, aber ich arbeite nicht zum Vergnügen. Es sollte Sinn haben, was ich tue, und der Sinn ist nicht das Geldverdienen. Es muss uns allen nutzen. Ich bin Teil der Gemeinschaft, man darf mich nicht ausschließen.« Kohn wies mit einer großen Geste auf die Stadt um sich herum. »Ich erfülle eine Aufgabe. Ich tue Dinge, die getan werden müssen. Ich schlachte Tiere, ich entlasse Menschen und mache Unterschiede, ich verhandele hart und verdiene gutes Geld, aber all das ist nötig. Jemand muss es tun. Ich will Teil dieser Stadt sein, sonst bin ich nichts wert, verstehen Sie das? Gestern hat man mich geblitzt. Kurz vor dem Unfall, es wird sicher nicht für mich sprechen. Die Polizistin hat mit ihrem Radargerät auf mich gezeigt wie Gott auf einen Sünder. Aus all den anderen Fahrzeugen hat sie gerade meinen Audi ausgewählt, dabei waren wir alle gleich schnell. Wie hat sie mich erkannt? Man verkauft mir nicht einmal mehr Kaffee in dieser Stadt.«

Kohn wies zurück auf die Innenstadt mit ihren vielen Cafés, Kneipen und Restaurants. »Haben Sie das Foto in der Zeitung gesehen? Man sieht, wie das Mädchen sich um die arme Frau kümmert. Ihre Tochter, haben Sie gesagt, ganz in Weiß gekleidet und voller Mitleid. Ich dagegen sehe mit dem hochroten Kopf so böse aus wie ein Wildschwein. Was hat das mit der Wahrheit zu tun?«

»Das kann ich verstehen«, sagte Hero Dyk und wunderte sich, denn er verstand es tatsächlich. Kohn tat ihm leid. Der Mann sprach jetzt davon, alle Betriebe verkaufen zu wollen, ein Segelboot kaufen, auswandern.

»Aber warum?«

»Man hat mich falsch beschuldigt. Man wirft mir Dinge vor, die ich nicht tun würde. Man verzichtet auf mich, will solche Leute wie mich nicht mehr haben. Ich kann so schlecht allein sein, verstehen Sie?«

»Da war doch gestern eine Frau bei Ihnen.«

»Ines? Ja, gut. Seit dreiundzwanzig Jahren zahle ich für ihre Wohnung. Als ich sie kennenlernte, war sie sehr jung. Und verheiratet bin ich auch. Meine Frau unterhält sich mit dem Internet und fördert den Tierschutzverein, das ist ihr Lebensinhalt. Meine älteste Tochter redet kein Wort mit mir. Sie will ein besserer Mensch werden, als ich es bin.«

»Was sagt Ihre Freundin?«

»Man hat sie bereits verhört. Sie wird für mich aussagen.«

»Lassen Sie doch einfach Ihren Betrieb weiterlaufen. Dann wird es Ihnen besser gehen.«

»Dazu bin ich zu stolz.«

Kohn bestand darauf, Hero Dyk nach Hause zu begleiten. So kamen sie an der Plakatwand vorbei.

»Sehen Sie«, rief Kohn aufgebracht. »Sehen Sie das? Die Schrift an der weißen Wand? *›Yes we're able to go without those stupid capitalists!‹*«

»Okay«, hatte jemand anders daruntergeschrieben und dann auf Deutsch hinzugefügt: *»Aber welchen erschlagen wir zuerst?«*

»War es das, was Sie sagen wollten?«

»Ich bin schon ganz durcheinander«, sagte Kohn. »Reden Sie mit ihrer Tochter. Mit Lilly. Sie soll ihre Aussage zurückziehen.«

»Der Artikel weist ihr eine Rolle zu, der sie nicht gerecht wird«, sagte Hero Dyk. »Ich weiß, was sie getan hat.«

»Die Frau wurde von den Jugendlichen auf die Straße gejagt, haben Sie gesagt. Sie sind mein Zeuge.« Kohn sprach jetzt ganz aufgeregt und zog Hero Dyk am Revers seines Mantels. »Sie müssen bewirken, dass sie die Wahrheit sagt.«

»Sie selbst sollten mit Lilly reden, Herr Kohn. Sie trifft sich mit ihrer Bande häufig neben meinem Haus. Gleich dort, wo Sie gestern Nacht geparkt haben. Sicher wird sie Ihnen zuhören.«

Das werde er tun, willigte Kohn ein. Sie schüttelten sich die

Hände. Ein kräftiger Druck, mit dem beide etwas anfangen konnten.

»Freunde?«, sagte Kohn.

»Freunde«, antwortete Hero Dyk. »Was auch immer das heißt.«

Die beiden Männer waren kaum auseinandergegangen, als Dyks Handy erneut klingelte.

»Hero? Hier ist Hanna.«

Hanna?

»Mensch, Hanna!«

»Ja. Ich wusste nicht, dass du in der Stadt wohnst. Lilly hat mir nichts gesagt. Sie spricht nicht mit mir.«

»Du hast den Artikel gelesen, stimmt's?«

»Ja, sag mal, wie kommen die Zeitungen dazu, über dich und Lilly zu schreiben?«

»Die Zeitung saugt sich das aus den Fingern. Lilly hat in der Klosterstraße ein Versteck in einem alten Gebäude. Sie haust dort mit der Bande, zu der sie gehört. Nebenan wurde eine schöne Villa verkauft, da rief sie mich an. Sie wusste, dass ich Interesse hatte. Seither treffe ich sie ab und zu. Ich mache ihr Butterbrote, das ist alles. Ich habe ein Auge auf sie. Wir sind Nachbarn.«

»Du solltest den Leuten sagen, dass sie deine Tochter ist.«

»Das geht doch niemanden etwas an.«

»Schämst du dich wegen mir?«

Hero Dyk schwieg eine Weile. »Hanna, was soll das?«

Sie sog winselnd die Luft ein. Ein »Hach!« brach in den höchsten Tönen aus ihr hervor. Sie atmete ein paarmal tief durch und fing sich wieder. »So eine Stiftung will ihr ein Stipendium zahlen, dabei denkt sie gar nicht ans Studieren. Die Stadt möchte ihr einen Preis verleihen für Zivilcourage. Es gab nie einen Preis für Zivilcourage in Osnabrück. Mein Telefon steht nicht still. Lilly ist weg, und ich weiß kaum, worum es geht. Sie ist weg mit ihren Freunden, wie immer.«

»Ja«, sagte Hero Dyk. »Die Stiftung hat gestern bei mir angerufen. Sie wollten deine Adresse. Ich habe aufgelegt. Dann haben sie dich also trotzdem gefunden?«

»Kann ich dich sehen? Heute Abend?«

Hero Dyk zögerte, gab aber nach. »Wo finde ich dich?«

»Kennst du das Erdbeerblau? Eine Musikkneipe. Dort probt mein Chor. Du erinnerst dich? Das mache ich immer noch. Über der Kneipe ist ein Theaterraum, du erreichst ihn durch einen eigenen Eingang. Ab halb acht am Abend.«

»Ich kenne das Erdbeerblau.« Hero Dyk sagte zu. Er ging nach Hause, aß lustlos einen Eintopf, den Svetlana gekocht hatte, und versuchte, sich zu konzentrieren. Später saß er regungslos vor seinem Laptop, ohne auch nur einen Satz zu schreiben, wie leer, und gab es schließlich auf. Angst breitet sich vom Magen her aus. Hero Dyk war ein ängstlicher Mensch. Er versuchte es mit einem Mittagsschlaf, fand aber keine Ruhe.

Wie es Lilly wohl ging? Die Zeitungen verschafften ihr unnötige Beachtung, hoben sie heraus aus der Anonymität und konstruierten ein Heldentum, das in starkem Kontrast stand zu dem, was wirklich geschehen war. Hero Dyk hatte den ganzen Nachmittag über keinen Laut vom Nachbargrundstück gehört.

Schließlich ging er auf den Gertrudenberg, um Gerda Lottenburger zu besuchen. Auch das war sinnlos, wie alles an diesem Tag. Man ließ ihn nicht zu ihr. Sie reagiere immer noch nicht, und das gebe zu Sorgen Anlass. Unverrichteter Dinge kehrte er zurück und versuchte erneut zu arbeiten.

Später rief Kohn an. Beim Bäcker habe man seine Frau nicht bedienen wollen. Die jüngere Tochter sei in der Schule von anderen Mädchen und einem Jungen belästigt worden, mit denen sie bis dahin befreundet zu sein glaubte. Jemand hatte einen Farbbeutel gegen sein Haus geworfen. Gelbe Farbe wie bei dem Auto. Die Leute zeigen so, auf wessen Seite sie stehen.

Er werde jetzt tun, was Hero Dyk ihm vorgeschlagen habe, sagte Kohn. Er werde Lilly suchen. Der Mann schien getrunken zu haben.

Hero Dyk glaubte, dass ihn das alles nichts anginge. Man muss sich schützen. Er konnte sich gut in andere Menschen hineindenken, fühlte mit ihnen, dachte wie sie. Das belastet manchmal, hilft aber beim Schreiben.

Abends schließlich, gegen halb acht, machte er sich auf, um Hanna zu treffen. Hanna, die er mal sehr gemocht hatte, bis sie ihn zu langweilen begann. Er hatte nicht gewusst, dass sie schwanger war.

Es war kälter geworden. Die Stadt kam ihm fremd vor, die Wege ungewohnt. So viele Leute, und wie die aussahen! Er kannte die gar nicht.

Hero Dyk zog den Kopf ein, schlug den Kragen hoch und senkte den Blick. Ohne es zu wissen, kreuzte er den Weg, den zwei Tage zuvor Gerda Lottenburger genommen hatte. Die Ziegelstraße hinunter, den Bahndamm entlang, dann rechts der Bramscher Straße folgend, eine Straße mit alten Häusern, die sich sozial von einem langen Abstieg erholt und nun ein wirklich sehr buntes Bild abgibt.

Das Erdbeerblau liegt gleich links an einer Ampel in der Wachsbleiche. Früher diente das Gebäude als Supermarkt. Unten befindet sich die Kneipe, über eine Nebentür gelangt man in die alten Lagerräume darüber. Hier probt mehrmals in der Woche »Opus Arte«, ein Opernchor, gegründet vor Jahren von einem erfolgreichen Tenor, der zum Ende seiner Karriere aufs Land gezogen war.

Dyk kannte ihn gut. Der Mann saß inmitten seiner Eleven an einem Flügel. Man studierte Teile der Fledermaus ein. Johann Strauss. Früher hatte der Chor in einer Gaststätte nicht weit von Lembruch geprobt, so war Hanna dazugestoßen. Der Tenor erhob sich jetzt und versammelte die Damen sowie drei, vier Herren um sich. Er hatte schulterlanges graues Haar. Trotz der kalten Witterung draußen trug er kurze graue Hosen, wie sie zu einer Schuluniform passen würden oder zu AC/DC. Er schob seinen in ein graues T-Shirt gehüllten Ranzen nach vorn, kokettierte so mit einem Schmerbauch und stemmte die Arme grotesk in die Hüften. Auf diese Art ermutigte er die Damen ebenfalls zu besonderem Ausdruck in ihren Bewegungen. Das gelang ihm recht gut. Die meisten standen mit einem Fuß vorgereckt oder imitierten mit sichtlichem Spaß irgendeine alberne Pose. Sie sangen voller Inbrunst, bogen sich mit dem ganzen Leib in die Töne hinein, zogen die Gesichter lang zu »Oh!« und »Ah!«.

»Die Luft gehört in den Körper«, rief der Tenor. »Blast euch auf und lasst es oben raus.« Er zeigte, was er meinte, und alles lachte, schnaubte und prustete völlig selbstvergessen.

»Jetzt sind wir wieder in Afrika«, rief er nun mit deutlich kölschem Dialekt, und die Gruppe verstand, was er meinte.

Man kannte Hero Dyk, auch wenn er nie eine Probe besucht hatte. Die Damen nickten ihm zu und spannten sich etwas mehr, denn jetzt gab es Publikum. Dyk hatte die Gruppe mehrmals auftreten sehen, gekleidet in mächtige Barockkleider, die der Maestro selbst nähte, meist sehr gewagt, die Damen gerne drall und atemlos. Heute probten sie in Straßenkleidung. Ungeschützt, aber doch in Sicherheit zwischen den anderen. Man übersah eine Falte hie und da, eine winzige Ader im Dekolleté, die manchmal grob ungelenken Beine, die üblichen Sorgen.

Sie sangen aus tiefster Kehle und spielten die Grisetten, das Moulin Rouge, fröhlich und voller Leben. Sie zeigen sich und ihren Mut, ihre ganze Seele, all die Hoffnung, Enttäuschung, Leidenschaft. Das wirkt nicht ordinär, wie man es so oft sieht. Sie nehmen nicht, sondern finden und geben sich selbst. Sie sind ein Geschenk, das man hüten sollte, ein Gedanke, den man nicht verlieren darf.

Hanna hatte ihn noch nicht bemerkt. Sie maß einen Meter achtzig und wirkte kraftvoll. Etwas ungeschickt vielleicht aufgrund der Größe. Sie war schlank und hatte langes dunkles Haar. Die Schnallenstiefel reichten ihr bis zum Knie. Darüber ein Jeansrock mit breitem Gürtel, schwarze Strumpfhosen. Die Beine stellte sie beim Singen ganz dicht nebeneinander wie ein junges Mädchen. Die überlangen Arme waren in die Hüften gestemmt oder vor der Brust verschränkt. Manchmal versteckte sie sie hinter dem Rücken und plärrte wie ein Backfisch. Sie schmollte und krähte, probierte jede Mimik, die ihr zur Verfügung stand, zickte und lachte und provozierte. An diesem Abend traute sie sich allein nach vorn, wo sie die Solostimme sang. Sie tat das frivol, enthemmt, empört und albern, sie durfte das tun, denn die Hauptbesetzung war an diesem Abend verhindert. Hanna nutzte den ganzen Raum, den man ihr ließ, sie stolzierte und verführte mit all der Kraft ihres Leibes.

Hero Dyk sah die roten Knöchel an ihren langen Fingern, die rauen Hände vom Spülen. Hanna trug keinen Ring. Beim letzten hohen Ton kniff sie die Pobacken zusammen und ging dann zurück auf ihre Position. Man klatschte ihr Beifall, sie machte einen Knicks. Jemand wies auf Hero Dyk, und sie nickte ihm zu, huldvoll.

Er nahm sich einen Stuhl und setzte sich, um zuzusehen, genoss die ganze Pracht, berauschte sich. Es gibt keinen schöneren Rahmen, um Opern zu singen.

Der Maestro klatschte in die Hände, es war Pause. Die Grisetten begrüßten Hero Dyk und umringten ihn. Ein frohes neues Jahr. Man habe erst aus der Zeitung erfahren, dass er in Osnabrück lebe. Man klopfte ihm auf die Schulter. Keine Frage wegen Lilly. Man kannte ihn hier.

Auch der Maestro ergriff seine Hand und schüttelte sie.

»Das ist wunderbar, was ihr hier tut«, sagte Hero Dyk.

»Ach«, sagte der Tenor, »ich weiß gar nicht, was ich ihnen noch beibringen soll. Es ist herrlich, was man auf dem Land so findet. Ich hätte kommen sollen, als ich jung war.«

Hero Dyk umarmte ihn mit ehrlicher Freude und begrüßte Hanna mit Küsschen rechts und Küsschen links.

»Dieser Reporter hat nach Lilly gefragt, Freytag heißt er«, sagte Hanna. »Ich weiß nicht, wo sie steckt. Das Leben mit ihr als Tochter ist die Hölle.«

»Können wir reden?«

»Komm später mit zu mir.«

»Ach Hanna«, sagte Hero Dyk und nahm sie in die Arme wie vorher den Tenor. Er hielt sie auf Abstand und sah ihr in die Augen.

Hanna rollten plötzlich zwei Tränen das Gesicht herunter, die sie schnell wegwischte. Die Augen und auch die Backen liefen rot an. Sie schniefte einmal kurz, dann ging es besser.

»Kommst du?«

»Du wolltest mich hier treffen«, klagte Hero Dyk, gab aber nach.

Hanna nahm ihn bei der Hand und ging mit ihm vor die Tür, wo man rauchen durfte. Leichtes Schneetreiben hatte eingesetzt, die Temperaturen lagen jetzt deutlich unter null. Es begann zu frieren. Die Probe ging schließlich weiter. Repertoirepflege. Eine halbe Stunde noch sah Hero Dyk zu, dann war Schluss.

Kaum draußen, zeigte Hanna das entseelte Lächeln, das er so gut kannte. Singend war sie hübscher, nun wirkte sie unsicher, mühsam beherrscht. Sie roch anders, wenn man darauf achtete. Man traute der Fröhlichkeit nicht, mit der sie sich bei Hero Dyk einhakte.

»Was ist mit Lilly?«

»Gar nichts«, sagte er. »Das Haus war zu kaufen, und sie fand es nett, mich dort zu sehen. Ich wohne erst seit Kurzem in Osnabrück und hatte noch keine Zeit, mich bei dir zu melden.«

Sie standen bald darauf vor dem Haus, in dem Hanna wohnte. Es lag nicht weit von Hero Dyks Villa entfernt. Eigentlich gleich um die Ecke.

»Kommst du mit hoch?«

»Ach Hanna«, wiederholte Hero Dyk. Er hatte sich auf diese Frage vorbereitet, aber keine Antwort gefunden. So ging er mit. Als Jugendliche waren sie befreundet gewesen, hatten aber nie eine wirkliche Beziehung miteinander gehabt, bis sie ein paarmal miteinander schliefen. So wurde Lilly gezeugt. Hanna hatte darauf bestanden, das Sorgerecht zu bekommen, und Hero Dyk war nie eine Zahlung schuldig geblieben.

Sie stieg, nun betont fröhlich, vor ihm die Treppe hoch zu ihrer Wohnung. Hanna lachte und machte »Pschschscht«, aber es hörte niemand zu, so war es nur der halbe Spaß. Sie schloss die Tür auf und zog ihn herein. Versperrte die Tür sofort wieder, warf ihn dagegen und küsste ihn, ohne das Licht einzuschalten.

»So lange her«, hörte Hero Dyk sie schnurren. Sie ließ ihn los und riss sich die Kleider vom Leib. »Du auch«, flüsterte sie.

Hero Dyk zögerte einen Moment, unmerklich fast. Dann entledigte er sich seiner Kleider. Sie trug fleischfarbene Wäsche, mehr stützend als erotisch, so wie erwachsene Frauen es tun. Hanna war zu dünn. Ihre Beine und Arme wirkten lang, sodass Brüste und Scham in der Luft zu hängen schienen, als sie Schlüpfer und Büstenhalter ablegte. Das Leben hatte deutliche Spuren an ihr hinterlassen, auf die man stolz sein kann, wenn es gelingt. Die Brüste waren noch voll und schwer, die Warzen zeigten einen dunkelbraunen Ton. Zum Hals hin hatten sich erste tiefe Falten gebildet. Ihr Bauch war seit Lillys Geburt deutlich gewölbt und der Po zu flach. Sorgen. Mehr kann man nicht erwarten, und tatsächlich hatte Hero Dyk nichts auszusetzen, auch wenn er sich noch etwas unentschlossen zeigte. Er kannte ihre Figur. Wie Wellen liefen die unterschiedlichsten Gefühle durch ihr Gesicht.

Die Lust half ihr schließlich, sich frei zu bewegen, und plötzlich begann sie zu tanzen. Sie hob die Arme über den Kopf und drehte sich trippelnd um sich selbst. Sie schüttelte ihre Brüste, wie man es mit Birnen am Ast tut, und stimmte schließlich einen Ton an, ganz leise zunächst. Einen Ton, wie sie ihn vorher gesungen hatte. Er schien direkt aus ihrem Unterleib zu klingen.

Das überzeugte Hero Dyk. Er griff nach ihr, küsste und liebkoste sie, nestelte mit einer Hand seine Unterhose herunter und trug Hanna dann lachend in ihr Schlafzimmer.

»Hart«, sagte Hanna in sein Ohr. »Nimm mich ganz hart.«

Er gab sein Bestes, konzentriert und voller Ernst. Er schob sie über das Bett und rammte sie gegen das hölzerne Kopfteil. Sie schrie aus Leibeskräften, er stöhnte, so laut er konnte. Immer wieder gegen das Kopfteil. Es war stabil genug, sie würde morgen ein blaues Auge haben, aber vor Lust zu schreien, das gelang ihr noch. Ihre Hand fand eine rosa Bommelmütze unter der Bettdecke, sie zog sie über den Kopf und schützte sich so. Tief über die Ohren, doch so hörte sie sich selbst nicht mehr, also schrie sie lauter. Bis über die Augen zog sie die Mütze, so sah sie den Mann nicht, der auf ihr lag.

Jemand hämmerte gegen die Wand. Das ganze Haus war vorher so still und schien plötzlich in Aufruhr.

»Er bringt sie um!«, rief jemand.

»Im Gegenteil«, ein anderer.

Sie lachten, als sie voneinander abließen, und lauschten auf das Hämmern, bis es nachließ. Dann plötzlich hörten sie die Stille. So eine Stille hält man kaum aus. Die Heizung knackte, überall waren jetzt gedämpft Stimmen zu hören. Hero Dyk sah seinen Penis schlaff zwischen den Beinen liegen und Fäden ziehen.

»Ich muss los«, sagte er schließlich, mehr fiel ihm nicht ein. Er hätte nicht herkommen sollen. Das Zimmer war zu sehr geheizt, und er begann zu schwitzen. Der Geruch war plötzlich unerträglich schwer.

Hanna sah ihm regungslos zu, während er sich anzog, die Arme hinter dem Kopf verschränkt, ein Bein angewinkelt, die Haare in verschwitzten Strähnen. Die Mütze hatte sie abgenommen. Er küsste sie, ging dann zur Tür.

»Ich habe ihm Drohbriefe geschrieben«, sagte Hanna.

»Wem?«

»Kohn. Ich schreibe vielen Leuten solche Briefe. Ihm auch.«

Hero Dyk öffnete die Tür, da stand Lilly vor ihm, den Schlüssel in der Hand, mit offenem Mund.

»Was tust du hier?« Sie war fassungslos. »Mama?« Lilly begriff sofort und drängte sich an ihm vorbei in die Wohnung. »Du Schwein!«, rief sie.

Hero Dyk rannte laut fluchend die Treppe hinunter und warf unten die Tür zu. Frische Luft! Ein leichter Wind wirbelte Schneefahnen durch die Stadt, es war noch kälter geworden, doch Hero Dyk hatte es nicht weit bis nach Hause. In seinem Wohnzimmer schlug die Wanduhr elf Mal und erschreckte ihn zu Tode. Er stand fassungslos davor und rannte schließlich die Treppe hoch. Aus dem Gästebad trat ihm Svetlana splitternackt entgegen. Sie hatte sich ein Handtuch über die fleischigen Schultern geworfen und ein anderes um den Kopf gebunden.

»Nicht jetzt«, rief Hero Dyk und sprang in sein Schlafzimmer, konnte aber nicht umhin, ihre braune Haut anzustarren. Die reichen Formen.

Svetlana wich ihm konsterniert aus und zog die Brauen hoch.

Hero Dyk warf sich auf sein Bett und atmete tief durch.

»Nicht«, sagte er. »Nicht jetzt.«

Gegen zwei Uhr morgens, gerade als er eingeschlafen war, klingelte sein Telefon.

»Scheiße«, schrie eine hysterische Stimme, »er ist tot!«

»Freytag«, stöhnte Hero Dyk. »Was zum …«

»Scheiße«, wiederholte Freytag. »Kohn. Man hat ihn aufgehängt. Am Herrenteichswall. Er hängt von einer Böschung. Das ist doch nicht weit von dort, wo Sie wohnen.«

Svetlana stürzte in sein Schlafzimmer, diesmal trug sie einen schweren Bademantel mit grünen Streifen in unterschiedlicher Tönung. Das Telefon hatte sie geweckt. Der Mantel gehörte Hero Dyk. Sie musste ihn in einem Schrank gefunden haben und trug ihn nun vollkommen selbstverständlich, als sei er ihr Eigentum.

»Was ist los?«, sagte sie mit dem resoluten Unterton, den sie aus ihrer Muttersprache mit ins Deutsche brachte. »Brennt?«

Svetlana bestand darauf, ihm einen Kaffee zu machen, bevor er ging. Sie goss viel Milch hinein, damit er sich nicht verbrannte. Hero Dyk zog seinen lila Mantel an und schien ganz durcheinander.

»Heute Nachmittag erst bin ich mit ihm am Herrenteichswall spazieren gegangen«, sprach er zu sich selber. Svetlana nickte dazu. Ob sie morgen Vormittag freihaben könne? Sie müsse einen Besuch machen.

Mehrmals kehrte Hero Dyk um, weil er die Schlüssel vergaß, den Schal, das Notizbuch, dann die Handschuhe. Svetlana sah ihm nach, als er die Stufen zur Straße hinunterstieg.

Der Herrenteichswall führt am rechten Ufer der Hase entlang. Unten folgt ein Fußweg dem Wasserlauf, ein anderer verläuft gut drei Meter höher auf dem Wall und wird von Winterlinden gesäumt. Dort sah Hero Dyk die blauen Lichter blitzen. Das alte Priesterseminar am gegenüberliegenden Ufer der Hase lag im Dunkeln, dahinter die schlafende Stadt mit ihrem Zentrum. Über dem dunklen Wasser lag leichter Nebel.

Der Wall war abgesperrt. Die Polizei hielt Schaulustige fern, damit sie ihrer Arbeit nachgehen konnte. Nur die Presse durfte passieren, um zu berichten. Ein üblicher Kompromiss, der allen Seiten gerecht wird.

Hero Dyk rief Freytag an und konnte mit dessen Hilfe die Absperrung passieren.

»Er ist tot, verdammt.« Freytag konnte sich kaum beruhigen und fluchte grässlich. »Ich hätte ihn lebend gebraucht.«

»Hat man ihn identifiziert?«, fragte Hero Dyk.

Freytag nickte grimmig. »Sie wissen noch nicht, ob er erstickt ist oder erfroren oder was auch immer. Sicher ist nur, dass es kein Selbstmord war. Obwohl es keine Kampfspuren gibt, sagt der Ermittler. Erstaunlich, dass Kohn sich ohne Gegenwehr hat aufhängen lassen!«

Die Leiche wurde bereits verpackt. Man kennt solche Szenen vom Film. Der Wind trieb leichten Schnee über den Boden, Dampf stieg von den Scheinwerfern und dem Wasser der Hase auf. Das ganze Ufer war hell ausgeleuchtet, und man begann, nach Spuren zu suchen. Da die Böschung sehr steil und rutschig war, ließen die Polizisten sich an Seilen herunter, die sie an Bäumen befestigt hatten. Sie begannen, jeden Zentimeter um den Tatort herum zu untersuchen.

»Dort hat er gehangen«, sagte Freytag. »Man hat ihm die Hände mit Kabelbinder auf den Rücken gebunden. So stirbt man sehr langsam. Das hat jemand mit Lust getan.«

Hero Dyk betrachtete das Stück der Welt, das von den Lampen beschienen wurde. Die Schatten, den die Bäume warfen, den Fluss, die uralten Gebäude am anderen Ufer, die aufgebrachten Menschen am Rande des Lichtkegels, die Beamten, die ihre Arbeit taten, den eingepackten Leichnam.

»Mit Lust, ja«, sagte er. »Dort hinten steht der Dom. Er ist mit dem Blick auf den Dom gestorben.«

»Ist das gut oder schlecht?«, fragte Freytag.

»Was heißt ohne Gegenwehr?«

»Man hat ihn ausgezogen und dann mit Säure bearbeitet. Rohrreiniger vielleicht. Das Zeug wurde ihm in den Mund geschüttet,

Augen, Nase und Ohren wurden ihm verätzt. Er hat sich nackt fesseln und am Hals in die Böschung hängen lassen, ohne dass es Spuren eines Kampfes gibt. Kohn war durch die Säure blind, taub und stumm, doch daran ist er nicht gestorben. Die Kälte hat ihn getötet. Er ist langsam erfroren. Die Ermittler hoffen, dass er erstickt ist. Das ginge am schnellsten, sagen sie.«

»Wann?«

»Gegen Mitternacht. Näheres erfahren wir morgen.«

»Und wer?«

»Nicht mal seine Frau konnte ihn leiden«, sagte Freytag und zuckte die Schultern. »Jetzt schauen Sie mich nicht so an. Mir wäre er lebend lieber, glauben Sie mir, Herr Kollege. Das ist ein Kollateralschaden sondergleichen. Passiert leider ab und zu. Ich betreibe diesen Blog im Internet, da wurde ihm die Pest an den Hals gewünscht. Man hat Geld auf seinen Kopf ausgesetzt. Sehen Sie die Pappe dort? Ein Schild, das er um den Hals trug. Der Mörder hat ein Wort darauf geschrieben. Ein einziges: ›Schande‹!« Er lachte leise. »Es können viele gewesen sein.«

Freytag lachte erneut. Hero Dyk ließ ihn stehen und ging zu den Leuten, die das Ganze begafften. Es war drei Uhr morgens, aber es schienen immer mehr zu werden. Sie kamen mit warmen Mänteln, Mützen und festen Schuhen, als ob das, was geschah, für sie Bedeutung hätte. Einige hatten Thermoskannen dabei und Butterbrote oder Schokoriegel. Sie waren nicht zufällig vorbeigekommen, davon zeugten die vielen Autos, die an der Straße standen. Die Brücke bei der Pernickelmühle war voller Menschen, ebenso die Conrad-Bäumer-Brücke am Carolinum weiter den Fluss hoch. Einige stapften durch das Unterholz am jenseitigen, linken Ufer der Hase und holten sich nasse Füße. Sie arbeiteten sich schweigend weiter vorwärts, um besser sehen zu können.

Vor ein paar Stunden erst hatte er Kohn seinen Freund genannt.

»Was wollen Sie denn *hier*?«, fragte Freytag, der ihm folgte. »Dort hinten ist die Leiche.« Er wies auf den Totenwagen, der jetzt die Szene befuhr.

»Ich will den Leuten zuhören«, sagte Dyk.

»Der arme Mann«, sagte jemand. »War der nackt? Ist er tot? Das soll Kohn sein dort, der mit dem Schlachthof. Der Industrielle. Der mit den vielen Arbeitsplätzen. Der die Frau überfahren hat.« Was denn jetzt mit dem Schlachthof sei? Ob den jetzt jemand erbe? Wer denn?

»Vielleicht hat er das alles ja gar nicht getan«, sagte eine Frau. »Das hat er sicher nicht verdient.«

Schweigen. Hero Dyk hatte sein Notizbuch gezückt und schrieb das alles auf.

»Den hat man für uns dort hingehängt«, sagte er schließlich laut. »Für uns, damit wir ihn so sehen. Von hier aus sieht man ihn gut.«

»Meinen Sie? Wie schrecklich.«

Wieder Schweigen. »Schande«, stand auf dem Schild.

»Das Mädchen ist schuld«, sagte jemand wie nach gründlichem Nachdenken, und ein anderer wiederholte den Satz. »Genau«, rief ein Dritter. Auf diese Lösung schien man sich zu einigen, denn bald wurde es wieder still.

Polizisten, teils in Zivil, kamen nun zu den Leuten und begannen, nach Zeugen zu fragen, sodass die Menge sich rasch zerstreute. Es war spät genug. Freytag hatte wie Dyk sein Notizbuch gezückt und machte sich nun ebenfalls Notizen.

Karl Heeger stellte sich zu ihnen. »Freytag, Sie alter Polemiker. Wer hat Sie denn gerufen?«

Der Reporter lächelte und freute sich über die Beleidigung. »Hat man ihn mit Strom betäubt?«

Heeger zeigte ebenfalls seine Zähne. »Strom, ja. Vermutlich ein Elektroschocker. Es sind sicher Menschen vorbeigekommen, während er so hing, ohne dass sie ihn gesehen haben. Er hat zwei Brandwunden am Hals. Die Spurensicherung hat noch zu tun.« Er reichte Hero Dyk die Hand.

»Was bedeutet das für Lilly?«

»Ich werde sie als Zeugin befragen, wie dich auch. Und Sie natürlich, Herr Freytag«, sagte Karl Heeger, tippte sich an den Hut und ging zu seinem Auto. Hero Dyk wickelte sich ganz fest in seinen Mantel und lief nach Hause, wo er in einen tiefen Schlaf fiel.

***

Tondokument von Donnerstagmorgen, dem 4. Januar
Niederschrift durch Kommissar Karl Heeger

Beginn der Aufzeichnung um 02.33 Uhr. Die Stimme klingt ruhig und gefasst. Der folgende Text wird kurz und knapp erzählt.

Mein Mädchen,

wie überrascht er war, als er den Schweinetreiber spürte! Wie widerlich sein Tod! Nackt hängt er jetzt vor der Stadt. Wir sind ihn los. Ich will, dass alle das wissen.

Jede Würde habe ich ihm genommen. Wie Vieh habe ich ihn am Hals aufgehängt. Den Rachen habe ich ihm gesäubert, dass er nicht mehr spricht, die Augen verätzt, dass er blind ist. In die Ohren habe ich ihm das Zeug geschüttet. Er liebte Musik, das ist jetzt vorbei.

Mit Strom habe ich ihn niedergestreckt, aber wie schwer es war, den Kerl zu entkleiden! Ich habe ihn gefesselt und ein wenig gewartet, bis er wieder zu sich kam. Er sollte die Säure noch schmecken. Angst sollte er haben.

Es folgt eine kurze Pause, dann klingt die Stimme sehr aggressiv.

Wie der geschrien hat! Ich habe ihn mit der Schlinge um den Hals die Böschung hinabgestoßen, da war er bald still. Vor die Brust habe ich ihm ein Schild gehängt, fast hätte ich diesen Teil vergessen.

Die Stimme beruhigt sich nun.

Jemand meldete bald darauf im Forum, dass die Leiche gefunden wurde. Helle Aufregung, das kannst du mir glauben. Konsequenz macht den Unterschied, sage ich.

Vielleicht liest du sogar mit? Womöglich weißt du, was ich tue? Was ich erwarte?

Lautes Lachen, dann Zögern in der Stimme.

Nein, ich habe dich nie mit einem Computer gesehen.

Was nun? Leere. Ich sollte fröhlich sein. Anstoßen mit dir, mein Kind. Die Wut sollte sich geben, jetzt, da ich es vollendet habe. Ich sollte mich frei fühlen.

Nur bin ich noch nicht am Ziel. Du sollst mit mir kommen. Du bist mein einziges Kind. Du gehörst zu mir. Ich bin nicht wirklich frei, nicht ohne meine Tochter! Du musst mir meinen Fehler verzeihen. Ich wollte dich schützen, das ist alles. Er hat dir nachgestellt, dich bedroht. Er war eine Gefahr für dich, ich musste dich beschützen. Ich habe verstanden, dass ich zu weit ging, aber was soll ich tun? Ich kann es nicht mehr ändern.

Jetzt ist Kohn tot, und es geschieht ihm recht.

Ich war im Bunker. Mir kam der Gedanke, dass er mir nutzen könnte. Dort ließe sich jemand festhalten.

Welchen Nutzen hat Hero Dyk? Was kann ich durch ihn erreichen?

Niemand fragt nach Gerda Lottenburger, die zu Schaden kam. Das ist seltsam. Sie liegt im Krankenhaus.

Rilke schrieb: »Mutter, du machtest ihn klein, du warsts, die ihn anfing; dir war er neu, du beugtest über die neuen Augen die freundliche Welt und wehrtest der fremden. Wo, ach, hin sind die Jahre, da du ihm einfach mit der schlanken Gestalt wallendes Chaos vertratst?«

Das gibt mir Rechte, oder nicht? Und dir Pflichten, mein Kind. Ja, das habe ich verstanden. Komm schon! Es tut mir leid, dass ich dich enttäuscht habe. So gerne tät ich vieles anders.

Ende der Aufzeichnung um 3.04 Uhr.

DONNERSTAG

Wie könnte die kleine schwarze Frau jemals von ihrem Sohn lassen? Sie besaß niemand anderen im Leben, und sie verfügte über einen sehr aktiven Geist. So jemand könnte sich schlafen legen oder dauernd zu Hause bleiben, um kein Unheil anzurichten, aber wer kümmert sich dann um die unangenehmen Dinge des Lebens?

Sie hatte die Nacht über stillgelegen wie eine Leiche, das tat sie immer. Die Daunendecke war ihr hochgerutscht, die Füße lagen frei. Sie zog die spanische Art vor – dünne Bettlaken und Wolldecken statt Daunen, da lag man nie bloß. Aber selbst jetzt, ganz allein und ohne Zuschauer, lehnte Francisca Dyk jede Erleichterung in ihren Schlafgewohnheiten ab. Sie trug ihr Leid mit Würde. Es gab kaum noch Pflichten für sie, deshalb lag sie bis neun Uhr am Morgen im Bett. Sie blieb liegen, auch wenn andere in ihrem Alter sich der Bettflucht hingaben. Sie schlief nicht, schien aber nachts ihren Geist abzulegen wie ein Gebiss oder ein falsches Bein. Es dauerte länger und länger, bis sie morgens einen klaren Gedanken fassen konnte, aber schließlich gelang es ihr jeden Tag aufs Neue.

Das Telefon klingelte. Ein modernes Handy. Sie hatte sich tatsächlich erklären lassen, wie so etwas funktioniert. Gleich im Laden, wo sie es schließlich auch gekauft hatte. Ein Geschäft in Lembruch neben dem Supermarkt, das früher Schallplatten und Radios verkauft hatte. Der Verkäufer hatte sich viel Zeit genommen, und schließlich konnte sie sogar SMS verschicken.

»Ja!« Ihre Stimme klang nach Ohnmacht und mangelndem Gebrauch, als sie sich meldete, nach Rost und Stacheldraht.

Es war nur eine SMS. Sie konnte die Klingeltöne nicht unterscheiden.

Bin um elf Uhr bei Ihnen, stand da. *Svetlana.*

Doña Francisca erhob sich langsam und begann mit der Morgentoilette.

Wie könnte sie jemals von ihrem Sohn lassen? Aus dem Haus, ja, das war möglich, aber er war ihr Sohn. Ihr Fleisch und Blut. Es gibt viele Agenturen, die Dienstleistungen vermitteln, wenn man dafür bezahlen kann. Da findet man für alles eine Lösung, wo doch die Leute immer älter werden. Man hatte Doña Francisca jemanden in Düsseldorf empfohlen, den sie dann auch kontaktiert hatte. So war sie auf Svetlana gestoßen.

Pünktlich um elf Uhr stand das Frühstück auf dem Tisch. Svetlana kam in einem schwarzen Twingo vorgefahren, ihr eigenes Auto, das sie nie im Hof von Hero Dyk parkte.

»Wie geht es ihm?«, wollte Doña Francisca wissen, als sie am Tisch saßen und den Kaffee genossen. »Schießen Sie los.«

»War gestern bei einer Frau«, sagte Svetlana. »Hanna. Ist Mutter von Lilly.«

»Aber das ist wunderbar«, sagte Doña Francisca. »Hanna bringt ihn auf andere Gedanken.«

Svetlana berichtete von dem Unfall.

»Ja, das habe ich gelesen. Erzählen Sie.«

So erfuhr Francisca, dass man Kohn ermordet hatte. Letzte Nacht erst.

Gegen zwölf Uhr machte Svetlana sich wieder auf den Weg. Die beiden Frauen kicherten und umarmten sich mit offener Sympathie. Sie verstanden sich prächtig.

»Bald wird er anrufen«, sagte Svetlana zum Abschied.

»Seien Sie nett zu ihm«, sagte die kleine schwarze Frau. »Er verdient unsere Hilfe.«

Den Rest des Tages verbrachte Francisca Dyk wie üblich vor dem Fernseher. Die Weide vor dem Haus schüttelte ihre eiskalten Äste im zunehmenden Wind. Es hatte wieder zu schneien begonnen. Der flache See war schon zugefroren, das Eis hielt aber noch nicht. Nachmittags wurde es sehr früh dunkel.

***

Hero Dyk war ganz verwirrt, als er am Morgen das Haus verließ. Sein fast kahler Schädel steckte unter einer Pudelmütze, das

Gesicht war rot angelaufen, seine Kleidung hatte er wenig passend in den Farben Braun und Grün gewählt, die Hose war ihm zu kurz, dazu trug er den lila Mantel. Seine Bewegungen wirkten leicht bemüht und konzentriert wie bei einem Betrunkenen, der sich zusammenreißt.

Er hatte nur wenige Stunden und sehr unruhig geschlafen. Das Denken hatte ihn nicht losgelassen. Dieser wirre Durchfluss von Bildern, den man nachts nicht stoppen kann. Es ist nötig, im Kopf Unterschiede zu machen, um das Chaos so weit zu ordnen, dass eine Welt entsteht, in der man leben kann. Dieses Unterscheiden wollte ihm jedoch nicht gelingen, trotz all der Disziplin, die ihm zu eigen war.

Am Erich-Maria-Remarque-Ring herrschte viel Verkehr. Überall warteten Menschen auf Busse oder gingen zur Schule. Mädchen im Backfischalter vor allem und düstere Jungen, denen es egal war, dass man gleich dort drüben einen Menschen getötet hatte. Allein die Sensation hätte sie interessiert.

Der Tatort war abgesperrt, sodass Hero Dyk einen Umweg gehen musste. Jenseits des Rings herrschte die um diese Zeit übliche Ruhe im Zentrum. Vereinzelt überholten ihn Radfahrer, die bis neun Uhr durch die Fußgängerzone fahren dürfen. Einer schaffte es, Hero Dyk anzufahren. Der junge Mann nahm die Kopfhörer aus den Ohren und entschuldigte sich.

Die Cafés im Zentrum öffnen um acht Uhr. Durch das Schaufenster konnte er Christina sehen. Sie sah ihn ebenfalls und schien ganz aufgeregt.

»Waren Sie das, Christina?«, fragte Hero Dyk, noch bevor er den Mantel ablegte, und kam ihr so zuvor.

»Was meinen Sie?« Sie brach ihren Angriff im Ansatz ab und bekam den Mund nicht schnell genug zu.

»Die Polizei will Sie verhören, sagt man. Wegen des Mordes an Reiner-Maria Kohn. Waren Sie das?«

Es wurde still in dem Café.

»Mich? Die Polizei? Aber warum denn?« Christina war völlig aufgelöst. Sie schnappte nach Luft und sah sich nach Hilfe um. Jeder schien auf Distanz zu gehen. Die beiden Damen mit dem

Kinderwagen saßen wie gestern an einem der Tische, sie fühlten sich hier wohl und waren ganz Ohr.

»Wegen Volksverhetzung. Man hat den Verdacht, dass Sie etwas mit dem Mord zu tun haben könnten, habe ich gehört. Ihre Reden gestern, hier, in aller Öffentlichkeit, haben womöglich jemanden auf die Idee gebracht – und wer weiß, vielleicht haben Sie ja selbst Hand angelegt? Kohn ist jedenfalls tot.«

»Aber das ist doch absurd, ich weiß rein gar nichts. Ich habe noch nicht einmal die Zeitung gelesen.« Christina musste sich setzen. Jemand schob ihr schnell einen Stuhl hin. Aus dem hinteren Raum kam ein junger Mann kauend nach vorn und begann, über die neuesten Kommentare zu informieren, verstummte jedoch sofort, als er begriff, dass etwas im Busch war.

Hero Dyk setzte sich an einen Tisch gleich beim Fenster. Oben auf der Balustrade sah er den Handwerker und den Handelsvertreter zu ihnen runterschauen. »Ich mache nur Spaß«, sagte Hero Dyk und blickte in die Runde. »Sie können ja noch gar nicht wissen, was Sie davon halten sollen. Der Mann ist tot, aber es steht ja erst morgen in der Zeitung, wir haben Zeit. Nur Spaß. Bringen Sie mir doch einen Pfefferminztee und ein Croissant, Christina, wenn Sie so lieb sind.«

Die Kellnerin begann zu heulen, erhob sich aber. Man half ihr und trocknete kopfschüttelnd die Tränen ab. Als sie Hero Dyk das Gewünschte an den Tisch brachte, hatte sie sich gesammelt. Sie beugte sich zu ihm und sagte leise, aber sehr schnippisch: »Ich sage nur, was ich denke. Das können Sie mir nicht verbieten.«

»Aber nur weil Sie es denken, muss es doch nicht richtig sein, oder?« Hero Dyk sprach ebenfalls leise. »Christina, welche Relevanz hat das, was gerade Sie denken, für andere? Werden die Dinge dadurch richtig? Kennen Sie meine Mutter?«

»Wie bitte?« Christina schrak zurück.

»Ob Sie meine Mutter kennen!« Hero Dyk vergriff sich jetzt im Ton. Die Leute wurden wieder aufmerksam.

»Nein, sicher nicht.«

»Sehen Sie, ich kenne Ihre auch nicht. Dabei ist sie wohl entscheidend. Für Ihr ganzes Denken, meine ich. Wie soll ich beurteilen, wie Sie sich die Welt erklären, wenn ich nicht einmal ahne, mit was für einer Mutter Sie geschlagen sind? Was weiß ich von Ihren Schmerzen, und was wissen Sie von meinen? Wo kommen Ihre Gedanken her? Meine fühlen sich ganz anders an, das können Sie glauben. Was also bedeutet es für mich, wenn gerade Sie etwas denken?«

»Hören Sie!«, rief jemand von der Balustrade. »Sie kennen ihn doch so gut. Den Kohn. Wer erbt denn jetzt die Fabriken? Wer bestimmt denn da, jetzt, wo der Kohn tot ist?«

Hero Dyk beugte sich zurück, um nach oben zu blicken. Es war der Handelsvertreter, der das Wort führte.

»Ich kenne ihn kaum und kann die Frage nicht beantworten«, sagte Hero Dyk, »aber sie ist sicher berechtigt und von Bedeutung.«

»Sie sollten jetzt gehen.« Christina hatte ihre Fassung zurückgewonnen und bebte vor Wut. Sie ging zur Tür und hielt sie auf. Ihr Kopf war rosarot angelaufen und zeigte einige rote Stellen. Sie begann, sich durch die Hose an den Beinen zu kratzen. Kalte Luft strömte am Boden von der offenen Tür herein wie ein schweres Gas.

»Darf ich Sie um etwas Zeit bitten? Ich würde meinen Tee gerne noch austrinken.« Hero Dyk blieb sitzen.

Die nun folgende Stille wurde von einer drallen, rotblonden Frau durchbrochen, die eine orangefarbene Strickjacke über der schwarzen Uniform trug. Das unterschied sie von den anderen Bediensteten, aber man hätte sie nicht für die Chefin gehalten. Sie sprach meist mit gesenktem Blick und wirkte recht nett und freundlich, fast schüchtern.

»Ich muss Sie bitten, zu gehen«, sagte sie zu Hero Dyk. Er hatte sie oft gesehen, aber nie war sie ihm aufgefallen. Nie hatte sie gesprochen. »Sie dürfen gerne wiederkommen, wenn Sie möchten, nur gehen Sie jetzt, bitte. Wir wollen unseren Frieden bewahren.«

Er erhob sich und nahm seine Mütze und den warmen Mantel. Die Leute im Café hatten einen Heidenspaß. Zwei Frauen standen in der Tür zum hinteren Raum und sprangen jetzt an den Computer, um als Erste zu berichten.

»Man sagt, dass es das Mädchen war«, spuckte Christina ihn an, ohne dass jemand sie daran gehindert hätte. »Die hat doch diese Bande! Man weiß ja, was davon zu halten ist. Die haben ihn sicher umgebracht.«

Die Frau mit der orangefarbenen Strickjacke, die Chefin, besann sich und griff ihren Arm. »Auch von Ihnen verlange ich Zurückhaltung, Christina«, sagte sie vorsichtig.

Dann erstarrten beide.

Durch die offene Tür kam Lilly herein, an diesem Morgen überwiegend in Rot gekleidet. Die tätowierte Spinne in ihrem Gesicht war deutlich zu erkennen. Jeder im Raum kannte ihr Bild aus der Zeitung.

»Ist das …« Christina war nun einer Ohnmacht nah.

»Dyk, wir müssen reden«, sagte Lilly und setzte sich an den Tisch, von dem Hero Dyk gerade aufgestanden war. Sie blickte in die Runde, von einem zum anderen, provozierend, und erzwang sich so Respekt. Sie trug einen dicken roten Pullover unter ihrer Daunenjacke, der warm aussah, aber nicht recht zu ihrem betont provokanten Outfit passen wollte.

»Bringen Sie noch einen Pfefferminztee, Christina, seien Sie so lieb«, sagte Hero Dyk und setzte sich wieder. »Und ein Schinken-Käse-Sandwich, vielleicht isst sie das ja.«

Lilly saß ziemlich steif am Tisch, auf Abstand zu Hero Dyk bedacht. Die beiden schwiegen und starrten die Leute an, bis sich alle abwendeten und ihre bisherigen Gespräche wiederaufnahmen. Christina brachte das Gewünschte und aß das Sandwich.

»Es tut mir leid, Lilly«, sagte Hero Dyk. »Das mit deiner Mutter. Ich habe nicht an dich gedacht. Deine Mutter tut mir leid. Das hat sie nicht verdient.«

Von hinten hörte man einen Schrei. Eine der Frauen kam nach vorn gerannt. »Mensch!«, rief sie, »da schreibt jemand, diese Lilly sei hier im Café!« Sie blickte in das eisige Schweigen um sie herum, erkannte das Mädchen, murmelte: »Oh, verdammt!«, und verschwand wieder nach hinten.

»Eine Frau von dieser Stiftung hat angerufen«, sagte Lilly leise. »Heute früh am Morgen. Es gibt kein Stipendium mehr. Wer sind Annkathrin und Ove Herms? Ich hatte nicht vor, zu studieren, und jetzt nehmen die mir das Stipendium weg. Sie wollen mit der ganzen Sache nichts zu tun haben, hat sie gesagt. Von der Stadt gibt es auch keinen Orden mehr, die haben ebenfalls früh angerufen. Begreifst du das? Ich hatte niemanden um etwas gebeten, und jetzt stehe ich dumm da. Was wollen die von mir?«

Nein, Hero Dyk begriff es nicht, aber es freute ihn, dass Lilly das Sandwich aß, während die Leute sich bemühten, nicht zu ihnen rüberzusehen. Die orangefarbene Chefin des Hauses beobachtete die Szene von einer dunklen Ecke aus. Dyk erzählte Lilly vom Mord an Kohn und erklärte, dass die Leute einen Schuldigen suchten. Das habe nichts mit ihr, Lilly, zu tun, sondern eher mit den Leuten. Karl Heeger werde sie als Zeugin befragen wollen.

Sie hörte gar nicht zu. Lilly schwitzte und zog sich mit einer schnellen Bewegung den Pullover über den Kopf, bevor Dyk sie daran hindern konnte. Jetzt war ihr Oberkörper nur mit einem BH bekleidet, einem hellroten mit ganz reizenden Spitzen. Sie sah sich frech um in der Runde, ob auch jeder sie sah.

»Lilly!« Hero Dyk stockte der Atem. Er sprang auf und stellte sich vor sie, fuchtelte mit den Armen herum, als könnte er so die Blicke der anderen auffangen.

»Was ist?«, rief Lilly laut. »Mir ist warm. Ich wollte den Pullover nicht anziehen, aber meine Mutter hat mich gezwungen.« Sie nahm sich seelenruhig einen dünnen Strickpullover aus einer Plastiktüte, den sie mitgebracht hatte, um ihn überzuziehen. Es war ein sehr knapper Pullover, der weder ihren Bauch noch die Nieren bedeckte. Im Hinterzimmer konnte man hören, wie ein Stuhl umfiel.

Man hätte Lillys bleiche Haut bedecken mögen, aber niemand rührte sich. Auch Hero Dyk war hilflos. Wie konnte er sie schützen? Noch war man sprachlos. Es sollte doch möglich sein, sich gegen ein Mädchen zu wehren, das sich in aller Öffentlichkeit entblößt!

Da ging die Tür zur Straße auf, und ein Junge stolperte aus der Kälte herein. Mario Gonska, einer von Lillys Jungs.

»Was ist hier los?«, rief er.

Hero Dyk sprang ihm entgegen, um ihn zu halten. Mario wehrte sich.

»Man sollte die Polizei rufen!«, rief jemand oben auf der Balustrade.

Lilly genoss die allgemeine Aufmerksamkeit. Sie lächelte. »Er will mich nur beschützen«, sagte sie nicht ohne Stolz und sah in die Runde. »Gefickt hat er mich schon, und nicht nur er, das glaubt ihr wohl! Jeder von meinen Jungs hat mich gefickt.« Sie genoss das Wort, wie Kinder es tun.

Hero Dyk warf zehn Euro auf den Tisch und zog seine Tochter am Arm hoch. Mario half ihm, Lilly auf die Straße zu schaffen.

»Was habe ich denn getan?«, rief sie. »Ich verstehe das nicht. Was soll das jetzt?«

»Lassen Sie sie los«, zischte Mario, der vor Wut ganz rot geworden war. »Sie tickt nicht mehr richtig.«

»Wir gehen«, sagte Hero Dyk.

Christina hatte sich mittlerweile gesammelt und hielt wie vorher die Tür nach draußen auf. Diesmal nahm Hero Dyk ihr Angebot an. Sie stürzten zu dritt auf die Straße.

»Was soll das?«, fuhr er Lilly an und gestikulierte wild, damit man es von drinnen sah. Das sollte den Leuten zeigen, was er von alledem hielt. Hero Dyk wollte auch in Zukunft seinen Tee hier trinken.

»Was ist denn?«, fragte Lilly süß. »Ich hab doch nichts getan.«

Er ging wutschnaubend voraus, die beiden konnten ihm kaum folgen. Lilly zog sich im Laufen die Daunenjacke zu, während Mario ihr die Tüte hinterhertrug.

»Ist das ein Spiel?«, rief Hero Dyk. »Nur ein blödes Spiel? Du weißt ja nicht, was du da tust! Man hat Kohn getötet. Du hast seine Schuld bezeugt, und nun wurde er bestialisch ermordet. ›Schande‹, stand auf einem Schild um seine Brust, begreifst du das? Die Leute sind schon fleißig dabei, dir die Schuld zu geben. Wo bist du gewesen? Kannst du Heeger ein Alibi nennen?«

»Du hast meine Mutter gefickt, bis sie ein blaues Auge hatte«, rief Lilly nun ebenso aufgebracht. Sie spuckte vor ihm aus.

Da schlug Hero Dyk zu. Er gab der völlig überraschten Lilly eine Ohrfeige, blieb dann still stehen und betrachtete die Wirkung seiner Handlung.

»Verstehst du denn nicht?«, sagte er ruhig.

Lilly rieb sich die Wange. Was sollte sie verstehen?

»Sie werden uns unser Versteck wegnehmen, wenn du so weitermachst«, warf ihr Mario vor. »Wo sollen wir dann hin?«

»Er liebt mich«, lachte Lilly und versuchte, Mario zu küssen, der sich jedoch abwandte.

»Gestern sind sie deiner Lüge gefolgt, und heute wollen sie deinen Kopf dafür. Du kannst es dir nicht leisten, dich nackt vor ihnen auszuziehen, und ich darf es nicht dulden. Man spekuliert, ich hätte ein Verhältnis mit dir. Davor kann man nicht weglaufen. Du solltest zugeben, dass du die Frau gejagt hast. Gib es einfach zu, dann helfe ich dir. Er ist tot, Lilly, das ändert alles. Kohn ist letztendlich getötet worden, weil du falsch gegen ihn ausgesagt hast. Dabei warst du es mit deinen Jungs, die Gerda Lottenburger gejagt hat. Du hast damit zu tun, Lilly, auch wenn es nicht deine Schuld ist.«

»Ich habe ihn gestern Abend getroffen. Er wollte mit mir reden. Wir haben ein Bier zusammen getrunken, und er hat mich begrapschen wollen, das Schwein.«

»Du hast Kohn getroffen?«

»Der Reporter hat uns gesehen. Der ist an ihm dran.«

»Er hat dich nicht begrapscht. Das glaube ich dir nicht. Nie und nimmer. Er hatte ganz andere Sorgen.«

Lilly kreischte und sprang Hero Dyk mit den Fingernägeln voraus ins Gesicht. Sie biss und kratzte und schlug auf ihn ein, bis Mario sie endlich wegzog. Sie schäumte vor Wut und schrie das Übliche vom Ficken. Mario hielt sie fest, bis Hero Dyk sich entfernt hatte, ließ sie dann jedoch sogleich voll Verachtung los. Sein Blick verriet, dass sie sich nicht mehr auf ihn verlassen durfte. Mario besaß einen alten roten VW-Bus, den er um die Ecke geparkt hatte. Darin fuhr er sie nach Hause.

***

Hero Dyk nahm einen Autobus, zwei Stationen bis zu einer Haltestelle im Stadtteil Wüste. Hier fragte er nach dem Weg, man wies ihn ein paar Blocks weiter, beim Spielplatz solle er nach links gehen.

Unter der Adresse von Eike Freytag fand Hero Dyk die Hälfte eines Doppelhauses. Drei zwielichtige Typen fielen ihm auf, die dort herumlungerten. Gleich drei ist eine Häufung, die misstrauisch macht. Es waren zwei kleine Männer und ein großer, die sich da an ein Auto lehnten.

Hero Dyk fand Deckung auf dem Spielplatz. Das nasse Gras lag reichlich voller Glasscherben. Ein paar Penner hielten sich an einem Spielgerüst fest, sahen kurz von ihrer Flasche auf und beachteten ihn dann nicht mehr, sodass Hero Dyk kaum auffiel.

Von dort sah er, wie Eike Freytag aus dem Hause trat. Die Männer stellten sich ihm in den Weg und hielten ihn fest. Es gab einen kurzen Wortwechsel, dann schlugen die drei auf Freytag ein, der sofort zu Boden ging. Sie traten nach ihm. Er hockte sich auf die Knie und schützte den Kopf mit den Armen. So ist man als Mann am besten vor Tritten geschützt.

Hero Dyk rief laut, ließ einen Volkswagen passieren und rannte die Fäuste wirbelnd dem Reporter zu Hilfe. Die Penner sahen ihm verwundert nach, rührten aber keinen Finger.

Die Tür zu Freytags Haus ging auf, und eine Frau stürzte schreiend die Stufen auf die Straße herunter, wo sie von dem größeren der drei Männer mit einem gewaltigen Faustschlag in den Magen empfangen wurde. Sie klappte zusammen und krümmte sich auf dem kalten Pflaster. Frauen schützen sich am besten, indem sie sich auf die Seite legen und die Knie anziehen.

Die Männer hatten nun keinen Gegner mehr und sahen Hero Dyk entgegen, der abrupt stehen blieb, vielleicht fünf Meter vom Tatort entfernt. Sein Daunenmantel war bei jedweder Prügelei nicht von Vorteil, das galt es zu bedenken. Die Männer maßen ihn einen Moment mit Blicken und sahen einander an. Schließlich hob einer der beiden kleineren die Hände in einer beruhigenden Geste und zeigte so, dass keine weitere Aggression zu erwarten war. Die Männer traten ein paar Schritte zurück. Hero Dyk rührte sich nicht. Darauf drehten sie sich um und gingen friedlich davon. Mehr Schaden hatten sie nicht anrichten wollen.

Hero Dyk half der Frau, sich aufzurichten. Ihr war nichts Ernsthaftes geschehen.

»Danke«, sagte sie, und das eine Wort, das sie sprach, schien für sie bereits sehr viel zu sein. Sie wich Dyks Blick aus. Sie hatte Schmerzen, das sah man. Eine hoch aufgeschossene Frau mit blonden Haaren und bleichem Teint. Ihre runden Augen und die umliegende Haut waren stark gerötet.

Gemeinsam halfen sie Eike Freytag auf die Beine. Auch er war nicht ernsthaft verletzt. Ein paar blaue Flecken, kaum der Rede wert. So etwas steckt man weg.

»Dyk!«, rief er aus und nickte der Frau dankend zu. »Was tun Sie denn hier? Meline, das ist Hero Dyk, der Schriftsteller. Du weißt schon. Dyk, das ist Melinda, meine Frau. Ich nenne sie Meline.«

Sie gaben sich artig die Hand.

»Das waren die drei Gammelfleisch-Arbeiter. Die mit dem Meineid. OSNINGFLEISCH, Sie wissen schon. Sie schienen etwas aufgebracht, denken Sie nicht? Meline, sie wollen dir Böses antun, sagen sie. Ich glaube das nicht, aber du solltest vorsichtig sein.«

Meline nickte.

»Danke für die Hilfe«, sagte Freytag, »nur: Was tun Sie hier?«

»Ich wollte mit Ihnen reden, aber jetzt scheint es mir nicht mehr so wichtig zu sein.«

»Kommen Sie kurz herein«, sagte Freytag. »Ich muss mir das Gesicht waschen. Meline, hast du Kaffee für unseren Retter? Er hat die Kerle ganz allein verscheucht.« Er lachte dazu.

So stiegen sie die Stufen hoch. Die Wohnung war bescheiden

und etwas schäbig. Im Vorbeigehen besah Dyk fasziniert das Chaos, das allein in Freytags Arbeitszimmer herrschte, der Rest der Wohnung war sauber und aufgeräumt.

Eike Freytag schob ihn zu einem Stuhl in der Küche und verschwand im Bad. Meline setzte Wasser auf und schwieg, sodass Dyk schließlich aufstand und sich im Arbeitszimmer umsah. Es gab kaum persönliche Gegenstände. Keine Bilder, keine Poster oder Erinnerungen. Alles schien ein einziger Haufen Papier zu sein, alles ordnete sich dem Zweck unter, Archiv zu sein. Nur die Gitarre fiel ins Auge.

»Meline darf hier nicht rein«, sagte Freytag lachend und trocknete sich das Gesicht ab, als er aus dem Bad kam. »Mit Ordnung käme ich nicht weiter. Ich mag es so. Nicht jeder kann ein großes Haus haben wie Sie, Herr Dyk.«

Sie setzten sich in die Küche, Meline servierte, Freytag ging ihr zur Hand. Der Kaffee war gut und stark.

»Weiß man schon etwas über den Mord?«, wollte Dyk wissen. »Sie haben bessere Quellen als ich.«

»Sind Sie deshalb gekommen? Das kann ich nicht glauben. Sicher haben Sie noch anderes auf dem Herzen. Wir sind nicht gerade als Freunde geschieden, letzte Nacht.« Freytag zündete sich eine Zigarette an und blies den Rauch genüsslich in die Küchenluft. »Aber nein, man weiß gar nichts. Das Wort ›Schande‹ auf dem Schild weist darauf hin, dass ihm eine Schuld angelastet wird. Er war ein Schweinehund. Man hat ihn in seine Schranken verwiesen, wenn Sie so wollen.«

»Warum auf diese Art? Warum an diesem Ort? Mit Säure verätzt … da kann das Opfer fast froh sein, wenn es tatsächlich stirbt.«

»Da haben Sie recht, Herr Kollege. Die Säure, die Kälte, das Erhängen … und er hing an einem öffentlichen Ort. Er war nicht sofort tot. Dort kommen Leute vorbei, sogar nachts. Vielleicht hat der Mörder die letzte Verantwortung gescheut und Gott die Entscheidung gelassen? Diese Gedanken sind mir gekommen. Ich werde morgen darüber in der Presse spekulieren.« Freytag goss etwas frische Milch nach.

»Könnten die drei Kerle von eben es getan haben? Werden Sie darüber spekulieren?«

»Schlagen Sie vor, dass die es waren?«, fragte Freytag. »Gut möglich. Aber ich werde sie nicht erwähnen. Sie würden wiederkommen, und das ist mir zu gefährlich. Ich muss Meline schützen.«

Seine Frau stand gegen das Fensterbrett gelehnt. Freytag griff zärtlich nach ihrem Arm und lächelte dabei. Sie rührte sich nicht.

»Was werden Sie spekulieren? Können Sie Lilly aus dem Spiel lassen? Sie haben gestern Nacht nicht erwähnt, dass sie Kohn mit ihr gesehen haben.

»Ah«, sagte Freytag. »Daher der Wind. Nein, das geht nicht. Sie hat es sich selbst eingebrockt. Einer von Ihnen beiden lügt, und es sieht jetzt so aus, als ob es Lilly sei. Ich werde berichten, dass es Zweifel an ihrer Aussage gibt. Vielleicht ist Kohn nicht zu schnell gefahren? Vielleicht ist die Frau auf die Straße gerannt? Das wird den Leuten gefallen. Sie werden es gerne lesen. Es ist nicht meine Aufgabe, den Täter zu finden. Ich war stattdessen im Krankenhaus, wissen Sie. Gerda Lottenburger ist ein trauriger Anblick. Ich konnte ein paar Fotos machen.«

»Gestern haben Sie Lilly zur Heldin gemacht. Morgen stellen Sie sie an den Pranger. Das wird man Ihnen nicht abnehmen.«

»Doch«, sagte Freytag. »Das wird man. Sie denken es bereits, das haben Sie doch gestern Nacht selbst gehört. Und die Leute lieben solche Geschichten. Die Arbeiter waren gut, aber Lilly ist besser. Ich habe übrigens nicht gesehen, wie Kohn und das Mädchen sich getrennt haben. Als ich ging, saßen sie noch bei einem Bier. Vielleicht ist sie ihm nachgelaufen, und womöglich hat sie es selbst getan?«

»Lilly ist meine Tochter. Ich habe sie kurz vor dreiundzwanzig Uhr gesehen, als ich bei ihrer Mutter war. Kohn soll gegen Mitternacht ermordet worden sein. Ich bin ihr Vater, und ich bin sicher, dass sie keinen Elektroschocker besitzt, um Kohn zu betäuben.«

Freytag blickte in seinen Kaffee, von Meline ausdruckslos angestarrt. Dann lächelte er und sah auf. »Unehelich?«

Hero Dyk hielt dem Blick stand.

»Darf ich das schreiben?«

Hero Dyk erhob sich, es gab nichts mehr zu sagen. Er reichte Meline die Hand und ließ sich von Freytag zur Tür begleiten. Im kalten Wind raffte er seinen Mantel enger um sich. Er ging zu Fuß nach Hause. Per Handy rief er Svetlana an.

»Svetlana, wie schön, Ihre Stimme zu hören. Ich habe heute noch nicht viele freundliche Menschen gesprochen.«

»Sie sind wo?«, wollte sie wissen.

»Ich bin zu Fuß unterwegs.«

Ob er zum Essen käme? Es war Mittagszeit.

»Ja«, sagte Hero Dyk. »Ich bin in einer halben Stunde bei Ihnen. Kochen Sie etwas Schönes.«

»Ist gut«, sagte Svetlana und legte auf.

Hero Dyk ließ sich Zeit und betrachtete auf seinem Weg die Leute, die ihm begegneten. Man sollte mit ihnen reden, die Angelegenheit erklären, sie warnen, aber jeder ging den eigenen Geschäften nach. Niemand blickte ihn an, außer wenn die Wege sich direkt kreuzten, zur Abstimmung: Ich gehe links oder rechts an dir vorbei, du musst nur schauen, wohin ich blicke. Und ich bin nicht feindlich gesinnt.

Was, wenn man mit jedem Einzelnen von ihnen Kontakt aufnehmen müsste? Wenn es nicht anders ginge? Mit jedem Menschen ein paar Worte wechseln, sein Leid begreifen, seine Schmerzen teilen, sich sein Glück anhören oder sein Unglück.

Man käme ja nie nach Hause! Deshalb muss man auf die Zeitung warten. Dort erfährt man, was wichtig ist.

Unter der Eisenbahnbrücke hing immer noch das leere Plakat mit dem Kapitalisten-Spruch. Die Frage, wen man zuerst erschlagen solle, war jetzt klar beantwortet: *»Kohn«*, hatte jemand daruntergeschrieben.

Hero Dyk lief ganz in Gedanken vertieft an seinem Haus vorbei, kehrte um und ging von hinten herum über den Hof. Ein alter roter Golf stand in einer Ecke geparkt, aber er achtete nicht darauf, sondern betrat seinen Patio. Durch ein Fenster sah er Svetlana in der Küche arbeiten. Sie trug nichts als Unterwäsche und darüber eine sattgelbe Schürze, die von der Brust bis kurz über das Knie reichte.

Hero Dyk zeigte nicht die geringste Neigung zu jungen Mädchen. Ihn interessierten reife Frauen, die kräftigen vor allem.

Svetlana hatte seine Musiksammlung gefunden und sich bedient. Ein altes Lied von Georges Moustaki klang durch das Haus, und sie trällerte fröhlich mit: *Danse autour de la terre*. Eines seiner wenigen tanzbaren Stücke. Sicher verstand sie den Text nicht, aber die Melodie schien sie zu kennen. Sie tänzelte und wiegte sich zur Musik, reckte die Hände in die Luft und fand sich schön. Dazu trank sie Sherry.

Hero Dyk betrachtete die kleine, stämmige Frau, die zwischen Ofen und Herd hin und her lief und tanzte, zunächst ohne ihn zu bemerken. Sie trug ein weißes, geripptes Unterhemd mit halbem Arm und einen passenden Schlüpfer. Keinen Slip oder Tanga, sondern eine bequeme Unterhose. Einen Schlüpfer. Durchaus angebracht bei solchem Wetter. Warm und zweckmäßig.

Sie trug keinen Büstenhalter. Die Brüste hingen prall im Hemd, das sah man trotz der Schürze. Arme und Beine wirkten sehr kräftig, verloren aber bereits etwas an Halt. Um die Hüften hatte sie Speck angesetzt.

Plötzlich blickte sie zum Fenster heraus und errötete, als sie Hero Dyk dort stehen sah. Es passte gut zu ihrer leicht dunklen Hautfarbe.

Er schluckte und erwiderte ihren Blick, bis er nicht mehr zurückkonnte. Bis sie sich einig waren. Svetlana nickte kaum merkbar, das sollte ihm Mut machen. Er nahm den Schlüssel aus seiner Tasche und öffnete die Tür. Kalte Luft strömte in das Haus. Svetlana erschauerte. Die feinen Härchen an ihren Armen und Beinen richteten sich auf zu einer prächtigen Gänsehaut.

»Machen Sie Tür zu!«, sagte sie lachend.

Es roch schwer nach Kohl und nach Braten. Auch eine leichte Säure hing in der Luft.

»Erst essen«, sagte Svetlana von der anderen Seite des Tresens her, der sich quer durch die Küche zog. »Sauerbraten. Rotkohl. Ist Pferdefleisch.« Sie stellte ihm ein Glas Wasser hin.

Hero Dyk trank es in einem Zug leer und setzte sich auf einen der Hocker, wobei ihm seine Erektion im Weg stand. Die Hose wurde ihm eng.

Svetlana servierte ihm nun ein Glas Sherry. Sie prosteten sich zu und hatten alle Zeit der Welt.

»Kamin«, sagte Svetlana. »Machen Sie Holz an.«

Hero Dyk ging ins Wohnzimmer und schichtete kleine Holzstöcke auf, die sich leicht entzünden ließen. Als das Feuer brannte, legte er dickere Scheite nach und suchte Musik aus. Mikis Theodorakis fiel ihm ein, der »Tanz des Zorbas«. Und »La poupée qui fait non« von Michel Polnareff.

Svetlana hatte inzwischen den Braten aufgetischt. Rheinischer Sauerbraten. Wo immer sie das Rezept gefunden hatte, es schmeckte köstlich.

Sie ließ ihn allein essen und sah zu, bis er genug hatte. Dann drehte sie ihm den Rücken zu und begann mit dem Abwasch, nicht ohne deutlich mit dem Hintern zu wackeln.

Hero Dyk konnte mittlerweile kaum noch aufrecht sitzen. Er stellte sich hinter Svetlana, die das geschehen ließ. Er griff durch die weiten Ärmel in das Hemd. Ihre Brust war warm und weich. Sie ließ ihn gewähren und gab leise kehlige Laute von sich, während sie nicht aufhörte, abzuspülen.

Das Hemd hatte einen tiefen Ausschnitt, durch den er ihre Brüste unter der Schürze freilegen und sanft die Warzen massieren konnte. Er küsste sie auf den Nacken und sog ihren herben Duft ein.

Es gelang ihm, die Hosen abzustreifen, während Svetlana sich nicht rührte. Als er sich wieder an sie drängte, hielt sie ihn jedoch zurück. »Warten Sie«, sagte Svetlana. »Die Schürze.«

Sie drehte sich um, griff hinter sich und löste den Knoten, während Hero Dyk sich hastig sein Hemd vom Körper riss, dass die Knöpfe flogen.

Nun standen sich beide in Unterwäsche gegenüber, Svetlana hingen die Brüste aus dem Hemd. Hero Dyk griff danach und saugte an den dicken Warzen. Er leckte daran und kniff leicht mit den Zähnen hinein.

»Langsam«, stöhnte Svetlana und lachte kokett. »Gummi!«

In einer einzigen fließenden Bewegung griff Hero Dyk in eine Schublade, zog ihr den Schlüpfer herunter und nahm sie auf den Arm. Er trug sie zu einem Sofa vor dem Kamin wie eine Beute, damit sie dort übereinander herfallen konnten, ohne sich zu verletzen.

Später legte Hero Dyk modernere Musik auf. Micah P. Hinson sang »I Keep Having These Dreams«, und sie tanzten Walzer dazu. Einige Stücke von Calexico. Schließlich half er ihr beim Abwasch.

»Besser?«, fragte Svetlana, und Hero Dyk nickte. Beide hatten ihre Unterwäsche wieder angezogen, aßen Schokoladenpudding und tranken Eierlikör vor dem Kamin. Sie hatte Kaffee gekocht.

»Besser«, sagte er. »Ich war bei diesem Reporter. Ich habe ihm gesagt, dass Lilly meine Tochter ist. Er soll keine Gerüchte mehr verbreiten, sondern Tatsachen. Lilly kam heute in das Café, in dem ich zu frühstücken pflege. Sie hat sich vor allen Leuten ausgezogen. Das Stipendium hat man ihr wieder weggenommen, dabei hat sie mit Kohns Tod nichts zu tun.«

Svetlana nickte und schwieg. Sie hörte einfach zu.

»Sie hätten ihn sehen sollen«, sagte Hero Dyk und starrte in das Feuer. »Mit Säure. Wer tut denn so was?«

Jemand klopfte vom Hof aus an ein Küchenfenster. Hero Dyk erhob sich schweigend und spähte von einem Vorhang verdeckt nach draußen.

»Heeger«, sagte er. »Es ist Karl Heeger. Mein Freund, der Kommissar.«

Er setzte sich wieder vor den Kamin und schwieg, ohne auf das Klopfen zu hören. »Ich mag nicht öffnen«, sagte er schließlich und erhob sich, als sie wieder allein waren, um neue Musik aufzulegen. Etwas von DeVotchKa, erneut ein Walzer, aber diesmal mochten sie nicht tanzen. »You Love Me« hieß das Stück. Dann stutzte Hero Dyk. »Da, auf dem Kaminsims. Da stand eine Figur aus Bronze und Elfenbein. Ein Harlekin, ziemlich alt. Wo ist die hin?«

Beide sahen sich an und zuckten die Achseln.

»Wissen Sie«, fuhr er fort, »ich hatte nie ein eigenes Heim. Ich kenne Sex nur im Auto oder in einer fremden Wohnung. Es war für mich das erste Mal im eigenen Haus.«

Svetlana meinte, seine Mutter hätte es sicher nicht erlaubt. Sie lachte fröhlich.

Es kam ihm nicht in den Sinn, zu fragen, woher sie das wisse. Später sahen sie sich gemeinsam eine der Seifenopern an, die nachmittags laufen. Dann sprach Hero Dyk über Lilly, über seine Mutter, Hanna und Reiner-Maria Kohn. Svetlana hörte zu.

***

Tondokument von Donnerstagnachmittag, dem 4. Januar
Niederschrift durch Kommissar Karl Heeger

Beginn der Aufzeichnung um 16.25 Uhr. Die Stimme klingt sehr aufgeregt. Die Person steht auf, wirft eine Tür zu und setzt sich wieder.

Mein Mädchen,

Hero Dyk ist ein Vater, der seine Tochter verteidigt, dabei hat er sich nie um sie gekümmert.

Eine längere Pause, in der nur Atmen zu hören ist.

Kinder hat man ewig. Begreifst du das? Es gibt kein Entkommen für mich als Mutter. Ich werde nicht nachgeben! Niemals loslassen. Das sollst du verstehen, hörst du?

Ein wütender Schrei.

Der Bunker ist mir eine große Hilfe. Ich weiß ihn zu nutzen. Alles kommt mir gelegen. Niemand sucht nach mir, sie haben keine Zeit dazu. Es ist ihnen nicht wichtig. Ich werde sie treiben. Wohin auch immer sie laufen, ich werde da sein.

Kurzes Schweigen.

Das Schwein fickt seine Putzfrau, stell dir vor! Er vögelt sie. Heeger hätte mich fast entdeckt, als ich aus dem Bunker kam.

Rascheln vor dem Mikrofon, dann Räuspern.

Man gibt sich Mühe, schafft klare Verhältnisse, opfert sich, und kein Mensch spricht darüber. Niemand redet mehr von Kohn. Lilly zog sich heute in einem Café bis auf die Unterwäsche aus, die armselige Schlampe. Sie ist dürr wie ein Stock. Ihr fehlt jede Weiblichkeit, aber dumm ist sie nicht. Es geht ihr um Aufmerksamkeit.

Erneutes Räuspern und Stühlerücken. Ein Fenster wird geöffnet; kurz ist ein Vogel zu hören, der mitten im Winter singt.

Man interessiert sich nicht für mich, verstehst du das? Im Netz wird nur von Lilly geredet und davon, was für ein seltsames Mädchen sie sei. Diese Gerda Lottenburger lebt noch. Sie ist gar nicht tot. Bisher war das niemandem aufgefallen. Jetzt heißt es, der Unfall sei gar nicht so schlimm gewesen. Der Frau geht es gut, sie spricht nur nicht. Was soll's, oder? Ist uns doch egal.

Aber Kohn hat es erwischt. Der setzt keinen mehr auf die Straße. Am Schlachthof ist die Hölle los. Der Tierschutzverein hat dort nun das Sagen. Die Bauern laden ihre Tiere woanders ab. Sie kooperieren nicht. Der Betrieb steht still. Niemand passt mehr auf.

Zu Mittag war ich in einem Restaurant, drei Frauen saßen am Nachbartisch. Alle säugten ihre Babys, du kennst den Typ. Sie aßen dabei, telefonierten und hielten ein Gespräch am Laufen, es war ganz unappetitlich. Eine Kellnerin kam und bat sie, sich zu bedecken. Es störe die anderen Gäste. Sie wehrten sich und drohten, fünfzig weitere junge Mütter anzuwerben. Morgen schon kämen sie wieder, um vor dem Lokal zu protestieren, mit ihren Babys auf den Armen.

Da habe ich mir eines ihrer Telefone genommen und in einem Erbseneintopf versenkt, der ein paar Tische weiter stand. Wegen der Babys war ich schneller als sie. Das war ein Spaß!

Bestialisch! Hörst du? Bestialisch, sagen sie. Was meinen sie damit? Habe ich wieder alles falsch verstanden? Ich war es doch, der ihn getötet hat! Ich bin doch keine Bestie.

Es ist sehr kalt hier bei Nacht. Die Heizung wird abgestellt. Mach dir keine Sorgen um mich. Schon bald werden wir das alles hinter uns lassen. Du wirst doch mit mir kommen? Ich werde dich schon noch überzeugen. Ich muss mich um Hero Dyk kümmern. Gute Nacht, mein Kind.

Ende der Aufzeichnung um 16.43 Uhr.

***

Den Nachmittag über versuchte Hero Dyk, sich auf das Sortieren alter Notizen zu konzentrieren, reagierte jedoch mit Erleichterung auf das Läuten seines Telefons. Heeger war am Apparat.

»Wo bist du?«

»Was?«

»Ich hab vorhin bei dir geklingelt. Es hat niemand aufgemacht.«

»Vermutlich war ich nicht da?« Ein Vorschlag.

»Man hat Lilly gestern mit Kohn gesehen. Du bist ihr Vater und solltest wissen, dass wir sie verhören werden. Ein Kollege ist auf dem Weg zu ihr.«

»Ich war bei Hanna, als sie nach Hause kam«, sagte Hero Dyk. »Das muss kurz vor dreiundzwanzig Uhr gewesen sein.«

»Das wird sie entlasten, wenn Hanna es bestätigt.«

»Hat man Drohbriefe bei ihm gefunden?«

»Keine Briefe«, sagte Heeger. »Nichts dergleichen. Was weißt du?«

»Nichts Konkretes. Es ist nur eine Idee. Wenn man ihn so gehasst hat, dann wurde er sicher bedroht. Vielleicht gibt es Briefe. Was wird aus den Schlachthöfen?«

»Der Tierschutzverein spricht jetzt für Frau Kohn. Wir sind in ihrem Haus. Sie scheint mehr Beistand zu haben, als ihr guttut.«

»Ich möchte mir das ansehen.«

»Ich kann dich offiziell herbestellen.« Heeger nannte Hero Dyk eine Adresse in Hellern.

Die Villa, die jetzt der Witwe ganz allein gehörte, lag in einer Siedlung. Das Grundstück reichte bis an das Ufer der Düte. Bis zum Schlachthof der OSNINGFLEISCH war es nicht weit, und über den Autobahnanschluss gelangte man schnell in alle Richtungen. Die Häuser hier haben Gärten und sind von gutbürgerlicher Größe. Sie verstecken sich gern hinter hohen Hecken, sodass man sich fragt, vor wem die Besitzer sich verbergen.

Es war bereits dunkel, als Hero Dyk eintraf. Vor der Tür standen zwei Beamte. Hero Dyk erkannte die kleine Polizistin, die den Unfall aufgenommen hatte. Sie erkannte ihn ebenfalls und ließ ihn eintreten. Ein paar Gaffer standen am Straßenrand. Einer von ihnen schien etwas zu wissen, was er den anderen mitteilen musste. Er wies mit dem Finger auf Hero Dyk und rief ein paar unverständliche Worte.

Hero Dyk verfügte über die Gabe, sich mit seinem Notizbuch still und unbeachtet in eine Ecke zu stellen. Er fiel kaum auf. Das Haus war voller Menschen, Trauergäste vor allem. Von der Diele aus gelangte man in das Wohnzimmer, das in zwei Bereiche aufgeteilt war. Wie Rechtecke, die an einer Stelle miteinander kommunizieren. Eines der Rechtecke lag drei Stufen tiefer und wurde beherrscht von einer schweren Sitzgarnitur und einem weißen Flügel, auf dem mehrere Büsten standen. Tote Musiker oder Dichter. Keine Gipsbüsten, sondern schwere Handarbeiten aus Alabaster. Ein paar Polizeibeamte standen um ein Pult, das für Ansprachen und Lesungen genutzt werden konnte. Sie unterhielten sich und betrachteten die Menschen im Raum. Heeger sah Hero Dyk mit dem Notizbuch in der Ecke stehen, nickte unmerklich und ließ ihn gewähren.

Die Wände des anderen Rechtecks hingen voller Uhren, die jeweils unterschiedliche Zeiten zeigten. Keine war aufgezogen, sie standen alle still. Vor die riesigen Fenster hatte man Tonkrüge und große Kerzen gestellt, ein Holzgestell mit einer alten Bibel, eine Frauenplastik. Auf den Fensterbänken saßen Porzellanpuppen. Jeder Fleck war vollgestopft aus Angst vor Leere. Die Scheiben selbst stemmten sich trotzig gegen die Dunkelheit draußen, nur die Umrisse eines Baumstammes waren zu erkennen. Von der Decke hing ein Kristalllüster fast bis auf den Tisch herunter.

Hier war die Angst zu Hause. Das Wohnzimmer hatte keinen Ausgang als den zur Diele. Man sah die Türen nicht, die in andere Räume führten, aber es musste sie geben, denn eine junge Frau trug ein Tablett mit frischem Kaffee herein und kam dann noch einmal mit Schnittchen wieder. Hero Dyk sah schließlich, wie sie durch eine unauffällige Tür in einem der Wandpaneele das Zimmer verließ, dort musste die Küche sein. Er suchte nach anderen Türen zu Schlaf- oder Arbeitszimmern, fand aber keine. Diese Räume dienten allein der Repräsentation und als wahres Bollwerk gegen Neugierige. Niemand sollte sich hier wohlfühlen.

Edith Kohn stand bei einem riesigen Esstisch für sicher zwanzig Gäste, den man schräg in den Raum gestellt hatte, weil er sonst zu groß wäre. Sie war ganz in Schwarz gekleidet.

»Nutzen Sie Ihre Möglichkeiten«, sagte eine von drei Frauen, die um Edith Kohn standen, als ob sie sie bewachten. »Nutzen Sie den Kompass Ihrer Menschlichkeit, und ich sage Ihnen, dass Sie Erfolg haben werden.«

»Meine älteste Tochter lässt sich entschuldigen«, sprach Frau Kohn mit lauter Stimme über die Köpfe der Anwesenden hinweg. »Sie kämpft noch für den Regenwald. Greenpeace, wissen Sie. Sie hat sich mit meinem Mann nicht gut verstanden, deshalb ist sie weg. Es ist seine Schuld. Die ganze Family muss sich neu orientieren. Meine Tochter kann nicht so schnell nach Hause kommen. Sie rief gerade aus Bolivien an. Meine jüngste Tochter ist bei meiner Schwester auf dem Land. Sie hat sich zu sehr aufgeregt.«

Hero Dyk ging zu ihr und drückte sein Beileid aus. Sie bedankte sich mechanisch und reichte ihm eine Tasse Kaffee, ohne Notiz von ihm zu nehmen. Edith Kohn war frisiert wie Jacqueline Onassis, nur blond wie Marilyn Monroe. Die Frisur hatte sich ein wenig aufgelöst. Je ein schwerer Brillantring an den Händen, Ohrringe bis auf die Schultern, keine Kette. Der Geruch nach teurem Parfüm. Edith Kohn war stark geschminkt und wirkte trotz allem schlicht und streng.

Plötzlich erhob sie sich, ging zu einem Bücherregal und ließ dessen kompletten Mittelteil nach hinten schwingen. Hier war sie, die Tür zu ihrem Privatbereich. Grelles, badezimmerweißes

Licht drang heraus, bevor die Tür sich wieder schloss. Spiegel. Ein aseptischer Raum. Niemand ging ihr nach, doch jeder nahm ihr Verschwinden wahr. Die Stimmung entspannte sich. Die drei Damen gaben sich als Abordnung des Tierschutzvereins zu erkennen, Hero Dyk behauptete, ein Freund des Toten zu sein, und reichte artig seine Hand. Auch andere Vereine waren gekommen, Verwandte, Vertreter der Stadt, die Kirche saß ganz still auf einem Stuhl in der Ecke. Jemand nahm prüfend eines der Kristallgläser, die auf dem Tisch standen, und erkannte, dass sie mit reinem Gold verziert waren.

Die Schranktür öffnete sich erneut, und Edith Kohn trat heraus, jetzt jedoch völlig verändert. Voll direkter Wut und mit empörtem Blick ging sie auf Hero Dyk zu. Jemand hatte sie auf den Autor aufmerksam gemacht, und vermutlich hatte sie einen ordentlichen Cognac getrunken. Sie trat auf Hero Dyk zu und tippte ihm an die Brust.

»Sie ... Sie ... Wie können Sie es wagen? Dies ist mein Wohnzimmer. Ich habe gerade erfahren, dass Sie der Vater von dem Mädchen sind, das meinen Mann falsch beschuldigt hat.« Sie fand ihren herrischen Ton wieder und richtete sich daran auf. »Kommissar, dieser Herr gehört nicht zu uns.«

Hero Dyk stellte sich vor. »Ich habe gestern noch mit Ihrem Mann gesprochen und wollte mein Beileid ausdrücken. Er suchte meinen Rat wegen der ganzen Sache. Ich war Zeuge des Unfalls. Er ist nicht zu schnell gefahren. Es war nicht seine Schuld. Ich habe ihn entlastet.«

Sie konnte sich nur mühsam beherrschen.

»Frau Kohn?«, schaltete sich nun eine der Tierschützerinnen ein. »Belästigt Sie dieser Mann?«

»Frau Kohn«, sagte Karl Heeger, »ich selbst habe Herrn Dyk als Zeugen hierhergebeten.«

Die Witwe fasste sich an die Schläfe und war unfähig, zu sprechen. Jemand drängte Hero Dyk in den Flur und bis zum Eingang.

»Ich habe ihn herbestellt«, griff Karl Heeger ein. Seine Autorität war von großer Hilfe. »Lassen Sie uns bitte allein.«

Murrend kehrten die Leute ins Wohnzimmer zurück.

»Sie weiß nichts von Drohbriefen«, sagte Heeger und schob Hero Dyk vor die Haustür.«

»Sie wusste, dass Lilly meine Tochter ist«, sagte Hero Dyk. »Ich habe es erst heute Mittag Eike Freytag erzählt.«

»Dann wird es schon im Internet zu lesen sein.«

»Lilly und ich sind der Meinung, dass das niemanden etwas angeht. Es ist unsere Sache.«

»Mit dem Mord ist es eine öffentliche Sache geworden, mein Freund. Glaubst du, dass Edith Kohn im Internet surft?«

»Kohn sagte was wie ›Sie spricht mit dem Internet und engagiert sich im Tierschutzverein‹.«

Die Menge auf der Straße war zahlreicher geworden. Karl Heeger ging ins Haus zurück. Eine Frau winkte Hero Dyk zu sich auf die andere Straßenseite. Das Gesicht kam ihm bekannt vor, aber an den Namen erinnerte er sich nicht.

»Ich kenne Sie«, sagte er zu der Frau.

»Lembruch«, erwiderte sie. »Wir waren Nachbarn.«

»Richtig«, sagte Hero Dyk. Als Jugendliche hatten sie oft zusammen in einer Gruppe gesessen. Neben Hanna war sie ihm nie besonders aufgefallen. »Du bist Ines Röhr. Ich erinnere mich.«

***

Von außen war niemand zu sehen, als Freytag sich Lillys Versteck näherte, also trat er ein. Er hatte gehofft, das Mädchen hier zu finden, um sie zu fragen, was sie mit Kohn zu schaffen habe.

Das Licht funktionierte nicht. Im ganzen Haus nicht, als ob jemand die Sicherungen herausgedreht hätte. Freytag hatte eine Taschenlampe dabei und fand die Küche, das Zentrum des Lebens in diesem Haus. Er leuchtete in alle Ecken, sah aber nichts von Interesse. Die Kinder hatten aufgeräumt und im Rahmen ihrer Möglichkeiten geputzt. Freytag schoss ein paar schnelle Fotos mit dem Blitzlicht.

Dann setzte er sich an den Tisch und wartete. Er horchte auf den Straßenverkehr vor der Tür, der die dicken Steinwände des Hauses kaum durchdringen konnte. Nur das ganz tiefe Dröhnen der Lkw war in den Füßen zu spüren, aus dem Fußboden. Einmal fuhr ein paar Straßen weiter ein Zug vorbei. Es war eiskalt, Freytag wickelte sich in seine dicke Lederjacke ein.

Dann hörte er einen schleifenden Schritt auf dem Parkett vor der Küchentür. Also war doch jemand zu Hause. Der flackernde Schein einer Kerze bleckte durch den Spalt in der Tür, die sich schließlich öffnete.

Eine Gestalt stand dort, eingewickelt in einen Umhang. Sie trug die Kerze vor sich her, damit das flackernde Licht gruselige Schatten auf ihr Gesicht warf.

»Huh«, machte die Gestalt und lachte dreckig.

»Lilly?«, fragte Freytag.

Sie senkte die Kerze, sodass ihr Gesicht jetzt von unten beschienen wurde.

»Wie haben Sie mich erkannt?«

»An der Stimme«, sagte Freytag.

»Die Kleinen haben Angst vor mir, wenn ich so ankomme.«

»Sie haben sich sicher daran gewöhnt. Und so klein sind sie nicht mehr.«

Lilly öffnete den Umhang, eine Wolldecke, und Freytag sah, dass sie darunter splitternackt war. Sie trug ein paar warme Puschen, sonst nichts. Die Kerze beleuchtete ihren mädchenhaften Körper. Freytag schoss ein paar Fotos. Statt sich vor dem grellen Blitz zu schützen, begann Lilly zu posieren, wie sie sich ein Fotomodell vorstellte.

»Wollen Sie mit mir schlafen?«

»Ist das obligatorisch?«

»Jeder hat mit mir geschlafen«, sagte Lilly. »Sonst ist er keiner von uns. Wir nehmen das Wohnzimmer, da gibt es besseres Licht. Das bringt Stimmung. Ist richtig romantisch.«

»Ich möchte nicht zu euch gehören«, sagte Freytag. »Nein danke.«

Lilly lachte und schloss endlich die Decke um ihre Schultern. Sie setzte sich Freytag gegenüber an den Tisch.

»Ab und zu machen wir sauber«, sagte sie. »Im Wohnzimmer ist es fast gemütlich. Komm schon. Ich mach das richtig gut.«

Aber der Moment war vorbei. Freytag atmete tief durch. Er öffnete die Jacke, da ihm warm geworden war.

»Was nimmst du dafür?«

»Vor Jahren fünf Euro. Zwei Jungen auf einem Klo. Sie haben mich auf Video aufgenommen, nach dem Tanzkurs. Das stand dann im Internet. Konnte jeder sehen. Da war sowieso alles zu spät. Seither verkaufe ich meine Haut weit teurer.«

»Aber du verkaufst dich nach wie vor?« Freytag schoss noch ein paar Fotos.

Lilly sparte sich die Antwort.

»Erzähl mir von Kohn.«

»Kohn? Mit ihm habe ich nicht geschlafen.«

Freytag lachte schallend. »Ist das das Kriterium, nach dem du die Männer unterscheidest? Ich nehme an, dass die überwiegen, mit denen du nicht geschlafen hast?«

Lilly lachte mit ihm. Ein helles Lachen, das hysterisch klang. Sie wollte sich ausschütten vor Lachen und schlug plötzlich mit der flachen Hand auf den Tisch. Dies war ihr Versteck. Hier war sie zu Hause. Ihre Stimme wurde kalt und schneidend.

»Auch mit Dyk habe ich nicht geschlafen. Das dürfen Sie nicht andeuten. Ich habe mit der ganzen Sache nichts zu tun. Lassen Sie mich in Ruhe.«

»Ich wusste nicht, dass er dein Vater ist. Nirgendwo habe ich geschrieben, dass du mit ihm ein Verhältnis hast. Es sind die Leute, die das herauslesen, auch wenn ich es nicht schreibe. Sie lesen es zwischen den Zeilen.«

»Stecken Sie etwas anderes zwischen Ihre Zeilen. Sie dürfen mich ficken, wenn Sie anders schreiben.«

»Eben warst du noch umsonst.«

Lilly kreischte plötzlich wütend auf. Sie schlug erneut mit der flachen Hand auf den Tisch und sprang auf. Der Stuhl, auf dem sie saß, fiel nach hinten, sie warf die Wolldecke ab.

»Was redest du ständig vom Ficken?«, keuchte Freytag und wich zurück.

»Weil es mir Spaß macht«, schrie Lilly. Sie warf den Tisch beiseite und stürzte sich auf ihn. Die Kerze stand auf einem Schrank und flackerte nur leicht. Sie war nackt. Einem Mann fällt es schwer, sich gegen eine nackte Frau zu verteidigen. Freytag ging sofort zu Boden. Lilly ließ von ihm ab und stand nun über ihm, beleuchtet von der Kerze.

Da flog die Tür auf und Mario stürzte herein, hinter ihm der Rest der Jungs.

»Greift ihn euch!«, schrie Lilly.

»Was hast du gestern Nacht getan?«, rief Freytag, als die jungen Leute ihn packten und festhielten. Er wehrte sich nach Kräften, aber es waren zu viele. »Ich weiß, dass du Kohn getroffen hast.«

Jemand stellte Tisch und Stühle auf und reichte Lilly die Decke. Das Licht ging an, einer der Jungs hatte die Sicherungen wieder eingedrückt. Sie setzte sich und strich ihre Haare aus dem Gesicht, war nun völlig ruhig. Man reichte ihr zwei Gläser voller Wasser, eines schob sie Freytag hin.

»Trink mit mir«, sagte sie und prostete ihm zu. Jemand hob ihm das schmutzige Glas an die Lippen.

»Lilly«, sagte Mario, »lass gut sein. Wir haben genug Ärger.«

»Er hat es verdient«, sagte sie und gab ein Zeichen. Ihre Jungs packten Freytag und warfen ihn zu Boden. Einer der Jungen trat ihm mit dem Stiefel in die Rippen.

»Nicht«, sagte Lilly und nippte an ihrem Glas. »Ihr dürft nichts an ihm kaputt machen. Nur die Eier.«

Sie hielten ihn fest und öffneten ihm die Beine, um besser zutreten zu können. Auch die Mädchen beteiligten sich voller Eifer, sie waren ja gleichgestellt.

***

»Geh mir nach«, sagte Ines Röhr.

Sie war ganz in Schwarz gekleidet. Auf ihrem Rücken leuchtete ein rot blinkendes LED-Licht, wie man es häufig Schulkindern gibt, um sie im Verkehr zu schützen. Es baumelte an einem

Band von der Kapuze ihrer Daunenjacke herab. So konnte Hero Dyk ihr in der Dunkelheit leicht folgen.

Die Temperatur war am Nachmittag gestiegen, sodass die Gehwege nass und schmutzig waren. Die Luft roch feucht und unangenehm. Ines Röhr nahm einen Weg nach rechts, bog dann vor einem Sportplatz links ab und ging sofort wieder rechts. Ein paar Jungen spielten dort Fußball, das Flutlicht schnitt ein Loch in den Nebel, auf den man so erst aufmerksam wurde. Einige der Jungen trugen kurze Hosen, trotz der Kälte. Ihr Atem kam in langen Fahnen.

Jenseits des Sportplatzes lag eine dunkle Wiese. Ines Röhr folgte einem Fußweg und ließ die Siedlung hinter sich. Hero Dyk hatte feste Schuhe an, die ihm Halt gaben, aber Ines Röhr trug Pumps mit Absätzen, wenn auch flachen, sodass sie auf dem rutschigen Boden schwer Halt fand.

Bald hatten sie die Wiese hinter sich und standen nun in einem Industriegebiet mit spärlicher Beleuchtung. Laternen säumten die Straße wie Bäume, nur wenige der Parzellen waren noch frei. Der Nebel zog sich immer dichter zusammen. Ines Röhr ging abermals nach links. Rechts wurden Lkw abgefertigt, dort lag die Straße in hellem Licht. Hier jedoch, wo sie liefen, gab es keinen Verkehr.

Schließlich erreichten sie ein Pförtnerhäuschen, das einen Fabrikhof bewachte, der rundum von einer hohen Mauer umgeben war. Der Schlachthof war aus Ziegelsteinen gebaut. Über Jahrzehnte hatte man an- und umgebaut, sodass das Gebäude jetzt sehr verwinkelt schien, voller Schatten. Auf den Dächern ragten Kühltürme in die Höhe und wälzten fauchend Luft um. Diesseits des Schlagbaums stand ein großer Parkplatz zur Verfügung, auf dem eine Handvoll Autos in der Dunkelheit parkten.

Ines blieb stehen und wartete, dass Hero Dyk näher kam. »OSNINGFLEISCH« stand in großen Leuchtlettern über der verwaisten Pförtnerloge. Der restliche Betrieb war dunkel. Nur die Kühltürme hatte niemand abgestellt. Das Fleisch muss gekühlt werden.

»Was soll ich hier?«, fragte Hero Dyk.

»Das hat Reiner gehört«, sagte Ines. »Kohn. Komm schon. Das war Teil seines Imperiums. Die Belegschaft sitzt jetzt in irgendeinem Saal und spricht mit der Gewerkschaft. Niemand weiß, wie es weitergeht. Es gibt keinen Unternehmer mehr, der entscheiden kann.«

Hero Dyk betrachtete das feuchtkalte Gebäude. »Sieht aus, als ob es nicht leicht ist, mit so einer Fabrik Geld zu verdienen«, sagte er. »Sieht alt aus.«

»Und geizig war er!«, ergänzte Ines.

»Was hast du mit Kohn zu tun?«

»Ich war seine Geliebte. Ich stand vor seinem Haus, um zu trauern. Näher lassen sie mich nicht heran. Du erinnerst dich, dass ich schwanger war, als wir uns das letzte Mal sahen? Den Vater habe ich nie wieder gesehen. Ich lernte Kohn bei einer dieser Eiswetten am See kennen. Wir haben uns arrangiert. Er durfte seine Ehefrauen mit mir betrügen, und ich bekam eine relative Sicherheit. Ich will, dass du seinen Betrieb siehst. Ich kenne mich hier aus. Der Weg, den wir gegangen sind, war der Weg, den er jeden Morgen nahm. Er ging gern zu Fuß. Edith hätte nicht einmal gewusst, welchen Weg er ging. Sie ist nie hier gewesen.«

»Ich habe ihn gestern noch gesprochen. Er war sehr verletzt, weil niemand zu ihm halten wollte«, sagte Hero Dyk.

»Er war kein feiner Mann«, gab Ines Röhr zurück.

»War es seine Aufgabe, ein feiner Mann zu sein?«

Ein Turm überblickte die Hofeinfahrt und einen Großteil des Betriebes. Dort oben befand sich die Verwaltung. Von dort aus konnte man das Geschehen im Hof überblicken.

»Ich dachte, dass du vielleicht den Schlachthof sehen möchtest. Du bist doch Schriftsteller. Kohn hat noch weitere Betriebe, die meisten davon laufen gut. Er konnte es nicht ertragen, Geld zu verlieren.«

Eine Tür sprang auf. Eine dicke Tür mit Kälteisolierung. Fünf Männer schoben drei Mollen heraus, in die sie halbe Schweine gestapelt hatten. Alle trugen die weiße Arbeitskleidung der OSNINGFLEISCH. Sie blieben wie angewurzelt stehen.

Zwei der Männer vom Vormittag waren dabei, nur der ganz

große fehlte. Sie nickten Ines zu, und die grüßte zurück. Daraufhin schoben die Männer die Mollen über den unebenen Hof auf die Straße in Richtung Parkplatz.

»Es ist niemand mehr hier«, sagte Ines Röhr. »Sie plündern.«

»Zwei von denen kenne ich«, sagte Hero Dyk, als die Männer außer Sicht waren. »Das sind die, die ihn falsch beschuldigt haben. Sie sind für den Ruin der Firma verantwortlich und wer weiß, wofür noch alles. Nimmt ihnen niemand übel, dass ihretwegen alle anderen ihren Job verlieren?«

»Solidarität«, sagte Ines Röhr. »Das kann bis zur Selbstaufgabe gehen. Komm mit, vielleicht sind drinnen noch mehr von ihnen.«

Hero Dyk hielt sie an der Schulter zurück. »Wird die Familie die Fabriken verkaufen?«

»Der Tierschutzverein hat die Hand auf den Schlachthöfen«, sagte Ines Röhr. »Edith wird nicht an einen anderen Unternehmer verkaufen, der die Betriebe so weiterführt, wie Reiner das tat, da bin ich mir sicher. Ich denke, man wird das Ganze jetzt nach ethischen Gesichtspunkten gestalten.«

»Ein Tierschutzverein, der einen Wurstkonzern führt?«, fragte Hero Dyk. »Wie soll denn da die Wurst schmecken?«

Ines lachte ihr kehliges Lachen. »Niemand mochte ihn.«

»Und jemand hat ihn getötet«, sagte Hero Dyk.

Ein Vorhängeschloss an der Kühlraumtür war aufgebrochen worden. Rollbahnen unter der Decke zeugten davon, dass hier früher ebenerdig verladen wurde, was ungewöhnlich ist. Meist gibt es Rampen. Es tat sich ein Gang auf, in den mehrere alte Lagerräume mündeten. Für Reinigungsmittel vermutlich, denn die klamme Luft roch sehr intensiv nach etwas Scharfem.

Der Gang führte in eine große Halle, die sich weit nach rechts und links erstreckte. An der Decke hing das Schlachtband, das die getöteten Schweine, an den Hinterpfoten aufgehängt, vom Stechen bis zum Spalten der Rückenknochen führte. Wanddurchbrüche zeugten davon, dass früher ganz anders gearbeitet wurde, dass der Prozess immer weiter perfektioniert worden war, um das Fleisch noch effektiver gewinnen zu können, noch sauberer, so wie der Markt es verlangte. Alle Maschinen waren aus blitzblankem Edelstahl gefertigt, unter einigen standen dünne Pfützen vom letzten Reinigen. Der Fußboden war aus einem rauen Material hergestellt, das der enormen Belastung standhielt, sich leicht säubern ließ und den Sicherheitsschuhen der Arbeiter festen Halt gab. Alle Ecken zwischen Fußboden und Wänden waren rund verputzt, damit sich dort kein Schmutz sammeln konnte. Das Gebäude mochte von außen alt sein, aber in seinem Inneren hatte man keine Kompromisse zugelassen.

Elektrische Fliegenfänger spendeten ein blaues Licht. Die Luft war wärmer als draußen, und es roch wie in einer großen Küche. Irgendwelche Geräte summten leise, dazwischen eilten Männer durch den Raum, die sich bei ihrem schändlichen Tun vollkommen sicher fühlten. Etwas fiel scheppernd zu Boden, und jemand lachte.

»Ich weiß, dass dort die Kühlräume sind.« Ines wies nach rechts. »Dort hängen enorme Werte an Fleisch. Hinter den Glasscheiben werden die Gedärme bearbeitet, du glaubst nicht, wie das stinkt.« Sie zeigte auf eine breite, geflieste Treppe, die ohne Wendung eine Etage höher führte. »Und hier geht es zu den Büros.« Die Stufen wirkten rund getreten und etwas rutschig.

Rechts öffnete sich eine Tür. Noch mehr marodierende Männer. Sie schoben eine weitere Molle voller Schweinehälften vor sich her. Auch sie grüßten Ines, und Ines nickte zurück.

Das spärliche Licht riss tiefe Furchen in ihr trockenes Gesicht. Sie war in all dem Schwarz äußerst schmucklos gekleidet.

»Jetzt fällt es mir ein«, sagte Hero Dyk, über sich selbst erstaunt. Er sah sie auf einmal mit vollkommen anderen Augen. Als ob er erstmals etwas anderes bemerkte als nur ihre Anwesenheit. »Du warst bei dem Unfall dabei. Du hast im Auto gesessen. Es war dein Gesicht, das mir an dem Abend auffiel.«

Sie stand hinter ihm und griff an seine Schulter. Fast behutsam strich sie über seinen Arm.

»Heeger und ich … wir haben dich nie beachtet«, gab Hero Dyk zu, ohne gefragt worden zu sein. »Das tut mir nun leid. Wir waren damals sehr jung.«

Plötzlich stand er allein in der großen Halle. »Ines?«, rief er und lauschte dem Klang der eigenen Stimme. »Hallo?«

Etwas entfernt war das Quietschen von Gummirädern zu hören. Ein Pfiff gellte von der Treppe herunter. Hero Dyk ging ihm nach. Die Stufen waren etwas schmierig. An beiden Seiten wurde die Treppe von Wänden begrenzt. Die Geländer lagen zu weit auseinander, um sich mit beiden Händen rechts und links festhalten zu können.

Er stand noch auf der letzten Stufe, als ihm ein großer Mann entgegentrat. Hero Dyk erkannte ihn sofort, auch wenn er jetzt weiße Stiefel und Arbeitskleidung trug. Am Morgen waren sie sich bereits begegnet. Es war der größte der drei Arbeiter, die Eike Freytag verprügelt hatten. Völlig unvermittelt trat er ihm in den Weg und gab ihm einen Stoß. Hero Dyk griff nach seiner Hand, um sich daran festzuhalten, aber der Mann zeigte ihm den Mittelfinger.

Das Geländer befand sich außerhalb seiner Reichweite. Zwei oder drei Stufen stolperte er wild rudernd rückwärts. Im Fallen gelang ihm ein kleiner Satz in die Luft, sodass er sich drehte, vorwärts landete und versuchte, sich abzurollen. Aber er rutschte aus und fiel hart auf sein Gesäß. Die Treppe war so steil, dass er noch ein paar Stufen tiefer glitt, wobei er sich auf den Bauch rollte, um sich festzuhalten.

So liegend sah er zu dem Arbeiter hoch, der keine Anstalten machte, ihm zu helfen.

»Halt dich raus!«, befahl er und verschwand.

Hero Dyk stöhnte, als ein unglaublich hagerer alter Mann plötzlich neben ihm stand und ihm aufhalf.

»Haben Sie sich verletzt?«

Hero Dyk schüttelte und prüfte seine Gelenke, sprang von einem Bein auf das andere. Die rechte Hand tat ihm an der Wurzel weh, sonst war ihm nichts Böses geschehen.

»Alles heil«, sagte er. »Wo kommen Sie so plötzlich her?«

Der alte Mann rieb sich den borstigen Schnurrbart und stopfte dann beide Hände in die Taschen seines blauen Overalls. Die Arbeitskleidung, die er trug, war blitzsauber.

»Ich soll hier aufpassen, hat Herr Kohn gesagt. Kommen Sie, ich bin in Erster Hilfe ausgebildet. Wir sind gut auf solche Fälle vorbereitet.«

»Es geht schon.«

Hero Dyk dankte ihm, aber der Mann hielt seine Hand fest.

»Kommen Sie. Ich kann Ihnen helfen.« Er wies auf einen Gabelstapler, den er neben die Treppe gefahren hatte. Der Mann war fast so lang wie der Mast an seinem Gefährt, an dem die Gabel befestigt war. »Nicht alles hier ist ohne Schutz. Ich kümmere mich um die Gabelstapler.«

Er ließ Hero Dyk aufsitzen und fuhr ein paar Meter in einen schmalen Raum, in dem viele solcher Fahrzeuge aufgereiht standen, damit die Batterien sich aufluden. Hero Dyk erkannte das Quietschen der Reifen auf den Fliesen, das er vorher gehört hatte. Über ein hohes Rolltor konnte man die Stapler direkt auf den Hof fahren.

Der alte Mann half ihm abzusteigen und führte ihn aus dem Raum, den er sorgfältig verschloss. Den Schlüssel trug er an einer silbernen Kette um den Hals. »Sicher ist sicher«, sagte der Mann und führte Hero Dyk quer durch die Halle zu einem Aufzug. »Die Ignoranz der Leute kennt keine Grenzen.«

Sie fuhren in den obersten Stock. Dort wurde Hero Dyk in einen hell erleuchteten Sanitätsraum geführt, der bestens ausgestattet war.

»Sehen Sie«, sagte der Mann stolz. »Direkt neben dem Aufzug. Man gelangt auf dem schnellsten Weg hierher. Tiere schlachten ist ein gefährlicher Beruf. Die Männer und Frauen, die hier arbeiten, haben jeden Respekt verdient. Wenn ein Unfall passiert, sagte Herr Kohn immer, dann soll dem Mann so umfassend wie möglich geholfen werden. Das war ihm wichtig. Wir sind weit besser ausgerüstet, als notwendig wäre. Sogar operiert haben wir hier schon. Ein Schlachter hatte sich die Schlagader am Oberschenkel durchtrennt. Letztes Jahr war das erst, da schien noch alles in Ordnung.«

Der Mann untersuchte ihn und sah sich sogar Hero Dyks Zähne an, um sicherzugehen, dass ihm nichts geschehen war.

»Nun wissen Sie, wo Sie hier sind«, sagte er voller Stolz und ließ seinen Patienten allein. Hero Dyk suchte sich selbst den Weg zum Ausgang.

***

Lilly saß am Dachfenster, als Hero Dyk auf den Hinterhof fuhr und sein Rolltor per Fernsteuerung öffnete. Der Raum, in dem sie saß, hatte früher als Schlafzimmer gedient. Ihre Jungs hatten zwei alte Sessel und einen kleinen Tisch darin aufgestellt. Lilly saß gerne hier und hielt Ausschau. Sie konnte den Hinterhof überblicken und hatte Sicht auf fremde Gärten. Sie war immer noch nackt unter den Wolldecken, mit denen sie sich gegen die Kälte schützte.

Hero Dyk fuhr einen Land Rover Defender, ein großes Geländeauto, in dem man sehr hoch sitzt. Er hielt an, als er den gekrümmten Mann im Licht seiner Scheinwerfer sah, realisierte aber nicht sofort die Gefahr. Das Rolltor schob sich auf den am Boden Liegenden zu. Hero Dyk griff hastig nach dem Piepser, um das Tor zu bremsen. Er fand ihn nicht sofort und ließ das zigarettenschachtelgroße Gerät auch noch fallen. Unter den Sitzen ließ es sich im Dunkeln schwer ertasten. Das Tor glitt beständig weiter auf den verletzten Eike Freytag zu, der sich nicht rührte. Erst im letzten Moment gelang es Hero Dyk, das Tor zu stoppen. Er stieg aus und warf einen Blick auf Lilly, die das Licht einschaltete, um sich am Fenster zu zeigen.

Der Nebel war so dicht geworden, dass man kaum zwanzig Meter weit sah. Die Luft war gesättigt mit Feuchtigkeit, fast schwül, dabei lag die Temperatur nur wenig über dem Gefrierpunkt. Das Gebüsch, an dem sie Freytag festgebunden hatten, troff vor Nässe.

Hero Dyk fand ein Messer in seinem Wagen und schnitt den Reporter los, dann rief er einen Rettungswagen und erklärte, dass die Einfahrt zu schmal sein würde für ein so großes Auto. Dass man mit der Trage kommen solle.

Er beugte sich über Freytag. »Was ist passiert?«

Lilly sah von ihrem Fenster aus, dass Hero Dyk sich den Reporter auf den Rücken warf, ganz so, wie er es früher im Sportunterricht gelernt hatte. Rücken an Rücken, die Arme ineinander verschränkt, dann den anderen hängen lassen, sodass sich der Unterleib entkrampft.

»Berufsrisiko«, stöhnte Eike Freytag. »Die Redaktion ist jetzt geschlossen.«

Hero Dyk hielt ihn und wiegte ihn sanft auf dem Rücken, bis die Sanitäter mit der Trage kamen.

Dann ging er in das Nachbarhaus, das er noch nie vorher betreten hatte.

»Die Treppe hoch«, rief Lilly von oben. »Harter Tag? Du siehst scheiße aus.« Dies statt einer Begrüßung.

»Du weißt, dass das nicht zu deinem Vorteil sein wird, was du ihm angetan hast?«

»Ist mir egal«, sagte Lilly. »Er soll nicht solches Zeug über mich schreiben. Und du hast mir auch nicht geholfen«, fügte sie hinzu.

»Sind deine Schläger noch im Haus? Muss ich Angst haben? Bin ich jetzt dran?«

»Sie sind alle weg. Haben mich allein gelassen.« Lilly sah ihm trotzig in die Augen.

»Hat Heeger mit dir gesprochen? Ich konnte dich entlasten. Zu der Zeit, als Kohn getötet wurde, habe ich dich bei deiner Mutter gesehen.«

»Es ist deine Pflicht, mir zu helfen.«

»Als Vater, meinst du? Das«, er schnaubte vor Wut und kam Lilly bedrohlich nahe, »mit Verlaub, ist eine merkwürdige Sicht der Dinge. Du hast aus dem Hoffen auf Hilfe ein Fordern gemacht.«

»Es ist meine Sicht.«

»Es ist die eines Kindes. Du wechselst die Rollen, wie es dir beliebt. Aber in den Regeln für Erwachsene steht etwas anderes. Dort ist von Geben und Nehmen die Rede. Von Rücksicht und Respekt. Von Kompromissen. Jemandem Guten Tag zu sagen, mag uncool klingen, aber es hat den Zweck, ihm zu zeigen, dass man ihn bemerkt hat und ihn respektiert. Mir scheint das eine kluge Regel zu sein, die eine erstaunliche Wirkung zeigt. Wenn du dagegen Leute in den Straßen bedrohst und dich vor ihnen nackt ausziehst, dann wehren sie sich.«

»Ich kenne keine Regeln«, sagte Lilly. »Ich bin vollkommen frei.«

»Das ist Unsinn«, sagte Hero Dyk und sah seine Tochter prüfend an. »Frei sein heißt völlig allein sein. Und wer soll dir dann helfen?«

»Was bedeutet es schon, dass ich allein bin? Für mich verantwortlich? Ist es das, was du mir sagen willst?«

»Was aus dir alles werden könnte, so klug, wie du bist! Du wärst zu wahrer Bedeutung fähig, mit all deiner Intelligenz und deinem Wissen«, sagte Hero Dyk.

»Du spinnst«, sagte Lilly. »Deshalb hat dir jemand die Fresse poliert, da bin ich sicher.« Sie ließ zu, dass die Decke sich weit öffnete, und starrte ihren Vater an, um zu sehen, wie er reagierte.

Hero Dyk sah ihre Nacktheit. »Und das sagst du, die gerade einen Menschen schwer verletzt hat? Heute Morgen hast du dich bereits vor allen anderen fast nackt ausgezogen. Du provozierst die Leute und verurteilst sie, sobald es dir gelingt. Dir schmeckt die Ernte schal, die du selbst gesät hast. Kennst du Dostojewski?«

»Fang nicht damit an!«

»Er sagt, dass alles, wirklich alles erlaubt ist, wenn es Gott nicht gibt.«

»Was hat Gott damit zu tun, dass du mir nicht hilfst?«

Hero Dyk spuckte vor Wut. »Gemeinsame Regeln, Lilly, darum geht es. Du hast sie nie gelernt, nie lernen müssen, und jetzt bist du allein. Ich hätte dich zwingen müssen. Man darf auf Hilfe hoffen, aber man soll nie darauf bauen. Das ist ein ganz blödes Spiel, das du treibst. Und zieh dich endlich an, es langweilt mich, wie du aussiehst.«

»Ich wette, du bist schwul«, schrie Lilly und spuckte ihm voll Abscheu ins Gesicht.

»Und du bist ein dummes Kind«, stöhnte Hero Dyk und polterte die Treppe hinunter. Er schlug die Tür unten so kräftig zu, wie er konnte, um Luft abzulassen. Als er sich noch einmal umsah, hatte Lilly das Licht ausgeschaltet und saß wieder im Dunkeln. Er wischte sich die Spucke aus dem Gesicht. Trotz allem war sie seine Tochter. Alles, was sie tat, hatte mit ihm zu tun. Davon konnte er sich nicht lossprechen, und er würde es nicht versuchen.

FREITAG

Karl Heeger trank seinen morgendlichen Kaffee ausnahmsweise in dem kleinen Lokal an der Bierstraße. Ihm war zu Ohren gekommen, dass hier stark Meinung gemacht wurde zum Fall Kohn, dem wollte er nachgehen.

Christina Rott wedelte mit der Zeitung wie mit einem Lottoschein, auf dem die richtigen Zahlen angekreuzt sind. Triumph lag in ihrer Stimme, Genugtuung und auch Erleichterung.

»Ha!«, rief sie ganz aufgelöst. »Hier steht es doch. Sie hat sich mit dem Kerl getroffen, das ist bewiesen. Er war am Morgen, bevor man ihn tötete, noch bei uns im Café. Dort draußen stand er. Abends war er mit ihr zusammen, dafür gibt es Zeugen. Sie hat ihn getötet, das ist doch zu begreifen! Ein Elektroschocker, ein Seil um den Hals, dann die Böschung hinunter, so was kann auch ein Mädchen tun. Man braucht nur die nötige Kaltblütigkeit, und die hat sie ja. Gestern war sie hier im Café, stellt euch das vor.« Sie wies auf einen Stuhl neben Heeger. »Dort hat sie gesessen und sich nackt ausgezogen … gleich dort. Und jetzt läuft sie frei herum.«

»Christina!«, rief die Besitzerin des Cafés sie zur Ordnung. »Jetzt ist es aber gut. Sie sollten sich was schämen.« Man hörte sie kaum. Sina Benning hieß sie.

Christina ließ sich nicht bremsen. Sie hob die Zeitung und auch die Stimme. »Ach was, schämen?«, rief sie. »Schämen? Hier steht es doch. Schwarz auf weiß. Und gestern hat sie sich ausgezogen, das haben wir alle gesehen. Wie frech ist das denn?«

»Genau«, rief der Handelsvertreter von der Empore herunter. Man nickte ihm zu. »Wir waren dabei. Sie hat sich ausgezogen.«

»Genug«, rief Sina Benning, aber gegen ihre Gäste kam sie nicht an.

»Das steht alles in dem Artikel«, ergänzte eine Dame, die an einem Tisch neben der Tür vor einem Croissant saß. »Sogar das

Café wird erwähnt, Frau Benning. Jede Werbung ist gute Werbung. Und es ist die reine Wahrheit. Sie war halb nackt und hatte jede Gelegenheit, diesen Unternehmer zu töten.«

»Und im Netz wurde berichtet«, fügte ein anderer Gast eifrig hinzu, »dass man diesen Autor bei Kohns Witwe gesehen hat. Das muss man alles zusammenfügen.«

»Wenn ich etwas sagen darf«, schaltete sich Karl Heeger ein und bereute es sofort wieder. »Warum sollte sie ihn getötet haben? Was wäre das Motiv?« Die klassische Frage des Kriminalisten.

»Weil sie die Gelegenheit dazu hatte, oder? Sie hat ihn getroffen, das wissen wir«, übernahm Christina wieder das Wort.

»Sie hat ein Alibi für die Tatzeit«, entgegnete Heeger.

»Wer sind Sie überhaupt, dass Sie so etwas wissen? Ich kenne Sie nicht.«

»Heeger«, stellte er sich vor. »Kommissar Heeger. Ich leite die Ermittlungen in dem Fall. Ich kam ganz zufällig vorbei. Der Kaffee, den Sie machen, ist ganz hervorragend.«

Das stieß auf Ablehnung. Der Bürger fühle sich ungeschützt, solange die Polizei Heißgetränke zu sich nehme, war die einhellige Meinung. Aus dem Tumult heraus fiel die Frage, ob es stimme, dass die Frau, die verletzt worden war, die Witwe des Bankrotteurs Lottenburger sei.

»Ich bin nicht sicher, ob ich Ihnen diese Information geben darf«, sagte Heeger.

»Aber die Presse weiß Bescheid«, rief Christina. »Die Polizei beschränkt sich auf Andeutungen, aber dieser Freytag hat sich informiert. Und der wird ja keinen Unsinn schreiben.«

»Lottenburger Media?«, rief jemand anders erregt. »Die waren an der Börse gelistet. Am Neuen Markt. Auch so eine Pleite. Vor ein paar Jahren erst. Der hat sich umgebracht, das weiß ich. Was ist das nur für ein Sumpf!«

»Die Umstände, die Ihnen das macht, sind natürlich bedauerlich«, sagte Heeger.

Die Stimmung wurde darauf sehr bedrohlich, Empörung lag in der Luft wie Reizgas. Der Kommissar bat eilig um die Rechnung.

»Was ist jetzt mit dem Mädchen?«, wollte eine der beiden Damen mit dem Kinderwagen wissen. Das Kind hatten sie in eine Ecke bei der Garderobe geschoben, wo es beharrlich an seinen Fesseln arbeitete. »Ist diese Lilly nicht gefährlich?«

»Niemand glaubt, dass sie es war«, sagte Heeger.

Das führte zu Protestrufen. Wer solle es denn sonst gewesen sein?

»Hören Sie«, rief Heeger, »wir suchen den Täter, nicht den Schuldigen. Es gibt noch keine Anhaltspunkte.«

Das sei doch das Problem, hieß es. Und: Immer auf die Kleinen. Jemand sprach von Ausräuchern, ein anderer bestätigte: »Ganz einfach!«

»Solche Reden möchte ich hier am liebsten gar nicht dulden«, rief die Besitzerin des Cafés und zog die Strickjacke noch fester um ihren Leib. Man hörte ihr nicht zu.

Drei weibliche Gäste erschienen strahlend in der Tür zum hinteren Raum und verkündeten das Neueste aus dem Internet.

»Jemand sagt, dass das Mädchen daran gehindert werden muss, noch einen Mord zu begehen«, erklärte eine von ihnen.

Eine der beiden anderen fuhr aufgeregt fort: »Man schlägt vor, für ein Kopfgeld zu sammeln. Es gibt schon Zusagen. Erste Spenden.«

Die Dritte meinte, dass sie nicht einverstanden sei. Sie gab zu bedenken, dass man so etwas nicht tun dürfe. Das sei Lynchjustiz.

»Frau Benning«, rief Karl Heeger, »das geht so nicht. Sie dürfen solche Reden nicht zulassen. Ich werde die Wache anrufen. Wir haben sicher eine Spezialeinheit, die sich für Orte interessiert, an denen so gesprochen wird. Wer weiß, ob Sie nicht vielleicht Jugendliche mitlesen lassen?«

»Wir beide waren ja selbst nie in diesem Hinterzimmer«, sagte eine der beiden Frauen mit dem Kinderwagen. »Wir kennen die gar nicht, die dort schreiben, aber sicher machen sie sich Sorgen um den Zustand dieser Welt. Das darf man doch, oder? Im Namen unserer Kinder. Das wird doch erlaubt sein, oder nicht?«

»Freytag soll im Krankenhaus liegen. Sie hat ihm die Eier zerquetscht. Es geht ihm sehr schlecht«, rief jemand aus dem Hinterzimmer.

»Was soll ich denn tun?«, rief Sina Benning. »Ach Gott, ach Gott, das sind ordentliche Leute hier. Meine Gäste sind das! Es ist doch niemandem damit geholfen, wenn ich den Computer ausschalte. Dann geht jeder nach Hause, und dort steht wieder so ein Gerät.«

Zustimmendes Gemurmel.

»Hören Sie«, sagte Karl Heeger als Repräsentant der Staatsmacht und erhob sich, »ich kann das wirklich nicht zulassen, was Sie hier sagen.«

»Na, dann gehen Sie!«, rief Christina und öffnete Heeger die Tür, diesmal ohne dass ihre Chefin dazwischenging. Der Kommissar nahm seinen Mantel und den Hut, den er stets trug. Christina schob ihn durch die Tür auf die Straße.

»Man sollte etwas unternehmen. Sich wehren«, sagte der Handwerker, zahlte und stieg die Treppe von der Empore herunter.

***

Als Lilly am frühen Nachmittag das Versteck der Jungs aufsuchen wollte, war das Haus umgeben von noch mehr Stacheldraht und fremden Männern, die den Auftrag hatten, es zu räumen. Es gehörte der evangelischen Kirche.

»Aber warum hat man sich all die Jahre nicht an uns gestört?«, wollte Lilly von dem Mann wissen, der sich als Verantwortlicher zu erkennen gab. »Ihr wusstet doch, dass wir es nutzen.«

Hier zeige sich die übliche Dankbarkeit der sozial Bedürftigen, meinte der Mann. Sie empfänden ihren Segen nicht mehr, sondern nur ihr gepflegtes Leid. »Seien Sie doch froh, dass wir Sie so lange nicht behelligt haben.«

»Aber warum heute?«, bestand Lilly auf einer Antwort. Sie war an diesem Tag ganz in Schwarz gekleidet und trug eine warme Daunenjacke, die den Bauch frei ließ, als ob dies Bedingung sei. »Was ist passiert?«

»Man hat uns gesagt, dass die jungen Leute, die hier hausen – Sie also –, mit diesem Mord zu tun haben. Ein paar Bürger haben sich beschwert. Das ginge zu weit, sagen sie. Auch die Kirche ist auf ihr Publikum angewiesen.«

Hinter dem Haus hatte man einen Container aufgestellt. Dort hinein warfen die Männer alles, was Lilly und ihre Freunde besaßen. Tische, Stühle, all das Leergut, die Pizzapackungen. Sie waren fast fertig mit ihrer Arbeit.

Zwei Mädchen und ein Junge aus der Bande standen da und sahen zu. Die drei hatten in dem Haus übernachtet. Man hatte sie im Schlaf überrascht.

»Du warst nicht da«, sagte der Junge heulend, als Lilly sich neben ihn stellte. Die linke Hand hatte sie vor den Mund geschlagen, den rechten langen Arm um den Oberkörper geschlungen, als ob sie sich halten müsse. Der Junge reichte ihr eine Tasse voll lauwarmer Milch mit Honig, die er gerettet hatte.

Die harten Züge in Lillys Gesicht traten stärker hervor als üblich. Sie zitterte vor Kälte, trotz der Daunenjacke. Die Luft war vollkommen still. Hero Dyk kam hinzu, der Lärm hatte ihn aus seinem Garten getrieben. Er besah sich das Geschehen und trat dann zu Lilly.

»Eike Freytag wurde aus dem Krankenhaus entlassen«, wusste er. »Man konnte ihn ambulant behandeln. Er ist wieder auf den Beinen. Ihr habt ihm keinen bleibenden Schaden zugefügt. Ich hab gerade mit ihm telefoniert.«

»Ist das gut?«, fragte Lilly.

Hero Dyk antwortete nicht. Mario kam auf den Hof gelaufen, ihm folgten andere Jugendliche. Sie sahen schweigend zu, wie das Versteck geräumt wurde.

»Du warst nicht da!«, sagte Mario und ließ es wie einen schweren Vorwurf klingen. »Du hast das Haus nicht beschützen können.«

»Ich weiß«, sagte Lilly.

»Kommt«, sagte Mario zu den anderen. »Wir gehen zu mir.«

»Ich will euch gar nicht mehr!«, rief ihm Lilly nach.

Alle Jungs folgten Mario. Lilly rannte schließlich laut rufend hinterher. Karl Heeger kam ihnen entgegen und sah ihr nach, als sie an ihm vorbeilief, ohne ihn zu beachten.

Hero Dyk hob eine Hand zum Gruß.

»Sie sieht so traurig aus«, wunderte sich Karl Heeger. »Was ist los?«

Sie sahen eine Weile zu. Es war offensichtlich, was hier geschah.

»Ich habe sie gestern verhört. Sowohl du als auch Hanna geben ihr ein Alibi. Sie kann es nicht getan haben. Wir haben einen Gummihandschuh untersucht, den wir bei Kohns Leiche gefunden haben«, sagte Karl Heeger. »Das ist unser einziges Indiz. Wir fanden Fingerabdrücke, aber niemanden in unseren Archiven, zu dem sie passen. Im Moment suchen wir nach weiteren Anhaltspunkten. Fälle mit ähnlichem Hintergrund.«

»Einen Gummihandschuh?«

Heeger kratzte sich am Kopf. »Das passt zu dem Säureattentat, oder nicht? Man sollte einen Gummihandschuh erwarten bei Säure.«

Die beiden Männer schwiegen eine Weile.

»Ich war in diesem Café an der Bierstraße«, sagte Heeger schließlich. »Dort läuft den ganzen Tag dieses Forum. Osnabrueckerleben.de und so. Sie wollen ein Kopfgeld sammeln. Für Lillys Kopf. Man schämt sich direkt für diese Leute. Was denken die sich?«

»Mensch«, sagte Hero Dyk und erschrak, als er darüber nachdachte. »Lilly!«

Er rannte vom Hof auf die Straße und fragte ein paar Arbeiter, ob sie das Mädchen gesehen hätten. Wohin sie gelaufen sei.

»Dorthin«, sagte man ihm und wies in Richtung Gertrudenberg.

***

Lilly stapfte wütend den Berg hoch, die Fäuste tief in die Taschen ihrer Daunenjacke gesteckt, den Bauch immer noch frei, heute ging sie in Schwarz. Der Himmel hatte sich tiefgrau verfärbt. Schneewolken, prall gefüllt wie der Sack vom Nikolaus. Bald würde es zu schneien beginnen.

Es gelang ihr wie beim ersten Besuch ohne Probleme, bis in den geschlossenen Bereich vorzudringen. Das Schild betonte immer noch, dass die Tür offen sei.

Eine Krankenpflegerin hielt Lilly auf und fragte barsch, wen sie besuchen wolle. Die Frau unterbrach sich jedoch sofort selbst und rief entzückt: »Mensch, du bist doch dieses Mädchen. Ach, du willst sicher zu Gerda, oder nicht? Das wird noch etwas dauern mit ihr, aber langsam dringen wir durch. Ich glaube, sie wird wieder ganz gesund. Manchmal heilen wir die Leute, weißt du. Die Psychiatrie hat erstaunliche Fortschritte gemacht. Ich denke, sie wird bald aufwachen.«

»Wo liegt sie denn?«, wollte Lilly wissen.

Es war der Raum, den sie schon kannte. Der mit der Glasscheibe zum Pflegerzimmer. Die Schelle war immer noch gedämmt.

Die Pflegerin wies auf die Tür. »Du darfst ruhig reingehen. Du warst schon einmal hier, habe ich gehört«, sagte sie.

»Ja. Danke.« Lilly blieb unschlüssig stehen.

Die Pflegerin ging zu dem verglasten Raum für Raucher und sah sich auf dem Weg mehrmals um, als könne sie ihr Glück nicht fassen. Sie steckte sich eine Zigarette an und setzte sich an den Computer, der dort stand. Im Internet wählte sie das Forum von Eike Freytag und meldete sich an.

Nightingale: ihr glaubt nicht, wer hier gerade im krankenhaus aufgetaucht ist, schrieb sie.

Kawum96: hallo nightingale, kam es zurück.

Lindwurm534: wie geht's? du scheinst dich zu langweilen. nachtschicht?

Nightingale: dieses mädchen ist hier. im krankenhaus. sie besucht die frau, die angefahren wurde. ist das nicht schräg? sie steht gleich dort drüben und traut sich nicht herein. das ist tatsächlich diese lilly. sie hat es mir bestätigt.

Lindwurm534: wow! lol! du machst scherze.

Nightingale: ich schwöre!!! jetzt geht sie rein. sie zögert.
Kawum96: vielleicht hat sie einen grund zu zögern.
Nightingale: wie meinst du das?

Lilly zögerte in der Tat, trotz all ihrer Wut. Sie konnte nicht wissen, was passieren würde, wenn sie die Tür öffnete. Man hatte gesagt, dass sie bei der Patientin schreckliche Ängste auslösen könnte.

Sie fuhr sich mit einer Hand über die Augen und sah nach rechts und links, ob nicht jemand käme, der sie aufhielt, aber da war niemand. So gab sie sich einen Ruck, öffnete schließlich die Tür, trat ein und fand ihren Mut wieder.

Hier drin war es sehr warm. Noch einmal fuhr sie sich mit der Hand über die Augen. Gerda Lottenburger saß zusammengesunken auf einem Stuhl, den Blick starr geradeaus auf die Glasscheibe zum Pflegerzimmer gerichtet. Sie wiegte den Oberkörper leicht hin und her, dies war wohl das äußere Zeichen der allmählichen Besserung ihres Zustandes, von dem die Pflegerin gesprochen hatte.

Das Zimmer stand voller Blumen, vielleicht gab es ja doch einen Verwandten. Die üblichen funktionalen Beistelltische eines Krankenhauszimmers fehlten, es gab keine Anschlüsse für Sauerstoff oder Pressluft. Alles war ein wenig häuslicher eingerichtet, ein Schränkchen aus Holz stand am Bett.

»Gerda«, sagte Lilly leise. Dann lauter: »Gerda, ich bin es, Lilly.«

Die Patientin beharrte auf der monotonen Bewegung, hinter der sich eine kranke Seele leidlich sicher fühlt.

»Gerda«, fuhr Lilly nun mit lauter Stimme fort, »ich wollte das alles nicht. Jetzt haben wir beide nichts mehr. Es tut mir ehrlich leid.«

Von der Pflegerin war keine Hilfe zu erwarten, sie sonnte sich im Internet. Gewöhnlich war auf die Frau sehr wohl Verlass. Lilly trat näher an Gerda heran, sie fand es ärgerlich, dass die Patientin überhaupt nicht reagierte. Sie stand hinter ihr und fasste die Frau an die Schultern, um sie wach zu rütteln.

»Gerda!«, rief sie noch einmal. »Hörst du nicht?« Sie schüttelte die Frau. Da fiel ihr jemand in den Arm und zog ihre Hände zurück. Hero Dyk hatte sie gefunden.

»Komm«, sagte er sanft. »Du tust ihr weh.«

Er zwang Lilly auf einen Stuhl außer Sichtweite und setzte sich neben sie, damit Gerda ihre Unterhaltung hörte, falls sie dazu in der Lage war. Das Gespräch klang völlig normal. Es war alles in Ordnung. Ein bärenstarker Pfleger erschien in der Tür, es war der, den sie bei ihrem ersten Besuch getroffen hatten. Er erfasste die Lage, sah, dass keine Gefahr mehr drohte, und bedeutete Hero Dyk, weiterzusprechen. Jemand hatte ihn telefonisch aus der Pause geholt. Jemand, der das Forum verfolgte. Nun erschien auch ein Arzt, den man angerufen hatte. Der Pfleger lief seine Kollegin holen, der Psychologe ging vorsichtig zu Gerda, während Hero Dyk mit Lilly sprach. Auch der Arzt bedeutete ihm, weiterzureden.

»Du tust ihr weh«, sagte Hero Dyk. »Was hast du vor?«

»Sie ist schuld an allem«, stieß Lilly wütend, aber flüsternd hervor.

Der Arzt ging vor Gerda in die Knie, um auf gleicher Höhe mit der sitzenden Frau zu sein. Sie fuhr fort, ihren Oberkörper zu bewegen, als sei nichts geschehen.

Die Pflegerin erschien in der Tür, nun völlig aufgelöst. Hero Dyk führte Lilly langsam zur Tür hinaus. Andere Patienten standen jetzt im Flur. »Wie konntest du das tun?«, herrschte die Pflegerin Lilly an, um von ihrer eigenen Schuld abzulenken.

Der Arzt kam heraus und gab dem Pfleger ein paar Anweisungen, der daraufhin davoneilte, wohl wissend, was zu tun war.

»Sie machen ihr Angst. Das wollten Sie, oder?«, sagte der Arzt zu Lilly. »Sie ist noch nicht stabil genug. Sie könnte sterben aus Furcht.« Er verbot ihr, Gerda jemals wieder zu besuchen, dann durfte sie gehen.

Hero Dyk wollte seine Tochter nach Hause zu ihrer Mutter bringen, aber sie entwischte ihm, kaum dass sie an der frischen Luft waren.

***

Zu Hause ging Hero Dyk in sein Schreibhaus und wollte endlich alles zu Papier bringen, was ihm am Herzen lag, als das Handy auf dem Schreibtisch aus massivem Holz zu vibrieren begann wie eine Stechfliege. Der Ton hatte etwas Empörtes an sich, sodass Hero Dyk ahnte, wer ihn anrief, ohne auf das Display zu sehen.

»Seit wann besitzt du ein Handy?«, stöhnte er.

»Hallo, mein Junge«, sagte Francisca. »Einen guten Tag auch.«

Der Junge war Mitte vierzig.

»Woher kennst du meine Nummer? Was soll das?«

Seine Mutter lachte und ging nicht darauf ein. Hero Dyk erhob sich von seinem Arbeitsstuhl. Die Erregung trieb ihn hoch.

»Mein Junge, bist du mir immer noch böse? Vergiss das schnell. Es gibt Wichtiges zu tun. Ich habe das von Lilly erfahren. Du musst ihr helfen. Das arme Mädchen.«

»Wo bist du?«

»Ich stehe auf dem Eis. Der Dümmer ist zugefroren. Es ist herrliches Wetter. Das habe ich seit Jahren nicht mehr erlebt. Eiskalt ist es, aber der Verbindung scheint das nicht zu schaden. Ich höre dich sehr gut.«

Doña Francisca war nicht allein. Eine bunt gekleidete Frau mittleren Alters begleitete sie und stützte ihren Arm. Das Licht nach Süden hin war so grell, dass man die Umrisse der Leute auf dem Eis nur als Scherenschnitt erkannte, von denen sich viele gen Lembruch tummelten. In der Ecke des Sees, in der Doña Francisca wohnte, liefen weniger Menschen auf dem Eis herum, meist waren es Läufer auf langen Schlittschuhen, die den See umrundeten, oder Spaziergänger. Ein eiskalter Wind fegte über die unebene Eisfläche. Über den Köpfen war der blaue Himmel übersät mit hohen weißen Kumuluswolken, aber zum Teuto hin stauten sie sich so trist und tief, dass man die Schultern hochzog. Das Grau hatte Struktur. An einigen Stellen drang ein blaues Leuchten durch, an anderen schien es dick wie Sahne und von weißen Streifen durchzogen. Bald würde es zu schneien beginnen.

»Mutter, sei vorsichtig. Es ist glatt.«

»Ja, ja, mein Junge«, sagte Doña Francisca. »Eine Nachbarin ist hier bei mir. Sie hat mir ihren Arm gereicht und stützt mich. Eine Frau in deinem Alter. Stell dir vor, ihr Lebenspartner ist gestorben. Mitten im Winter. Sie erholt sich hier. Ich kannte sie gar nicht.«

»Mutter«, wiederholte Hero Dyk, »sei vorsichtig. Es ist gefährlich auf dem Eis.«

»Lenk nicht ab«, sagte Doña Francisca. »Es geht um Lilly, und es geht um mich. Hör zu, mein Junge. Dass du auf eigenen Füßen stehst, das ist gut und richtig. Deshalb habe ich dich vor die Tür gesetzt. Du musst dich nur etwas beeilen, denn ich habe nicht mehr so viel Zeit, verstehst du?«

Hero Dyk schwieg eine Weile. Er ahnte, dass noch was kam.

»Hallo«, sagte Doña Francisca und schüttelte das Telefon. »Bist du noch da?«

»Was soll ich tun?«, fragte Hero Dyk. »Was willst du von mir?«

»Na, du wohnst doch jetzt in Osnabrück. Das ist prima. Du sollst ein schönes Haus haben, das würde mir gefallen. Ich bin den See hier leid. Ich möchte in einer Stadt wohnen. Bei dir. Bald schon. So bald wie möglich.«

»Dann war das alles geplant?« Hero Dyk konnte es nicht fassen, er rang nach Luft und setzte sich. Ein resignierendes Lächeln zog über sein Gesicht, aber da war auch plötzliches Begreifen. »Das war geplant?«, wiederholte er ungläubig und stöhnte ein wenig. »Mutter!«

»Na ja, geplant … ooops!«

Das Handy fiel zu Boden. Hero Dyk hörte die Stimme einer Frau, die lachend mit seiner Mutter schimpfte.

»Ist glatt hier«, sagte Francisca. »Geplant klingt nicht schön, aber ich weiß schon, was ich tue. Das ist doch nicht schlecht, oder?«

»Nein, Mutter«, rief Hero Dyk. »Das ist nicht schlecht. Du kannst gerne zu mir kommen. Jederzeit.«

»Na siehst du. Ich werde ein paar Tage brauchen. Du bist jetzt der Herr im Haus. Ich bin nur zu Gast und gehe, wenn du willst. Nur dräng mich nicht.«

»Natürlich, Mutter.«

»Still jetzt. Hör zu. Du musst erst Lilly helfen. Sie ist ein dummes Mädchen.«

»Ich kümmere mich um sie, Mutter. Gerade am Morgen habe ich sie vor einer Katastrophe bewahrt. Ich weiß nicht, wo sie jetzt steckt. Sie ist weggelaufen. Sie hat ihre Jungs verloren. Zu Hause ist sie nicht. Sie treibt sich rum wie immer.«

»Davon will ich nichts hören. Es reicht nicht, wenn du dich bemühst. Sie ist deine Tochter. Hol sie da raus, Hero! Sorg dafür, dass es ihr gut geht. Es ist Unsinn, dass sie diesen Kerl getötet haben soll. Hilf ihr. Beschütze sie. Erst dann komme ich zu dir.«

»Mutter«, sagte Hero Dyk, »ich habe jetzt eine Haushälterin.«

»Das ist gut so. Ich könnte das Haus nicht sauber halten. Ich werde bald Pflege brauchen.«

»Pflege?«, sagte Hero Dyk. »Was denkst denn du über Pflege nach? Gehört das zu deinem Plan?«

»Na ja …«

»Mutter!« Hero Dyk dachte eine Weile nach, und die kleine schwarze Frau unterbrach ihn nicht. Er hörte ihren schon etwas schweren Atem. »Kennst du Svetlana?« Der Gedanke war völlig neu und bot eine ganz andere Sicht auf die Dinge.

»Ach was«, sagte Doña Francisca, »so ein Unsinn!«

Damit unterbrach sie das Gespräch. Hero Dyk starrte ein paar Minuten lang das Telefon an, als ob es explodieren könnte, legte es dann behutsam und mit ganz spitzen Fingern auf den Tisch und blies die Luft aus seinen Lungen. Er blieb ein paar Minuten sitzen und rief erst dann nach Svetlana.

Es gibt Vögel, die singen sogar im Winter, auch wenn sie das nicht oft tun. Solch ein Tier saß in einem der Gärten, die an Hero Dyks Haus grenzten. Die ersten Schneeflocken fielen zur Erde und blieben liegen.

Aus einem Reflex heraus entließ er Svetlana sofort und entband sie aller Pflichten, da sie sein Vertrauen missbraucht habe. Sie solle ihre Sachen packen und verschwinden. Er war ziemlich grob und nahm ihr den Schlüssel ab.

Das machte seinen Kopf nicht klarer. Er ging bei Hanna vorbei, aber dort war niemand zu Hause. Seine Mutter verlangte, dass er Lilly fand, aber wo sollte er suchen? Wo versteckt sich ein junges Mädchen, das gerade alle Freunde verloren hat? Ihre Situation war der Gerdas nicht unähnlich, als man diese gejagt hatte. Er rief Hanna auf dem Handy an, und sie sagte, dass sie sich Sorgen mache, nur half das ja auch nicht weiter. Hero Dyk ging zum Bahnhof und zu anderen Orten, an denen sich Leute herumtreiben, die kein Zuhause haben, aber Lilly war nicht zu finden.

Da meldete sich Karl Heeger über Telefon.

»Mensch«, sagte er, »kennen wir nicht einen Rusty? Musiker? Ist das nicht der aus dem Erdbeerblau?«

»Das ist der mit den verkrüppelten Händen. Sicher kenne ich den.«

»Genau. Das war ein Säureattentat. Jemand hat ihn vor Jahren besoffen erwischt, was nicht schwer war. Man hat ihn per Elektroschock betäubt und dann seine Hände in eine Plastiktüte mit einer relativ schwachen Säure gesteckt. Den Beutel hat man oben zugebunden. Als er erwachte, war nicht mal mehr genug von seinen Fingern übrig, um sich zu befreien. Ein Passant hat ihn schreiend gefunden und ihm den Beutel abgenommen.«

»Säure war das also«, sagte Hero Dyk. »Moment, es ist siebzehn Uhr durch. Er dürfte im Erdbeerblau sein um diese Zeit. Weiß man, wer es war? Hat er ausgesagt, wer ihm das angetan hat oder warum?«

»Nein, er hatte Angst, steht in den Unterlagen.«

»Was kann er denn noch verlieren, außer seinen Händen? Er soll mal ein begnadeter Gitarrist gewesen sein.«

»Lass uns hingehen«, erwiderte Karl Heeger bloß.

***

Sie trafen sich vor der Tür des Kulturcafés Erdbeerblau, die weit offen stand. Der Schnee begann, den Verkehr zu beeinträchtigen, sodass Hero Dyk zu Fuß schneller war als Heeger in seinem Einsatzwagen. Es fielen stille Flocken, die von keinem Wind getrieben wurden. Sie sanken aus den Wolken wie drohendes Unheil.

Als sie hineingingen, war von Rusty im Halbdunkel nichts zu sehen. Ein Geruch nach Staub und Desinfektionsmitteln stieg von den alten Sesseln auf und hatte den nach Rauch ersetzt, der früher hier herrschte. Die Luft war erfreulich klar. Musik kam vom Band, aber es war niemand zu sehen. Die kleine Bühne rechts hinten war leer und aufgeräumt, alle Geräte abgebaut. Hero Dyk rief nach Rusty, aber es antwortete niemand. Sie sahen in den hinteren Räumen nach, in der Küche. Mitten in der Kneipe führte eine breite Treppe nach unten.

»Er ist in der Raucherbar oder auf dem Klo«, sagte Hero Dyk.

Sie fanden Rusty auf dem Fußboden vor dem Pissoir liegend. Er blutete aus einer klaffenden Wunde an der Stirn. Sein strähniges Haar lag in Erbrochenem, die verkrüppelten Hände wie zum Schutz an seinem Glied, das aus der offenen Hose schaute. Rusty stank bestialisch nach halb Verdautem.

»Glaubst du, der ist tot?«, fragte Hero Dyk.

Wie zur Antwort stöhnte Rusty laut, bäumte sich auf und fiel in die gleiche Position zurück wie vorher.

»Ich glaube, er ist beim Pinkeln gestürzt, sonst nichts. Wir müssen ihm helfen. Ich rufe die Polizei«, sagte Karl Heeger.

»Du bist die Polizei.«

»Die mit dem Blaulicht«, sagte der Kommissar. »Die richtige Polizei.«

Hero Dyk ging trotz des langen Mantels in die Knie und legte den Kopf des Musikers in seinen Schoß. »Dem Erdbeerblau wird das nicht helfen. Seit Jahren schon bemüht man sich hier um einen besseren Ruf.«

Karl Heeger drehte sich angewidert weg, als er Rustys aufgedunsenes Gesicht sah. Es war von Schwären übersät und völlig verdreckt. Die Augen lagen ganz tief in ihren Höhlen, ein paar Zähne fehlten.

»So schlimm habe ich ihn noch nie gesehen. Hol mir Wasser«, sagte Hero Dyk. »Such einen Eimer, einen Krug von oben. Warmes Wasser. Rusty!« Er strich dem Mann über das Haar, als sie allein waren. »Es ist zu früh zum Saufen. Was ist mit deinen Händen passiert?«

»'s nie zsu früh zum Saufen«, sagte Rusty und verdrehte die Augen. Er würgte fürchterlich, behielt den Rest seines Mageninhaltes aber zunächst bei sich.

»Warum spielst du keine Gitarre mehr?«

Rusty hob eine seiner Hände. »… 's nich mehr.« Die Finger waren teils zusammengewachsen, die Haut glänzte wie Pergamentpapier. Sie war brüchig und gerötet.

»Wer hat dir das angetan?«, wollte Hero Dyk wissen.

Rusty schüttelte den Kopf, was wohl zu viel war für seinen Zustand. Hero Dyk hielt ihn, während er sich erneut übergab. Der lila Mantel war nun völlig verdreckt.

»Ich muss es wissen«, sagte Hero Dyk und schüttelte den halb bewusstlosen Mann.

»Lassas!«, sagte Rusty und verdrehte erneut die Augen, bis für einen Moment nur noch das Weiße zu sehen war.

»Was tust du?«, fragte Karl Heeger, der mit einem gefüllten Eimer zurückkam. »Mensch, das kann mich meinen Job kosten. Ich habe einen Krankenwagen gerufen. Das geht nicht anders.«

»Rusty stürzt dauernd ab«, sagte Hero Dyk. »Und helfen kann man ihm nicht. Ich brauche Information von ihm.«

»Trotzdem«, sagte Karl Heeger. »Sieh dich an! Wie du aussiehst!«

Hero Dyk fuhr fort, Rusty zu bedrängen, während Heeger dem stöhnenden Musiker das Gesicht wusch. Dann traten zwei Sanitäter in den Raum und drängten sie beiseite.

»Rusty«, rief Hero Dyk, als dieser auf eine Trage geschnallt wurde, »hilf uns. Er hat es wieder getan. Er wird weiter Leute mit Säure angreifen.«

»Scheiße«, sagte einer der Sanitäter. »Später müssen wir den Wagen desinfizieren.«

»Sach'as doch!«, stöhnte Rusty. »'smit helfen. Thea Schschuhuh heissi!«

»Moment«, sagte Hero Dyk und hielt die Sanitäter auf, aber Rusty war nun völlig weggetreten. »Was hat er gesagt? Thea was?«

»Schuh, habe ich verstanden«, sagte einer der Sanitäter, und der andere nickte.

»Thea Schuh?«, fragte Hero Dyk. »Hab ich das richtig verstanden? Eine Frau? Mit Strom und Hängen und Säure?«

»Ich habe den Namen schon mal gehört«, sagte Karl Heeger.

»Dann sieh nach«, sagte Hero Dyk und schob den Kommissar vor den Sanitätern die Treppe hoch. »Sieh endlich nach, bitte.«

Hero Dyk ging zu Fuß nach Hause. Er raffte seinen verdreckten Daunenmantel um sich und stapfte durch den sich anhäufenden Schnee. Nur wenige Passanten waren unterwegs. Man gaffte ihn an, so dreckig sah er aus. Der Schnee dämpfte die Geräusche der vorbeifahrenden Autos.

Zu Hause wusste Hero Dyk nicht, wohin mit seinem Mantel. Schließlich ging er in den Keller und stopfte ihn in einen Sack. Dann zog er sich aus und verstaute auch alle andere Kleidung am selben Ort, um sie nicht mehr sehen zu müssen. Nackt stieg er die Treppe in dem leeren Haus nach oben, um eine Dusche zu nehmen, als ein fremdes Handy klingelte.

Svetlana war ganz in Schwarz gekleidet. Sie stand auf dem Treppenabsatz im ersten Stock, draußen war es schon dunkel. Hero Dyk piepste vor Schreck, als sie ihm entgegentrat.

»Telefon«, sagte sie barsch und hielt ihm das Handy vors Gesicht. »Ist Mutter.«

»Mutter!« Nackt, wie er war, nahm er das Gerät ans Ohr. »Moment, woher kennt Ihr Handy meine Mutter?« Er sah seine Putzfrau an. »Wie kommen Sie hier rein?«

»Ist Zweitschlüssel«, sagte Svetlana. »Sie brauchen.«

»Was brauchen?«, schrie Hero Dyk. »Mutter! Was ist hier los?«

»Hero«, rief die kleine schwarze Frau, »Hero, du musst sofort kommen. Lilly ist hier. Sie ist in meinem Haus. Sie sucht Schutz bei ihrer Großmutter. Du musst kommen, bitte.«

Svetlana sah ihn fragend an. »Ich komme«, sagte Hero Dyk. »Ich bringe die Putzfrau mit.«

Es war nach acht Uhr abends, und der Schnee hing so dicht in der Luft wie Schlingpflanzen. Hero Dyk sah sich um, als er nach draußen in seinen Patio trat, und zog den Kopf zwischen die Schultern, als fürchte er Hagel. Svetlana reichte ihm eine Mütze, Handschuhe und einen grünen Parka. Die Luft roch nach Kamin. Nicht unangenehm eigentlich, eher beklemmend. Es nahm ihm den Atem.

Der Defender bot ihnen Schutz.

»Kommen Sie!«, rief Hero Dyk und schob Svetlana in den Wagen.

Es war kalt, und der Schnee lag schon dick auf dem Auto. Gut zehn Grad unter null, was ungewöhnlich ist, denn meist schneit es nicht, wenn das Thermometer so tief sinkt. Der Schnee drang in den Ärmel seiner Jacke.

Der Diesel sprang problemlos an. Sie fuhren den Sonnenhügel hoch und durch den Stadtteil Dodesheide. Der Verkehr hatte sich gelegt, jeder blieb im Haus, sofern das möglich war. Hero Dyk wählte den direkteren Weg über die kleinen Landstraßen, statt über Belm und Bohmte zu fahren. Ein Fehler vielleicht bei dem Schnee, denn das Gelände dort ist teils sehr offen. Die Straße windet sich durch die Ausläufer des nördlichen Teutoburger Waldes. Hier hat Hermann die Römer geschlagen. Hero Dyk fuhr Richtung Kalkriese und wollte dann im Wald kurz vor Venne rechts abbiegen nach Hunteburg, dort beginnt das Große Moor. Aber so weit kam er nicht.

Der schwere Wagen hatte keine Probleme mit dem Schnee, die Scheibenwischer schon eher. Sie schmierten über das schmutzige Glas, das zudem von innen beschlug. Die Scheibenwaschanlage war keine große Hilfe. Der Wagen rutschte mehrmals über die Vorderräder. Sein Gewicht und der Vierradantrieb halfen gegen den Schnee, aber nicht beim Bremsen. Svetlana hielt sich fest, so gut sie konnte, Hero Dyk nahm wenig Rücksicht. Die Scheinwerfer rissen zwei tiefe Löcher in die Dunkelheit, die sich sofort mit Schnee füllten. Ein Strudel, der nur entstand, weil sie selbst sich bewegten. Ein Bild voll hypnotischer Kraft.

Dann gab es einen Schlag gegen das Auto. Ein Schatten sprang von rechts aus dem Wald über die Motorhaube, genau vor einer Kurve. Hero Dyk trat auf die Bremse und konnte den Wagen nicht mehr halten. Er rutschte geradeaus in einen Graben am rechten Fahrbahnrand.

Ihm und Svetlana war nichts geschehen. Hero Dyk fand eine Taschenlampe und stieg aus.

Es war ein Reh, das stumm und schwer verletzt am Straßenrand lag. Ein Vorderlauf schien gebrochen zu sein. Er sah die leuchtenden Augen.

»Komm«, rief Svetlana. »Es geht um Lilly. Lass das Tier.«

Also kümmerte Hero Dyk sich nicht um das Reh. Er ließ es im Graben liegen. Über die Auskunft erreichte er ein Forstamt, sollten die sich darum kümmern. Hero Dyk musste seinen Defender bergen, bevor er Lilly zu Hilfe eilen konnte.

Der Wagen war mit einer Seilwinde vorn auf der Stoßstange ausgestattet. Hero Dyk hatte den Geländewagen gebraucht gekauft und keinen Wert auf die Winsch gelegt, doch nun war sie unersetzlich. Er fand ein paar Arbeitshandschuhe und spannte das Drahtseil schräg über die Straße, sodass es einen nicht zu stumpfen Winkel zum Auto bildete. Svetlana erfüllte derweil fluchend die Aufgabe, ihm mit der Taschenlampe Licht zu geben und möglichen Verkehr zu warnen. Hero Dyk wand den Draht um einen Baum auf der anderen Straßenseite und schloss die Schlinge mithilfe eines Hakens.

»Sehen Sie!«, rief er ganz begeistert, als der Wagen sich mit Hilfe der Winde selbst aus dem Graben zog. »Svetlana, sehen Sie doch! Es funktioniert!« Er wies auf das Auto.

Keine zehn Minuten später waren sie wieder unterwegs, das verletzte Reh war schon vergessen.

Doña Francisca rief erneut auf Svetlanas Handy an: »Wo bleibt ihr denn?«

Hero Dyk gab sich alle Mühe, auf der Straße zu bleiben. Eine halbe Stunde später standen sie auf dem Parkplatz vor der kleinen Siedlung am See. Niemand hatte hier den Schnee von den Wegen geräumt. Sie stapften an den dunklen Wochenendhäusern vorbei den Weg hoch bis zum Haus von Francisca Dyk.

Die alte Frau kam ihnen schon entgegen, sie hatte sich mit einem schwarzen Daunenparka vor der Kälte geschützt.

»Sie ist mit dem Bus gefahren«, rief sie schon von Weitem. »Sie war ganz verfroren, weil sie bis hierher laufen musste. Jetzt sitzt sie oben am Heizkessel. Sie spricht nicht mit mir.«

»Was will sie hier, wenn sie nicht redet?«

»Weg«, sagte die kleine schwarze Frau. »Sie wollte wohl einfach weg. Was ist passiert? Ich hatte fast Angst vor ihr. Sie wirkt so dunkel. Jetzt sitzt sie oben und kommt nicht heraus.«

Svetlana berichtete, was sie wusste, während Hero Dyk in den ersten Stock hochstieg. Der alte Gaskessel war vor Jahren durch einen kleinen, modernen ersetzt und vom Keller hier hoch in einen Abstellraum verlegt worden. So hatte Doña Francisca unten Raum gewonnen.

Dort hockte Lilly mit dem Rücken an den Kessel gelehnt, die Knie vor die Brust gezogen und mit den langen Armen umschlungen. Sie hatte sich bis auf Unterhemd und Höschen ausgezogen, wie es ein kleines Mädchen tun würde. Durch den Brenner war die Luft in der Kammer warm und trocken. Lilly hatte ihre Sachen im Flur auf den Boden geworfen, so wie sie es früher schon getan hatte, wenn sie zu Besuch gekommen war.

»Darf ich reinkommen?«

»Nein.«

Dies war eine völlig andere Lilly als die, die sich ihm gestern erst nackt gezeigt hatte. Hero Dyk begann, sich die Schuhe auszuziehen, und entledigte sich seiner Kleidung, bis er so wehrlos war wie seine Tochter. Nur Hemd und Unterhose, alles andere legte er ordentlich zusammen, denn unten stand seine Mutter. Er setzte sich neben das Mädchen und scherte sich nicht um ihren Protest.

»Bist du schwul?«, wollte Lilly wissen.

»Nein«, sagte Hero Dyk lachend und erzählte, wie er mit Svetlana geschlafen hatte.

»Die Leute sagen, dass du schwul bist.«

»Es würde mich wundern, wenn sie recht hätten, aber man weiß ja nie. Und du?«

»Ob ich schwul bin?«

»Hast du wirklich mit all den Jungen geschlafen?«

Lilly schwieg zunächst und kräuselte die Stirn, als ob sie nachdächte. Sie nickte dann, schüttelte schließlich den Kopf und fragte: »Ist das jetzt vorbei?«

»Mensch, Lilly!«, sagte Hero Dyk. »Darf ich dich in den Arm nehmen?«

Sie nickte und grinste breit.

Da hob Hero Dyk einen Arm und ließ sie darunterschlüpfen. Sie schmiegte sich eng an ihn. Beide saßen da in Unterwäsche, und doch hatte das Bild nichts Unanständiges. Es war vollkommen harmlos. Wärme lag in der Umarmung, Nähe, Geborgenheit. Sie waren allein, die beiden Frauen unten störten nicht weiter. Das Haus schützte vor der Kälte, vor dem Schnee, der Dunkelheit, vor allem, was ihnen drohte. Es war ein Obdach, in dem Licht brannte, mit einem Schornstein, aus dem Rauch stieg. Die kleine Siedlung war ansonsten völlig dunkel, nur vom vereisten See drang ein blasses Leuchten herüber.

»Heeger hat eine richtige Familie«, sagte Hero Dyk. »Ich beneide ihn direkt um seine Frau und die Kinder. Es verletzt mich unendlich, dass mein Vater mich nicht beachtet. Er kennt mich kaum. Ich habe Halbgeschwister, von denen ich nur weiß, wie sie heißen und wie alt sie sind. Ich kenne die Schule nicht, auf die sie gehen, ich weiß nicht, welchen Beruf sie wählen werden oder ob mein Vater sie liebt.«

Lilly legte die Arme um ihren Vater in der Absicht, ihn zu trösten.

»Ich glaube, meine Mutter möchte hier wegziehen. Sie hat mir Svetlana geschickt. Das hat sie alles vorbereitet, damit sie zu mir nach Osnabrück ziehen kann. Ich bin sicher, das ist der Grund, aus dem sie mich vor die Tür gesetzt hat. Damit ich einen neuen Platz für uns finde. Verstehst du das?«

Lilly lächelte. »Ich mag sie sehr.« Nach einer Weile fügte sie hinzu: »Was ist so schlimm daran, dass ich mit all den Jungen geschlafen habe?«

»Du hättest besser auf dich achtgeben sollen. Es ist keine Mutprobe, weißt du? Und dein Körper ist keine Ware, mit der man Rechnungen bezahlt.«

Plötzlich schien ihr Gesicht zu zerfließen. Es wurde rot, als sie zu heulen anfing.

»Ich bin jetzt ganz allein«, weinte sie. »Alle meine Freunde sind weg.«

»Kohn geht es viel schlechter als dir. Auch Gerda geht es viel schlechter.«

»Du stinkst«, lachte Lilly laut, schniefte und rümpfte die Nase. »Nach Schweiß.« Sie rückte weg von ihm und setzte sich gerade hin. »Wer ihn wohl getötet hat?«

»Die Leute halten dich für schuldig. Egal ob du die Täterin bist oder nicht.«

Lilly erzählte von dem Abend, an dem es passierte. Er hatte sie in ihrem Versteck besucht. »Ich sollte meine Aussage zurückziehen. Es hat ihn sehr verletzt, dass alle ihn für schuldig hielten. Dann ist er wieder gegangen. Ich war wenig nett zu ihm.«

»Jemand hat ihn verfolgt und öffentlich hingerichtet. Alle Leute sollten das sehen«, sagte Hero Dyk. »Jemand wollte das so.«

»Ich war es nicht«, sagte Lilly.

Dann schwiegen sie eine Weile.

»Geht es jetzt wieder?«, fragte Hero Dyk schließlich. »Soll ich dich mitnehmen in die Stadt? Du solltest zu deiner Mutter gehen. Dort bist du zu Hause.« Dyk erhob sich bei diesen Sätzen, wie von innerer Unruhe getrieben.

»Sie heult immerzu«, sagte Lilly. »Sie tut sich so sehr leid. Ich mag sie nicht. Sie ist keine Hilfe. Lass mich hierbleiben. Bei Francisca. Sie hat bestimmt nichts dagegen. Ein paar Tage nur. Frag sie doch!«

Beide zogen sich wieder an und stiegen die Treppe hinunter. Doña Francisca war einverstanden, sich um Lilly zu kümmern. Hero Dyk rief Hanna an, sie solle sich keine Sorgen machen. Svetlana hatte in der Zwischenzeit ein ordentliches Abendbrot für alle vorbereitet.

Nahe bei der Eingangstür standen drei gepackte Koffer.

»Mutter«, sagte Hero Dyk, »was willst du mit den Koffern?«

»Du brauchst mich jetzt«, sagte Francisca. »Ich werde dich besuchen, sobald das alles vorbei ist.«

Hero Dyk nickte still. Schließlich machten Svetlana und er sich wieder auf den Weg zurück nach Osnabrück. Es hatte aufgehört zu schneien, dafür hatte sich ein starker Wind erhoben, der den Schnee vor sich hertrieb und zu Wehen auftürmte. Die Polizei hatte das verletzte Reh gefunden, Hero Dyk musste sich nicht mehr darum kümmern, man hatte einen Förster gerufen, der das Reh in seinen Jeep lud, als sie vorbeifuhren. Kurz darauf meldete sich Karl Heeger über das Handy. Er habe die Adresse von Thea Schuh gefunden und wolle trotz der späten Stunde noch zu ihr fahren, in der Hoffnung, endlich weiterzukommen.

Hero Dyk bat darum, ihn begleiten zu dürfen. Er müsse nur Svetlana nach Hause bringen. Dort könne Heeger ihn abholen.

Svetlana wäre gerne mitgekommen, aber Hero Dyk weigerte sich. Er wollte weiter keine Hilfe von ihr annehmen, da sie mit seiner Mutter kooperierte.

Durch die enge Auffahrt fuhr er auf den Hinterhof. Er parkte den Wagen, ließ sie aussteigen und wartete auf Karl Heeger. Aus der schwarzen Nacht hoch oben rieselten weiterhin die Flocken auf ihn herab.

Die Lampe über dem Eingang zu Lillys altem Versteck warf einen gedämpften Lichtkegel auf den Asphalt. Etwas bewegte sich. Ein Mann stand dort, der zunächst nicht aufgefallen war. Es schien ihm egal zu sein, ob man ihn sah. Er tat ja nichts Böses. Er hielt sich ein elektronisches Gerät vors Gesicht. Eine Spielkonsole oder eines dieser Telefone, die ein ganzes Büro ersetzen. Er war völlig vertieft darin.

»Hallo?«, rief Hero Dyk.

»Moment«, antwortete der Mann. »Ich bin gleich fertig.«

»Wollen Sie mich verprügeln, oder was? Was suchen Sie hier im Dunkeln? Dies ist ein Privatgrundstück.«

Der Mann schrieb seine Nachricht zu Ende und ließ sich nicht stören. »Ich bin ganz friedlich«, sagte er. »Wir wollen nur dieses Mädchen. Ihre Tochter. Wir bewachen das Haus.«

»Wer ist ›wir‹?«, wollte Hero Dyk wissen.

»Die Leute aus dem Internet. Osnabrueckerleben.de. Ich habe gerade gemeldet, dass sich hier etwas tut. Man wird mir gleich zu Hilfe eilen.«

Hero Dyk erkannte ihn. Es war der Handwerker aus dem Café in der Bierstraße.

»Und wer eilt Lilly zu Hilfe?«, wollte er wissen.

Er solle nicht albern sein, sagte der Handwerker. Ihm drohe keine Gefahr. Nur von dem Mädchen müsse er sich fernhalten.

Eine weitere Gestalt näherte sich.

»Christina«, rief Hero Dyk, als er sie erkannte. »Was tun Sie denn hier? Mein Gott … standen Sie gleich um die Ecke?«

»Wir wollen verhindern, dass das Mädchen zurückkommt. Auf die Kirche ist kein Verlass. Denen gehört das Haus, aber es kümmert sie nicht, wer sich hier versteckt. Wir sorgen dafür, dass alles seine Ordnung hat.«

»Es ist eine merkwürdige Ordnung«, sagte Hero Dyk, »die Sie hier verteidigen. Es ist nicht die meine. Ich war gerade bei Lilly. Ich habe sie gefunden. Sie können sich zurückziehen. Alle. Sie wird dieses Haus nicht mehr benutzen. Genügt Ihnen das?«

Weitere Gestalten tauchten in der Einfahrt auf und näherten sich. Eine Mutter schob ihren Kinderwagen auf den Hof und suchte ängstlich Deckung zwischen den anderen Leuten. Sie sah Lilly als größere Gefahr für ihr Kind an als Kälte, Dunkelheit und die eigene Hysterie.

»Wir haben das ganze Internet auf unserer Seite«, sagte Christina.

»Das Internet scheint mir sehr weiblich zu sein«, sagte Hero Dyk zu dem Handwerker. »Wie kommt es, dass Sie sich einspannen lassen?«

»Der will was aufs Maul«, sagte der Handwerker und baute sich auf. Das war zumindest eine klare Ansage.

»Bringt uns den Täter, dann sind wir friedlich«, sagte Christina.

»Andernfalls findet ihr einen Schuldigen und stellt euch vor seine Tür, verstehe ich das richtig? Ihr stellt euch vor die Tür und schreit nach Gerechtigkeit und stampft mit den Füßen auf, bis ihr bekommt, was ihr wollt. Das Böse soll ein Gesicht haben. Irgendeines, damit ihr es erkennen könnt. Solange es nur nicht das eigene ist.«

Hero Dyk ereiferte sich. Das durfte doch nicht wahr sein, dass in so einer Nacht Wachen aufgestellt wurden, um ein Mädchen daran zu hindern, Schutz zu finden! Blaulicht wurde plötzlich von den Wänden zurückgeworfen. Ein Peterwagen fuhr auf den Hof, die Leute wichen zurück. Karl Heeger stieg aus und setzte seinen Hut auf als Schutz gegen die Kälte.

»Was ist hier los?« Der Spruch eines gestandenen Polizisten. Niemand antwortete. »Soll ich Verstärkung holen?« Karl Heeger wartete keine Antwort ab und sprach in sein Funkgerät.

»Mensch«, rief der Handwerker, dem das alles gar nicht gefiel, »ich hau dich!« Er stürzte sich auf Hero Dyk und warf ihn zu Boden. Der bekam einen heftigen Schlag ans Kinn, auf den er nicht vorbereitet gewesen war.

Karl Heeger zerrte den Handwerker hoch, bevor dieser weiteren Schaden anrichten konnte. Hero Dyk erhielt noch einen Tritt in die Seite, dann bekam Heeger den großen Mann mit einem speziellen Griff unter Kontrolle. Der Handwerker musste sich an die Wand stellen, die Beine breit, was ihm sehr imponierte, da er es aus dem Fernsehen kannte.

»Rühren Sie sich nicht«, wies Heeger ihn an.

»Ist schon gut«, sagte Hero Dyk, als Christina ihm hochhelfen wollte. »Sie können ja nichts dafür.«

»Was jetzt?«, fragte Karl Heeger leicht konsterniert.

»Bin ich der Polizist?«

»Wir haben eine Spur«, antwortete Heeger. »Lass uns fahren.« Er sah sich um. Die Leute gafften nur. Sie waren jetzt friedlich. »Sie sind für den hier verantwortlich«, sagte er zu Christina und zerrte an dem Handwerker, damit der sich ein wenig fürchtete. »Gleich kommt Verstärkung. Erzählen Sie, was passiert ist. Wir müssen weiter.«

Sie stiegen in den Einsatzwagen und verließen den Hof, ohne dass jemand sie aufhielt. Einige der Leute hatten bereits die Handys gezückt.

***

Thea Schuh bewohnte eine Wohnung am Westerberg, nicht weit von dort, wo Eike Freytag lebte. Es ist ein altes Stadtviertel nahe dem Zentrum der Stadt, das geprägt wird von wunderschönen Stadtvillen, die die letzten Kriege überstanden haben. Hero Dyk und Heeger standen voll Bewunderung vor einem mehrstöckigen Hexenhaus mit Giebeln, Erkern und Simsen, aber es öffnete niemand. Thea Schuh war nicht zu Hause.

Eine Gruppe von Menschen näherte sich, drei Kerle und eine Frau. Man scherzte miteinander. Die vier kamen aus einer Kneipe, von denen es im Viertel reichlich gibt. Der starke Wind schüttelte die kahlen Bäume in den Gärten und zerzauste die Haare der Passanten. Eine Männerstimme lachte laut.

»Moment«, sagte Karl Heeger und wählte eine Handynummer. »Thea Schuh. Das kann ich regeln. Ich habe ihre Nummer notiert.«

Es klingelte ganz in der Nähe. Die Frau, die die Straße hochkam, griff in ihre Handtasche und meldete sich: »Ja?«

»Frau Schuh?« Heeger reagierte sofort und steckte sein Mobiltelefon weg. Er zückte seinen Ausweis. »Mein Name ist Heeger. Kriminalpolizei. Es tut mir leid, wenn ich Sie so spät störe, aber ich habe eine Frage.«

Die Frau schien verwirrt. Sie blickte auf ihr Telefon und steckte es schließlich ein. »Was wollen Sie?«

Da erkannte Hero Dyk die Männer, die sie begleiteten. Es waren die Arbeiter, die Freytag verprügelt hatten. Die, die Kohn und seine OSNINGFLEISCH falsch beschuldigt hatten und den

Betrieb nun ausraubten. Auch der sehr Große befand sich unter ihnen, der ihn die Treppe hinuntergestoßen hatte. Die drei erkannten Hero Dyk ebenfalls und nahmen eine drohende Haltung ein.

»Horst, lass ihn!«, schimpfte die junge Frau. Sie war Mitte zwanzig, gertenschlank und gekleidet, als ob sie gerade aus einem Büro käme, nicht aus einer Kneipe. Sie trug ein dunkles Kostüm. »Geht jetzt«, sagte sie. »Ich finde schon allein nach Haus. Es ist ein Polizist dabei.«

Die drei trollten sich. Heeger sah ihnen interessiert nach. Hero Dyk erklärte ihm, um wen es sich handelte.

»Sie baten um Hilfe«, sagte Thea Schuh. »Ich arbeite als Personalentwicklerin bei OSNINGFLEISCH.« Sie senkte ihre Stimme und drückte so ihre Betroffenheit aus. »Sie waren meine Klienten, als Kohn noch lebte.«

»Dürfen wir hereinkommen?«, fragte Hero Dyk. »Es wird nicht lange dauern.«

Das Haus wurde von Fachwerk im Rahmen gehalten, die Räume sehr hoch und weiß getüncht, an den Decken Ornamente aus echtem Stuck. Thea Schuh wohnte allein im obersten Stock. Die gegenüberliegenden Gebäude waren hübsch anzusehen, aber es gab keinen Aufzug. Die Bodendielen knarrten, als sie darüber gingen. Die Fenster waren klein und mit Sprossen versehen. Sie setzten sich an einen runden Tisch, der in einer Nische stand. Thea Schuh hielt alles ordentlich und sauber, nichts schien überflüssig zu sein. Kein aufgeschlagenes Buch, keine Zeitung, die herumlag. Thea Schuh zündete ein paar Teelichter an, die genau an den ihnen zugewiesenen Plätzen standen. Die Blumen in den Vasen waren frisch, ein Hauch von ihrem Duft lag in der Luft. Alles zeugte von der strengen Disziplin des Menschen, der hier wohnte.

»Ich kann mir die Wohnung kaum noch leisten«, schimpfte sie. »Ich bin geschieden.«

»Sie arbeiten für die OSNINGFLEISCH?«, wollte Heeger bestätigt haben.

Thea bejahte das. In der Personalentwicklung. Reiner-Maria

Kohn habe sie persönlich gekannt. Eine Vertrauensstellung. Sie sei auf den besten Universitäten gewesen.

»Die drei Kerle«, sagte Hero Dyk und zog sich Theas Missbilligung zu. »Die unten auf der Straße, die Arbeiter, wenn Sie so wollen. Das waren die, die Kohn wegen dem Gammelfleisch angezeigt haben.«

»Arme Kerle«, sagte Thea. »Das sind sie, ja. Dieser Reporter ist nicht ihr Freund. Er werde sie schützen, hatte er versprochen. Nun haben sie nichts mehr zu verlieren. Ich kenne die drei von unseren Schulungen. Sie vertrauen mir. Sie suchten meinen Rat. Ich habe ein Bier mit Ihnen getrunken, weil ich sie nicht mit in meine Wohnung nehmen wollte. Helfen kann ich ihnen nicht. Auf Kohn hatte ich geringen Einfluss, aber jetzt bestimmt der Tierschutzverein. Können Sie sich vorstellen, wie solche Leute einen Schlachthof führen? Von denen kommen keine Entscheidungen. Die Bauern liefern uns ihre Tiere nicht mehr. Sie lassen sie lieber im Stall stehen, solange es geht, als mit dem Tierschutzverein zu verhandeln.«

Ihr Lachen klang nett und jung.

»Wir wollten nach etwas völlig anderem fragen«, sagte Hero Dyk. »Wir wussten nicht, dass Sie für Kohn gearbeitet haben.«

»Es war mehr als Arbeit. Er hat mir vertraut. Ich mochte ihn. Er war laut und grob, aber man konnte sich auf ihn verlassen. Er war nett zu mir. Ich wusste, wie man mit ihm reden muss, das war bekannt im Unternehmen.«

»Kennen Sie einen Musiker namens Rusty?«, wollte Heeger wissen.

»Rusty!«, rief sie. »Mein Gott, ja. Das ist lange her. Wie geht es ihm? Eine schreckliche Geschichte.«

»Es geht ihm nicht gut. Wir haben ihn gefragt, wie das mit seinen Händen passiert ist, da nannte er Ihren Namen.«

»Ich war an dem Abend bei einem Tanzkurs«, sagte Thea. »Ein todsicheres Alibi. Das kann er nicht meinen. Ich hatte wenige Wochen vorher Schluss gemacht mit ihm.«

Sie erzählte, Rusty habe ihr nachgestellt. Er sei sehr gekränkt gewesen, dass sie ihn abwies. Nächtliche Telefonanrufe, ihr Auto wurde beschmiert.

»Mehr nicht. Das mit den Nacktfotos im Internet, so etwas kannten wir damals noch nicht. Das ist mir erspart geblieben«, sagte Thea. »Eines Nachts wurde er überfallen. Ich glaube nicht, dass das etwas mit mir zu tun hatte. Ich würde eher in Musikerkreisen suchen. Dort wird mit harten Bandagen gekämpft. Rusty war sehr gut als Gitarrist. Er hat einigen die Jobs weggenommen.«

»Uns interessiert die Säure«, sagte Hero Dyk.

»Wegen Kohn«, sagte Thea und begriff. »Sie glauben, es gibt einen Zusammenhang?«

»Es kann kein Zufall sein, dass Sie für ihn arbeiten«, sagte Karl Heeger. »Und dass zwei Menschen in Ihrer Umgebung mit Säure angegriffen wurden. Das fällt doch auf.«

Aber sie fanden keine Verbindung. Thea erzählte von Kohn und von ihren Aufgaben bei OSNINGFLEISCH, damit sie sich ein Bild machen konnten. Sie hatte Betriebswirtschaft studiert, bevor sie bei Kohn anfing. Es gab nichts, was sie einen Schritt weitergebracht hätte.

Sie versprachen, in Kontakt zu bleiben.

Heeger äußerte die Absicht, weiter nach möglichen Verbindungen zwischen Kohn und Thea Schuh zu suchen, als die beiden Männer auf die Straße traten.

***

Von Weitem schon, als er sich seinem Haus von der Straße her näherte, sah Hero Dyk die Lampen im oberen Stock brennen. Die Welt schien in Schwarz und Weiß getaucht, der Schnee ließ nur ein fahles graues Licht übrig, dort oben jedoch leuchtete es gelb und warm. Svetlana hatte sich nicht abweisen lassen. Sie war geblieben.

Hero Dyk verabschiedete sich von Heeger und stieg die Stufen hoch zu dem Haus, das früher Gerda Lottenburger und ihrem Mann gehört hatte. Hier hatte sie Schutz gesucht, doch Hero Dyk hatte ihn verweigert, weil er nicht begriff. So war sie zu Schaden gekommen, und so hatte alles begonnen.

Es war nicht mehr sein Haus allein. Noch war seine Mutter nicht präsent, noch war sie auf dem Weg, die Koffer schon halb gepackt, aber all das war Teil ihres Planes. Doña Francisca hatte Svetlana geschickt, um alles vorzubereiten.

Hero Dyk ging durch die dunklen Räume seines Hauses. Fensterscheiben und Spiegel reflektierten das Licht von der Straße. Vorbeifahrende Autos verursachten lautlose Bewegung im Haus. Es fehlte etwas. Das Bild hing nicht mehr dort, wo er es hingehängt hatte. Der Akt, den seine Mutter nicht mochte. Nur das gerahmte Bild mit ihrem Foto stand noch dort. Hero Dyk strich mit dem Finger über die leere Stelle an der Wand und sah nach, ob er es anderswo fand. Er stieg in den ersten Stock und hörte weiter oben einen Fernseher laufen, den Svetlana gekauft hatte. Der Klang beruhigte ihn. Er ging wieder nach unten und drückte auf den Knopf am Kaffeeautomaten.

»Satzbehälter ist voll«, meldete die Maschine, danach wollte sie Frischwasser.

»Du gehorchst mir nicht«, sagte Hero Dyk lachend. »Du dumme Maschine! Du bist tot!«

Aber er tat trotzdem, was das Gerät verlangte, denn sonst gab es keinen Kaffee.

»Noch fünf Bezüge bis zum Entkalken«, bemerkte die Maschine, während sie mit lauten Schluckgeräuschen die Milch aufschäumte und fast gleichzeitig kreischend ihre Mühle anwarf, um die Bohnen zu mahlen. Schließlich stand auf der Anzeigetafel »Cappuccinatore reinigen« zu lesen.

»He«, rief Hero Dyk. »Langsam! Ich komme nicht mehr mit.«

Dann schrieb das Gerät: »Vorsicht!«

»Wieso Vorsicht?«, fragte Hero Dyk und lachte.

Als könnte die Maschine sprechen!

Aber der Gedanke kam ihm gelegen: Vorsicht. Thea Schuh kam ihm in den Sinn. Etwas hatte er bei dem Besuch übersehen, sagte ihm ein Bauchgefühl. Es gab einen Sinn, den er nicht erkannte. Was war es nur?

»Danke«, sagte Hero Dyk zu der Maschine.

»Ruf mich an«, stand nun auf dem Kaffeeautomaten zu lesen.

»Wieso redest du mit mir? Du kannst doch gar nicht sprechen.«

Die Anzeige verblasste widerwillig und erschien erneut, leuchtete auf, begann zu blinken, verschwand wieder, nur um gleich darauf von rechts nach links über das Display zu laufen: »Ruf mich an!« Die Maschine gestattete ihm, zwei Tassen Kaffee zuzubereiten.

Kopfschüttelnd trug Hero Dyk ein Tablett mit dem Kaffee die Stufen hoch bis in den zweiten Stock und trat ein, ohne anzuklopfen. Dieses Haus war sein Eigentum. Er öffnete die Tür zu Svetlanas Wohnzimmer. Dyks Schritte auf der Treppe waren nicht zu überhören gewesen, trotzdem stieß sie einen Schrei aus, als ob sie Angst habe. Sie hatte gebadet, um sich aufzuwärmen, und stand nun nackt im Zimmer, ein Handtuch um den Kopf gewickelt, ein anderes schützend vor den Körper haltend.

»Es tut mir leid«, sagte Hero Dyk. »Es tut mir wirklich leid, dass ich Sie nach Hause geschickt habe. Meine Mutter ist schuld, dafür können Sie nichts. Sie manipuliert mich, wo sie nur kann, und das verletzt mich sehr. Ich bin mir nun jedoch nicht mehr sicher, ob es so falsch ist, was sie will. Mir gefällt der Gedanke, mit Ihnen, Svetlana, und meiner Mutter in diesem riesigen Haus zu leben.«

Svetlana zeigte sich bereit, zu verzeihen. Sie ließ das eine Handtuch fallen, das andere trug sie immer noch auf dem Kopf. Ihm fiel auf, dass sie ziemlich betrunken war.

»Moment«, sagte Hero Dyk. »Einen Moment. Nehmen sie das Handtuch. Bedecken Sie sich. Einen Augenblick noch.«

Sie bückte sich brav.

»Die Kaffeemaschine redet mit mir.«

»Die Maschine kann nicht schprechen«, lallte Svetlana. In der Mitte des Raumes stand ein schwerer Beistelltisch aus Eiche. Viel mehr Möbel gab es noch nicht, nur das Nötigste. Sie setzte sich auf den Tisch und klopfte auf den Platz neben sich. »Was sagt die Maschine?«

»Sie sagt, ich soll vorsichtig sein. Die Maschine sagt das.« Hero Dyk runzelte voller Zweifel die Stirn und besah sich seine Füße.

Er erzählte Svetlana von seinem Besuch bei Thea Schuh.

»Etwas fehlt. Ich muss etwas übersehen haben, aber ich weiß nicht, was. Es fällt mir nicht ein.«

»Es gab einen anderen«, bemerkte Svetlana.

Verdutzt sah er sie an. »Das ist ein guter Gedanke«, sagte Hero Dyk und strahlte. »Sie hat nichts dazu gesagt. Ein neuer Freund könnte sich an Rusty vergriffen haben.« Thea Schuh hatte erwähnt, sie sei geschieden. Er notierte sich den Gedanken in seinem Notizbuch, um ihn nicht zu vergessen.

Dann sah er den Akt, der an der Wand lehnte. Neben dem Bett standen auch der silberne Bilderrahmen und der Harlekin. Es war ihm recht so. Er ließ sich ausrauben, wehrte sich nicht. Svetlana hielt die Kaffeetasse in beiden Händen und blies hinein. All das gefiel ihm sehr gut.

»Aber das Bild kommt wieder nach unten«, sagte er. »Meine Mutter wird sich daran gewöhnen müssen.« Svetlana nickte. Ein breites Grinsen lag auf ihrem Gesicht. Er ließ sie allein und versuchte, Thea Schuh zu erreichen, aber ihr Handy war ausgeschaltet.

Hero Dyk ging in die Kälte hinaus und durch den frischen Schnee. Das Erdbeerblau hatte noch geöffnet, aber Rusty war nicht zu finden. Er sei noch im Krankenhaus, sagte man ihm.

So kam er nicht weiter. Hero Dyk trank zwei Glas Cola mit Whiskey, dann war es endlich genug für den Tag.

SAMSTAG

Lilly wurde früh geweckt. Doña Francisca stand mit einer Tasse Kaffee an ihrem Bett. »Du trinkst doch sicher Kaffee?«, fragte die kleine schwarze Frau hoffnungsfroh.

Lilly sah sie an, schwieg in jeder Hinsicht und nahm die Tasse ohne ein Wort des Dankes.

»Es gibt frische Brötchen«, sagte Francisca. »Lass uns frühstücken.«

Als die kleine schwarze Frau wieder gegangen war, blickte Lilly sich verwirrt um. Sie hatte keinen Koffer mitgenommen, dafür war keine Zeit gewesen. Sie hatte fortgewollt, den nächsten Zug genommen, der Richtung Dümmer fuhr, dann einen Bus nach Lembruch, um in die verlässliche Welt der Großmutter einzutauchen. Jetzt lag ihre Kleidung sauber gefaltet auf einem Stuhl, obendrauf eine neue Zahnbürste. Lilly verschwand im Bad.

»Warum bist du zu mir gekommen?«, wollte Doña Francisca wissen, als Lilly am Frühstücktisch saß. Der Sturm hatte sich gelegt. Der Himmel blendete in grellem Weiß, und die Luft schien vor Kälte zu erstarren. Im Gebälk und in den Bäumen war das Knacken vom Frost zu hören.

»Du bist meine Großmutter«, sagte Lilly.

»Ist es das, was Großmütter tun? Sie kümmern sich?«

Lilly nickte und aß ein Brot mit Geflügelwurst und Gurken.

»Ich wollte, dass Hero mich holen kommt«, sagte Lilly.

»Hat es dir geholfen?«

»Ja«, sagte Lilly.

Doña Francisca nickte. »Dann ist es gut. Komm, wir gehen auf das Eis. Magst du? Es ist lange her, dass der See zugefroren war. Die Eiswette werde ich dieses Jahr gewinnen, aber ich bin alt und brauche dich als Stütze.«

Die beiden räumten die Küche auf und zogen sich dick an. Draußen im Schnee stützte Doña Francisca sich auf Lillys Arm, in der freien Hand hielt sie einen Skistock. Jenseits einer kleinen Brücke beginnt der eingezäunte Jachthafen entlang der Mündung der Lohne. Das Tor ließ sich öffnen, so gelangten sie an einen Strand am Ende der Stege, von wo aus sie gefahrlos das Eis betreten konnten. Ein Eissegler lag hier an Land und wartete darauf, endlich benutzt zu werden. Ein einfacher Kunststoffrahmen in Form eines Kreuzes, mit Sitz und schräg gestelltem Mast. Die drei Kufen fehlten, man hatte sie abgebaut, damit sie scharf blieben. Solche Geräte erreichen über hundert Stundenkilometer, aber die Wetterbedingungen entsprechen selten dem Notwendigen, um sie fahren zu lassen. Ein junger Mann in Skikleidung mühte sich trotz der Kälte mit seinem Werkzeug ab, um die Kufen anzubringen. Er hielt in seiner Arbeit inne, als sie vorbeigingen, und grüßte fröhlich. An den Knien und Ellenbogen trug er Schoner. Mehrere Risse in seiner Kleidung waren mit silbernem Gaffatape geflickt. Ein Helm lag in Griffweite. Schon früh am Morgen zog das Eis viele Menschen an, die sich vor Lohausen rechts und Lembruch links drängten. Dort jedoch, wo Doña Francisca und Lilly das Eis betraten, waren sie allein mit dem Segler.

Doña Francisca schob erst einen Fuß auf das Eis, dann den anderen. Lilly stützte sie, stand aber selbst nicht ganz fest.

»Bist du sicher, dass wir das wollen?«, fragte sie.

Doña Francisca nickte. »Du musst sehen, dass du beide Füße auf dem Boden behältst. Schieb einen vor den anderen, dann stehst du gut.«

Der Wind hatte das Eis blank gefegt und den Schnee immer wieder zu kleinen Haufen aufgeworfen. Er wehte weiter stetig mit vielleicht drei Windstärken. Die dunkle Fläche zeigte viele Risse und gefrorene Riefen. Das Eis war meterdick und schloss tief unten Luft in kleinen Blasen ein. Überfrorene Fußabdrücke zeugten davon, dass jemand sich voller Leichtsinn auf die Fläche gewagt hatte, als es zwischenzeitlich zu tauen begann. Jetzt bestand diese Gefahr nicht mehr. Schlittschuhe hatten ihre nach außen schwingenden weißen Furchen hinterlassen und die Oberfläche verletzt. Das Eis zeigte sich glatt und rutschig, aber nicht eben wie ein Spiegel, sondern es hob und senkte sich, hier und da konnte man grobe Höcker sehen, als ob es in einer Bewegung erstarrt sei.

Verkaufsstände standen auf dem Eis. Man bot Bratwurst an und Grog und andere Getränke. Die Segelschulen verliehen Schlittschuhe. Vom Ufer her krochen lange Schatten auf das Eis. Die Sonne reichte gerade über die Bäume, viel höher würde sie nicht mehr steigen.

Als Lilly sich umblickte, stach ihr das grelle Licht in die Augen. Aus der gleißenden Helligkeit schoss plötzlich der Eissegler heraus und glitt fast lautlos an den beiden Frauen vorüber. Eine Sonnenbrille hätte Lillys Augen geschont, aber daran hatte sie nicht gedacht. Gegen das Licht konnte man nichts und niemanden erkennen.

»Großmutter«, sagte Lilly, »mir ist das nicht geheuer. Es ist gefährlich.«

»Ach was«, sagte die alte Dame. »Ich mache das jeden Tag, solange das Eis hält. Wichtig ist, dass wir Handschuhe tragen. Sonst fahren sie uns die Finger ab.«

Der Segler fuhr erneut dicht an ihnen vorbei, diesmal leuchtete sein Segel in allen Farben der Sonne. Er lag fast rücklings auf seinem Schlitten. Meist fahren sie dort, wo sie kein Unheil anrichten können. Jenseits einer Linie, der die Leute von den Verkaufsständen in Lembruch bis zu denen in Lohausen und zurück folgen. Einige Segler jedoch, und gerade die Unerfahrenen, hielten sich an das Ufer und gefährdeten so die Fußgänger.

»Ich habe alle meine Freunde verloren«, sagte Lilly.

»Dann waren es keine Freunde«, antwortete Francisca. Sie drehte sich um und beschattete ihre Augen. Anders als das Mädchen trug sie eine Sonnenbrille, aber auch so sah man Richtung Ufer nichts als Schatten. Doña Francisca wirkte enttäuscht. »Da war eine junge Frau, die ab und zu mit mir spazieren ging. Heute scheint sie nicht zu kommen. Vielleicht ist sie abgereist. Sie hätte sich verabschieden sollen.«

Der Segler kam wieder aus der Sonne auf sie zu und fuhr schimpfend vorbei, da die beiden Frauen ihm im Weg standen.

»Großmutter, du glaubst mir doch, dass ich niemandem etwas getan habe?«

»Natürlich nicht, du dummes Ding. Bis auf die betrunkene Frau, die du auf die Straße gescheucht hast.«

Lilly sah Doña Francisca überrascht an.

»Sieh mich nicht so an. Ich weiß es nicht von Hero. Ich verfüge über andere Quellen.«

»Es tut mir leid«, sagte Lilly.

»Gut so«, sagte Doña Francisca resolut. »Das ist besser, als zu behaupten, dass du unschuldig seist. Was wolltest du gestern im Krankenhaus?«

»Sie besuchen?«

»Ach was! Sicher gibst du ihr die Schuld an allem.«

»Du bist nicht nett zu mir.«

Nein, das war Doña Francisca nicht. »Ich habe dir Hero geschickt«, sagte sie. »Das ist nett genug.«

»Er ist mein Vater, verdammt«, sagte Lilly. »Er muss mir helfen. Es ist seine Pflicht. Er hat keine Wahl.«

Wieder kam der Segler zurück. Diesmal lag die Sonne auf seinem Gesicht.

Lilly drehte sich nervös um und sah mehrere Menschen auf sich zukommen. Gegen das Licht konnte sie die Tiefe nicht erkennen, in der sie sich zueinander bewegten.

»Lass uns zurückgehen«, bat Lilly. »Das Licht tut mir in den Augen weh.«

»Na schön«, willigte Doña Francisca ein.

Sie gingen zum Ufer zurück, als sich jemand von Süden näherte, genau aus der Sonne heraus. Ein einzelner Schatten, der sich deutlich sicherer auf dem Eis bewegte als alle anderen. Aus derselben Richtung, mit der Sonne nun wieder im Rücken, näherte sich der Segler ein weiteres Mal. Er rief laut, aber die beiden Frauen verstanden ihn nicht.

Der Schatten schnitt ihnen den Weg ab und lief direkt auf sie zu, ohne dass sie auch nur das Geschlecht der Gestalt hätten erkennen können.

»Vorsicht!«, verstand Lilly die Rufe des Seglers.

»Ach, Sie sind das«, begrüßte ihre Großmutter fröhlich den Schatten und brach dann plötzlich zusammen. Doña Francisca fiel der Länge nach auf das Eis.

Der Schlitten raste direkt auf sie zu, statt auszuweichen. Im letzten Moment warf der Segler sich auf das Eis und gab dem Rahmen einen Stoß zur Seite, sodass die Kufen Doña Francisca verfehlten. Der Mann rutschte auf den Schatten zu. Lily sah, wie die fremde Gestalt sich kurz bückte und mit irgendetwas nach dem Segler stach, der daraufhin still neben Doña Francisca liegen blieb.

Die Gestalt richtete sich auf, stieg über Doña Francisca hinweg und kam auf Lilly zu.

***

Hero Dyk konnte auch am Morgen weder seinen Freund Heeger noch Thea Schuh telefonisch erreichen. Svetlana bestand darauf, ein ordentliches Frühstück zu servieren, bevor er aus dem Haus ging.

»Ob die die ganze Nacht draußen Wache standen?«, fragte er mehr sich selbst als Svetlana und wies auf das Nachbarhaus.

Sie ließ eine große Tasse Kaffee aus dem Automaten laufen. Hero Dyk sah verwundert zu, wie das Gerät jetzt brav und ohne Murren seine Arbeit verrichtete.

»Sie sehen nach«, sagte Svetlana. »Und bringen Kaffee.«

Er öffnete per Fernbedienung das Tor zum Nachbarhof. Der Schnee war festgetreten von den Wachen, die die Nacht über dort gelaufen waren. Der Wind rieb die kahlen Zweige der Bäume gegeneinander.

An der Eingangstür zum Nachbarhaus erhob sich jemand. Eine junge Frau und ein etwa gleichaltriger Mann verließen den relativen Schutz, den sie dort gefunden hatten. Die beiden rieben sich die Hände, schlugen die Arme um den Körper und stampften mit den Füßen auf, um warm zu werden.

»Guten Morgen«, sagte Hero Dyk und erwartete keine Antwort. »Soll ich noch eine zweite Tasse holen?«, fragte er, als die

Frau mit einem Ruf des Entzückens die bloßen Hände um das warme Gefäß legte. »Oder Tee? Was ist mit Tee?«

Der junge Mann lehnte dankend ab. Es sei genug Kaffee. Er fing sich dafür einen bösen Blick seiner Freundin ein.

»Das war eine kalte Nacht«, sagte sie. »Und es gibt kein Internet in Reichweite. Wir haben nicht mitbekommen, was weiter passiert ist.«

Hero Dyk wollte wissen, ob sie als einzige Wache über Nacht geblieben seien. Er erfuhr, dass man sich abgelöst hatte. In einer halben Stunde käme Ersatz, dann könne man sich aufwärmen, erklärte die Frau.

»Das ist sehr nett von Ihnen«, sagte der Mann und wies auf die Tasse.

Hero Dyk nickte. »Sie glauben wirklich, dass ein so zierliches Mädchen wie Lilly einen Mann wie Reiner-Maria Kohn ermorden könnte?«

»Möglich ist das«, sagte der junge Mann. »Alle sagen, dass es gut möglich ist.«

»Warum sollte sie das tun?«

Die Frau murmelte, das wisse man noch nicht, aber einen Grund gäbe es, das sei mal sicher. Es gibt immer einen Grund.

»Sie dachte wohl«, bemühte sich der junge Mann um eine Erklärung, »dass sie damit durchkäme.«

»Wer ist das überhaupt?«, wollte seine Begleiterin von ihm wissen. »Was fragt der so?«

»Der Schriftsteller, du weißt schon.«

»Oh«, sagte sie und bekam kleine, böse Augen, als sie Hero Dyk mit schräg gelegtem Kopf ansah.

Ein Auto kam auf den Hof gefahren und hupte laut. Als es anhielt, sprang Eike Freytag heraus. »Lasst ihn in Ruhe«, rief er den beiden zu.

»Wer sind Sie denn?«, wollte die Frau wissen. Dies schien ihre wichtigste Frage zu sein, wer man sei. Daraus ergab sich für sie das weitere Verhalten. Der Mann nahm die Kaffeetasse in seine Hände und blies gegen den aufsteigenden Dampf.

»Ich heiße Eike Freytag. Der Reporter. Mir gehört das Weblog.«

»Wie kann Ihnen ein Weblog gehören?«, fragte der Mann.

»Ich schalte die Seite ab, wenn ich möchte. Deshalb gehört sie mir.«

Das schien die beiden zu überzeugen. »Sie ist nicht hier gewesen«, sagte der Mann. »Das Mädchen. Sie ist nicht zurückgekommen.«

»Dann haltet weiter Ausschau«, sagte Eike Freytag. Er zwinkerte Hero Dyk amüsiert zu, als er sich an ihn wandte: »Sie müssen sich nicht fürchten, Herr Kollege. Ich habe alles unter Kontrolle.«

Hero Dyk lachte ebenfalls. »Doch, Herr Freytag, das muss ich, denn es ist schrecklich. Bis gestern hauste hier eine Bande von dummen Kindern, jetzt sind es dumme Erwachsene. Das ist mehr als Grund genug zum Fürchten.«

Der Mann und die Frau überhörten den Kommentar, oder sie verstanden ihn nicht. Sie gingen, um weiter Wache zu halten. Zeit schien nicht ihr Problem zu sein. Sie ließen die leere Kaffeetasse auf dem Boden stehen. Die Frau nahm die Hand des Mannes und ließ nicht los, bis sie das Haus betraten.

Eike Freytag zerrte Hero Dyk vom Hof auf die Straße. »Kommen Sie«, sagte er, »ich muss mit Ihnen reden.«

Hero Dyk wollte dringend Karl Heeger oder Thea Schuh anrufen, aber das musste nun erneut warten. So gingen sie gemeinsam auf den Berg. Die Straßen hatte man in der Nacht geräumt. Die Bürgersteige waren wegen der Schneehaufen zu schmalen Pfaden geschrumpft, auf denen man nicht nebeneinander gehen konnte. Der Wind hatte im Bürgerpark den Schnee von den Bäumen geweht und zu kleinen Wällen aufgetürmt. Einige Herrchen führten ihre Hunde aus und blinzelten verwundert in das glitzernde Licht. Der Park liegt oben auf einer Kuppe. Alle Wege steigen zunächst an, um dann dem Blick zu entschwinden. Freytag schoss ein paar Fotos für sein Archiv. Der Schnee bedeckte eine farbige Skulptur am Ende des Parks. Ihre Buntheit erinnerte an den Sommer, den man sich nun nicht vorstellen konnte, deshalb wirkte sie völlig fehl am Platz.

Die Schritte der beiden knirschten in der Kälte. Die beinhart gefrorenen Bäume warfen das Geräusch aus allen Richtungen zurück, bis man sich verfolgt fühlte.

»Sie gehen das ganz falsch an, Herr Kollege«, sagte Eike Freytag. »Sie verschrecken die Leute.«

»Wie soll ich sie denn nicht verschrecken? Was meinen Sie? Letzte Woche noch ging ich gerne morgens einen Kaffee trinken. Ich mochte die Menschen dort, jetzt ist das nicht mehr so leicht. Neben meinem Haus stehen die Leute Wache, um meine Tochter von ihrem Versteck fernzuhalten, weil sie schuld sein soll. Über das Internet wird eine Gerechtigkeit beschworen, die sich nicht um Gesetze kümmert, sondern ums Geschrei. Erst schreit man wegen Kohn. Dann findet sich tatsächlich jemand, der Kohn tötet. Dieses Schicksal nun macht aus dem Unhold wieder einen Menschen. Man sucht sich schnell einen neuen Schuldigen. Wo führt das hin?«

Hero Dyk echauffierte sich. Er blieb stehen und fuchtelte wild mit den Armen, um sich Luft zu verschaffen. Freytag zog ihn fort.

»Dem Mädchen wird nichts passieren«, sagte er. »So weit gehen die nicht.«

»Was?« Hero Dyk hielt inne und stand stocksteif, die Arme hingen wie leblos an ihm herab.

»Hören Sie, die Zeitungen reißen sich um meine Artikel, seit ich das Forum eingerichtet habe. Ich mache die Leute neugierig, damit sie später die Zeitung kaufen. Ich wollte mich ja auf diese Arbeiter kaprizieren, aber sie haben meine Frau bedroht. Aus Lilly ließ sich eine gute Geschichte konstruieren. Ihr wird nichts geschehen. Das Internet dient den Leuten als Bühne. Das muss man nutzen, sage ich. Wir sollten kooperieren.«

»Herr Freytag«, sagte Hero Dyk, »Sie sind ein Verbrecher.« Er gab dem Reporter einen heftigen Stoß, sodass dieser über einen Schneehaufen fiel. Er wischte sich den Parka ab von all dem Schmutz, den er um sich glaubte, und rannte davon, so schnell es ihm möglich war.

»Man wird mit rohen Eiern nach Ihnen werfen!«, schrie ihm Freytag nach.

Hero Dyk waren die rohen Eier ziemlich egal. Er lief den Berg hinunter zurück in die Stadt, vorbei an der psychiatrischen Klinik, dem Käfig rund um den Hof für die forensischen Patienten, der kleinen Kirche, den Werkstätten und den Lehranstalten. In den Straßen war es still und dunkel. Es roch intensiv nach Hausbrand. Eine dicke Wolkendecke hatte sich über die Stadt gelegt und verhinderte jeden Luftaustausch. Es fehlte die Frische der letzten Tage. Warmer, feuchter Wind drängte von Südwesten heran und brachte ein dumpfes Ersticken mit sich. Hero Dyk öffnete den Mund wie ein Fisch und sog gierig ein, was er zum Atmen brauchte.

Hinter einem der Fenster erwachte Gerda Lottenburger mit einem lauten Schrei aus ihrer völligen Starre und fasste erste klare Gedanken. Sie reagierte wieder auf ihre Umwelt, traf winzig kleine Entscheidungen wie, als Beispiel, eine Hand zu heben.

***

Der Segler wachte als Erstes auf und konnte Hilfe rufen. Mehrere Leute kümmerten sich um Francisca, die kreidebleich war und die Lippen zusammenpresste. Ein pensionierter Arzt leistete Erste Hilfe. Ihr dicker Mantel hatte sie vor schlimmerem Schaden bewahrt, aber ein Arm war gebrochen, und ihr Schädel war auf das Eis geschlagen. Der Stromschlag hatte ihren Herzrhythmus aus dem Gleichgewicht gebracht. Ein Krankenwagen war unterwegs, um sie nach Osnabrück zu fahren.

Lilly war verschwunden. Jemand hatte ein Auto wegfahren sehen, konnte aber weder Farbe noch Typ nennen. Weder groß noch klein, das war alles an Information.

Der Segler kniete neben Doña Francisca und entschuldigte sich, bis sie ihn barsch anfuhr, damit aufzuhören. Ob er etwas gesehen habe?

»Eine Frau«, sagte der Mann. »Es sah aus, als ob sie ein Messer hätte, aber es war ein Elektroschocker. Sie ging damit direkt auf Sie beide zu. Eine Frau, ganz sicher. Ich habe sie hier schon ab und zu gesehen.«

Zwei Polizisten kamen hinzu und erhielten die gleiche Auskunft. Doña Francisca konnte keine weiteren Details liefern. Sie war völlig überrascht worden. Sie wies auf den Zusammenhang mit den Geschehnissen in Osnabrück hin und bat darum, Kommissar Heeger zu informieren, dann ihren Sohn, aber dort war besetzt.

***

Hero Dyk lief durch die Unterführung, in der die Plakatwand mit dem Mordaufruf hing. Von Weitem schon sah er dort Leute stehen, die fassungslos eine neue Botschaft lasen. Die Autos, die vorbeifuhren, rollten sehr langsam, ob aus Vorsicht oder aus Neugier ließ sich nicht bestimmen.

Hero Dyk schob sich durch die Menschen bis vor die Wand. Jemand hatte mit dickem Stift unter der Frage *Okay. Aber welchen erschlagen wir zuerst?* das Wort *Kohn* durchgestrichen und einen Haken dahinter gemacht. In einer anderen, roten Schrift mit kindlich naiven, ungelenken Buchstaben stand *Tötet Lilly Clasen* an die Wand geschrieben. Die Leute schlugen die Hände vor den Mund und schlichen betreten davon, als sie das lasen.

Er beobachtete eine Gruppe Jugendlicher, die sich zitternd in eine Ecke des Nachbarhofes drückte, nahe bei der Zufahrt. Er erkannte Mario mit dem Rest der Jungs und grüßte. Der junge Mann winkte zurück, gab seinen Kumpels jedoch Zeichen, sich zurückzuziehen.

Hero Dyk wollte Thea Schuh anrufen, aber das Gerät klingelte, bevor er wählen konnte.

»Spreche ich mit Hero Dyk? Der die Bücher schreibt?«

Es war nicht sein Verlag, der rief selten an. Es war eine junge, weibliche Stimme, die sprach.

»Im Prinzip«, sagte Hero Dyk, »haben Sie recht.«

»Ich rufe an im Auftrag des Landeskrankenhauses. Wir haben jemanden, der abgeholt werden möchte. Die Patientin heißt Gerda Lottenburger.«

»Wie geht es ihr?«

»Sehr gut. Sie will entlassen werden. Der Arzt ist dagegen, aber sie besteht darauf. Sie hat uns Ihren Namen genannt. Hero Dyk.«

»Aber sie ist Alkoholikerin.«

»Das gibt sich. Sie ist fest entschlossen. Gestern noch war sie nicht ansprechbar, heute will sie uns verlassen. Das ist doch ein schöner Erfolg, oder nicht? Sie hat ihren freien Willen zurück.«

»Moment«, sagte Hero Dyk und fasste sich an den Kopf, um nachzudenken. »Ja«, sagte er schließlich, »das haben Sie sicher gut gemacht. Aber wieso ich?«

»Sie sagt, sie hätte in Ihrem Haus gelebt. Es sei schön und groß. Wir begrüßen es, wenn unsere Patienten in eine gewohnte Umgebung zurückkehren. Andere Angehörige hat sie nicht angegeben.«

»Ich bin kein Angehöriger, hören Sie? Ich kenne sie nicht einmal.«

»Aber Sie waren doch zu Besuch hier. Sonst ist niemand gekommen bis auf das Mädchen, und die soll kriminell sein.«

Hero Dyk wand sich wie ein Aal, behielt aber das Telefon am Ohr.

»Hören Sie, das ist doch eine gute Tat.«

»Ich bin ein böser Mensch«, sagte Hero Dyk.

»Ach kommen Sie«, sagte die Schwester. »Sie klingen ganz nett. Die Frau wartet. Wann können Sie hier sein?«

»Später«, sagte Hero Dyk und unterbrach die Verbindung. Nun endlich gelang es ihm, die Nummer von Thea Schuh zu wählen.

»Frau Schuh«, rief er, »bitte entschuldigen Sie den Anruf. Sie waren verheiratet, ist das richtig?«

»Ja«, sagte Thea. »Kurz. Es ist nicht mehr wichtig.«

»Das mit Rusty – könnte das Ihr Mann gewesen sein? Um Sie zu schützen?«

Sie dachte kurz nach.

»Frau Schuh?«, insistierte Hero Dyk.

»Nein«, sagte sie schließlich sehr bestimmt. »Ich habe ihn erst später kennengelernt. Ich glaube nicht, dass er von der Geschichte je erfahren hat.«

»Gab es sonst einen Verehrer? Jemand, der Sie notfalls gegen Ihren Willen beschützen würde?«

»Nein«, sagte Thea Schuh.

»Ihr Vater vielleicht? Wie hießen Sie vor Ihrer Ehe? Ihr Mädchenname.«

»Röhr«, sagte Thea nach einigem Zögern. »Mein Name war Thea Röhr.«

»Röhr«, sagte Hero Dyk. »Sagen Sie bloß, Ines Röhr ist Ihre Mutter?«

»Das ist richtig. Was hat sie angestellt?«

»Ich kenne sie von früher, wir sind zusammen am Dümmer aufgewachsen. Hat sie damals Rusty angegriffen, Frau Schuh? Um Sie zu schützen vielleicht? Ist das möglich? Sie sind ihre Tochter. Neigt Ines zu aggressiven Handlungen? Wissen Sie, wo sie sich versteckt?«

Thea gab keine Antwort.

»Frau Schuh?« Hero Dyk fiel ein, dass er Heeger gegenüber kein Wort über Ines Röhr verloren hatte. Den Besuch im Schlachthof hatte er nie erwähnt.

»Sie besitzt ein Haus am Dümmer See. Es ist sehr alt, aber wir benutzen es manchmal an den Wochenenden. Ich selbst bin in Osnabrück aufgewachsen.«

Hero Dyk unterbrach die Verbindung, und fast augenblicklich klingelte das Handy erneut. Karl Heeger informierte ihn darüber, dass Lily vermutlich entführt worden und seine Muter auf dem Weg ins Krankenhaus sei. Schockiert wies Hero Dyk auf Ines Röhr hin und das Haus am Dümmer.

»Ines Röhr, erinnerst du dich? Lembruch? Sie war ab und zu dabei, wenn wir alle zusammenhockten. Sie war Kohns Geliebte.«

»Ich habe mit ihr gesprochen«, sagte Heeger. »Sie hat sich bei Kohn um die Pressearbeit gekümmert. Aber sie hat mit keinem Wort erwähnt, dass sie seine Geliebte war. Wahrscheinlich hat Kohn deshalb die Wohnung bezahlt, in der Thea Schuh während ihres Studiums wohnte. Das konnten wir herausfinden.«

Hero Dyk versprach, zum Dümmer rauszukommen. Er rief Hanna an und bat sie inständig, die Nerven zu behalten und ihre Wohnung nicht zu verlassen, falls Lilly nach Hause kommen sollte. Er müsse außerdem mit ihr kommunizieren können, deshalb solle sie beim Telefon bleiben. Svetlana brauchte nicht informiert zu werden. Sie hatte ihre Instruktionen direkt von Doña Francisca bekommen. Die kleine schwarze Frau verlangte ein Nachthemd und diverse Toilettenartikel ins Krankenhaus.

***

Ines Röhr konnte sicher sein, dass sowohl Hero Dyk als auch Svetlana das Haus verlassen hatten. Sie parkte den Golf im Hof hinter Lillys altem Versteck. Das Tor zu Hero Dyks Garten war verschlossen, aber sie kannte den Griff durch den Zaun.

Den Elektroschocker in der einen Hand, band sie Lilly mit der anderen vom Türgriff los und zog sie an einem Seil grob hinter sich her zum Turm. Im Haus brannten lediglich die Lichter, die man nachts leuchten lässt, im Glauben, Einbrecher täuschen zu können. Ein Bewegungsmelder schaltete die Gartenbeleuchtung ein, aber das passiert ständig durch den Wind oder kleine Tiere. Niemand achtet darauf. Lilly fror entsetzlich.

Die Stahltür zum Turm ließ sich geräuschlos öffnen, Ines hatte die Angeln frisch geölt. Blanker Efeu hing von den Außenwänden und strich über Lillys Kopf. Eine Glühbirne brannte hell zum Empfang, als die beiden Frauen durch die meterdicke Laibung aus Stahlbeton in die faule Luft des Turmes traten. Ines stieg als Letzte die Wendeltreppe hinunter und stieß ihr verängstigtes Opfer vor sich her. Die Stufen verjüngten sich zur Mitte hin stark. Lilly musste mit den gefesselten Händen ganz außen an der Wand entlanggehen und sich mit der Schulter an den rauen Ziegeln der Außenmauer abstützen.

Den Turm hatte sie nur von außen gekannt, ohne sich je Gedanken zu machen, welcher Nutzen damit verbunden sein könnte. Sie stieg langsam und voller Furcht nach unten und zerriss sich die Kleidung. Die Haut ihrer Schulter war ganz zerschunden, als sie unten ankam.

Die Gruft liegt acht Meter tiefer als der Erdboden. Im letzten

Krieg hat sie den Obersten der Einheitspartei als Zufluchtsbunker gedient. Man konnte durch den Turm einsteigen, ohne am Haus zu läuten, falls man bei einem Fliegerangriff wegen dringender Amtsgeschäfte den Schutz zu spät erreichte. Ein langer Gang führt gut zwanzig Meter bis zu Hero Dyks Keller, rechts zweigt ein kurzer Korridor ab, der nach ein paar Schritten vor einer Wand endet, die einen früheren Zugang zum Nachbarhaus verschließt. Dieser Korridor lässt sich durch eine verrostete Stahltür verschließen.

»Wo sind wir hier?«, verlangte Lilly zu wissen. »Was ist das für eine Konstruktion?« Drahtseile waren von der Decke zum Boden und zurück gespannt und an den halbrunden Wänden befestigt.

Ines lachte nur. »Dein Vater ist an den Dümmer gefahren«, sagte sie. »Er hat inzwischen erfahren, dass du entführt wurdest. Wir haben also genug Zeit. Es kommt nie jemand hier herunter, das habe ich geprüft.«

Ines führte Lilly ein Stück in den Gang hinein und band sie dann im Korridor an einen Eisenring, der vor sechzig Jahren in die Wand geschlagen worden war. Es war erstaunlich warm hier drin. Feuchtigkeit drang in die Lunge ein, aber ein steter Luftzug ließ keinen Wuchs von Schimmel an den Wänden zu. Mauerasseln krochen an der Decke entlang, aber vor denen muss man sich nicht fürchten. Sie gedeihen nur in sehr gesundem Klima. Auf dem Boden lagen ein paar von diesen Würmern, die sich in Not zusammenrollen, damit sie wie Dreck aussehen und nicht wie Würmer. Die Reste einer Zeitung lagen in einer Ecke, die das Datum von 1945 trugen.

»Wer sind Sie?«, rief Lilly. »Bitte lassen Sie mich nicht allein hier.«

»Ich bin eine alte Freundin deiner Mutter«, antwortete Ines. »Und doch: Es tut mir leid. Ich muss dich jetzt allein lassen.«

Sie schloss die schwere Stahltür, löschte das Licht und ließ das schreiende Mädchen in der Gruft zurück.

***

Per Telefon wurde Hero Dyk von Svetlana informiert, dass es seiner Mutter gut ginge. Sie würde bei ihr bleiben, bis Doña Francisca versorgt sei.

Die kleine Siedlung am Dümmer See war hell erleuchtet. Überall standen Einsatzwagen und frierende Polizisten herum. Man ließ Hero Dyk durch, die Beamten waren offensichtlich instruiert. Sie wiesen ihm den Weg zu einem Haus etwa dreihundert Meter von dem seiner Mutter entfernt in einem Nebenweg. Im Garten ein halb verfallener Schuppen. Das Haus war aus dunkelgrünem Holz gebaut und für ein Wochenendhaus recht geräumig. Die Scheiben waren lange nicht geputzt worden und der Garten völlig verwildert. Halb unter Erdniveau befanden sich die Garage und der Keller. Eine Holztreppe führte zum Eingang des Hauses. Drinnen war das Haus sauber, aufgeräumt und allgemein in einem besseren Zustand. Die Dielen knarrten laut, wenn man darüber ging. Geschirr stand frisch abgewaschen in der Spüle.

Heeger begrüßte ihn und zeigte ihm eine Art Fernsehzimmer, in dem viele Bilder von Thea Schuh aufgehängt und aufgestellt waren. Thea Schuh in der Schule, beim Spielen, später als Teenager und als erwachsene Frau.

Der Kommissar wollte wissen, ob Hero Dyk schon mal einen Analpflock benutzt habe.

»Einen was?«

»Einen Analpflock. Den steckt man sich hinten rein und lacht dazu.«

Heeger nahm ihn mit in einen großen Raum im ersten Stock, der einen herrlichen Blick auf das Schilf am Ufer des Sees bot. Niemand konnte von außen hineinsehen.

»Spielzeug für Erwachsene«, sagte Heeger und wies auf diverse Geräte, die im richtigen Leben ganz normalen Zwecken dienen. »Ich habe die Kollegen zu der Onabrücker Wohnung von Ines Röhr geschickt. Die übrigens ebenfalls von Kohn finanziert wurde. Außer den Möbeln gibt es dort wenig zu sehen. Die Wohnung ist fast kahl. Keine Bilder, keine Erinnerungen. Ein einziges Foto ihrer Tochter, das ist alles. Auch das Schlafzimmer sieht aus, als ob es deines oder meines wäre. Kein Hinweis auf perverse Praktiken. Man hat den Eindruck, dass es mehr Kohns Wohnung war als ihre. Eine Zuflucht für den Unternehmer nach anstrengenden Tagen. Dies jedoch …« Heeger wies in den Raum. »Hier ist Ines Röhr zu Hause. Ich vermute, sie selbst war es, die sich bedienen ließ. Kohn war älter als sie. Ich stelle mir vor, dass ihm all das zu viel geworden ist. Vielleicht stand er nicht mehr auf harten Sex. Aber das ist nur eine Vermutung. Fakt ist«, schloss Heeger, »dass wir das Motiv noch nicht kennen, wegen dem er ermordet wurde.«

Er zeigte Hero Dyk die Stelle, wo Lilly und Doña Francisca angegriffen worden waren. Der Segler wohnte in der Nachbarschaft, und Hero Dyk bedankte sich bei ihm für die Hilfe. Er sah vergeblich im Haus seiner Mutter nach, ob Lilly sich dort versteckte. Schließlich rief er bei Hanna an, um ihr zu berichten, aber Hanna antwortete nicht.

***

Lilly lauschte den dumpfen Geräuschen, die von jenseits der Stahltür an ihr Ohr drangen. Das Schreien hatte sie aufgegeben. An die Wände hatte man im letzten Krieg mit weißer Leuchtfarbe Pfeile und Ringe gemalt, die immer noch im Dunkeln leuchteten. Das Licht war nicht hell genug, um etwas erkennen zu können, aber es reichte zur Orientierung.

Die Stahltür wurde geöffnet und Ines trat ein. Ein gelbes Leuchten drang in den Korridor. Aus der Gruft waren Schreie zu hören. Lilly erkannte die Stimme ihrer Mutter und rief nach ihr. Die Schreie verstummten.

»Lilly, bist du das?«

»Ja«, rief Lilly. »Ich bin angebunden. Wer ist diese Frau? Was will sie von uns?«

»Still jetzt«, rief Ines Röhr. Sie fesselte Lilly mit einem anderen Seil, bevor sie sie vom Eisenring löste. Dann zerrte sie sie an ihren Fesseln in den Hauptgang der Gruft.

»Wir haben uns als Teenager in Lembruch getroffen«, rief Hanna, die sich außer Lillys Reichweite befand.

Das Seil, mit dem Lilly nun gefesselt war, lief durch einen weiteren stabilen Ring in der Wand. Ines zog es stramm, bis Lillys Hände sich gegen die Öse des Rings pressten. Hanna hing am anderen Ende desselben Seils, etwa drei Meter entfernt. Straff gespannt, machte Ines die Fesseln der beiden Frauen an einem Bootsbeschlag fest, den sie an die Wand geschraubt hatte. Ihre Opfer stöhnten vor Schmerzen.

Ines stieß ein Keuchen aus, das von ganz unten aus ihrer Kehle kam. Spannung, die sich löst. Sie sah sich um. Hanna und Lilly bluteten aus mehreren Schürfwunden. Sie atmeten schwer durch die Nasen und rissen die Augen unnatürlich weit auf, voller Angst, aber immerhin blieben sie still. Sie starrten auf zwei Drahtschlingen, die jeweils vor ihnen aus der Decke des Ganges durch zwei Öffnungen in einem Versorgungsschacht der Gruft bis fast auf den Boden hingen. Beides Enden ein und desselben Drahtes. Ines hatte ihn durch eine dritte Öffnung in der Decke des Gewölbes mittig zwischen den gefesselten Frauen herausgeführt. Der Draht lief über eine Umlenkrolle an der Wand, wie Segler sie benutzen, und von dort zur Öffnung zurück. An der Rolle wiederum hing eine Leine, die weiter unten durch einen Ösenhaken lief, sodass man an ihr ziehen konnte, um sie dichtzuholen. Eine durchaus elegante Seglerkonstruktion. Auf diese Art war es möglich, beide Schlingen mit einer Hand und ohne Kraftaufwand gleichzeitig festzuziehen. Den Haken unten an der Wand hatte Ines mithilfe eines Schlagbohrers angebracht. Er sah stabil aus. Mit einem einfachen Knoten vor der Öse konnte man den Draht strammsetzen. So ein Knoten lässt sich schwer lösen, wenn Last an ihm zieht.

Kurz über den beiden Schlingen waren Glaskrüge befestigt, wie man sie für Saft oder Milch benutzt. Dünnes, sehr zerbrechliches Glas.

Eine Trittleiter lehnte an der Wand.

»Ich bevorzuge Säure«, erklärte Ines ihre Arbeit. »Diese Bestrafung lässt sich nicht wegwaschen, es bleibt ein Zeichen zurück. Ein glühendes Eisen ginge auch, aber Säure ist einfacher. In Pakistan und anderswo wird sie von Männern benutzt, um sich auf diese Weise die Frauen gefügig zu machen. Meist nimmt man Batteriesäure.«

Lilly sträubte sich nach Kräften. Sie biss und trat, als Ines sich ihr mit der Schlinge näherte, schnaubte wütend und spuckte ihrer Peinigerin ins Gesicht. Ines zog mit links ihre Fessel straffer, bis Lilly sich vorbeugte, um den Schmerzen zu entgehen. Da rammte Ines ihr mit voller Gewalt das Knie ins Gesicht, ohne das Seil loszulassen. Die Wucht des Schlages brach Lilly das Nasenbein und riss sie von den Füßen, aber sie fiel nicht. Das Tau hielt sie aufrecht. Ihre Nase blutete stark. Sie wehrte sich kaum, als Ines ihr nun die Schlinge um den Hals legte. Hanna verzichtete darauf, Ärger zu machen.

Hier unten im Bunker strahlte Ines Eleganz und Leichtigkeit aus. Souveränität. Die Konstruktion hatte sie gut durchdacht. Sie löste das Seil, mit dem Hanna und Lilly aneinandergebunden waren, und kontrollierte sie, nun zwischen ihnen stehend, über den Draht um ihre Hälse. Mit einer Hand zwang sie sie auf die Zehenspitzen, die Gesichter den Krügen zugewandt. Die Umlenkrolle zog sie mit der Leine herunter und straffte so den Draht, bis beide auf Zehenspitzen standen. Die Glaskrüge hingen schließlich direkt über ihren Gesichtern.

Ein kalter Zug vom Turm her wehte in die Gruft. Am hinteren Ende des Ganges entweicht die Luft durch ein altes Abflussrohr, das neben dem Schreibhaus bis über die Erdoberfläche reicht. Ines ließ Hanna und Lilly schreien, bis sie halb ohnmächtig waren. Durch das Rohr wurden die Schreie als dumpfe Kakofonie bis nach oben getragen. Die beiden hingen mit ihren Hälsen in den Schlingen und durften nicht stürzen, um die jeweils andere nicht zu strangulieren, deshalb reagierten sie bald klüger und weinten nur noch.

Ines ging zuerst zu Hanna und stellte die Trittleiter neben sie. Aus dem Nebengang holte sie einen Kanister, den sie die Leiter hochtrug. Ihr Opfer wehrte sich, als es den scharfen Geruch wahrnahm. Hanna versuchte, Ines vom Podest zu stoßen, hatte aber auf den Zehenspitzen stehend nicht genügend Masse, um sie auch nur zu stören. Als sich ein Tropfen der Säure in ihr Gesicht brannte, wehrte sie sich nicht mehr. Ines füllte den Krug bis zur Neige.

Mit Lilly verfuhr sie in der gleichen Art. Notgedrungen hielt diese ebenfalls still, denn vor den Augen ihrer Mutter hing nun bereits eine Karaffe voller Säure an einem Draht, mit dem Lilly selbst verbunden war.

Beide waren halb verrückt vor Angst und suchten auf den Zehen stehend nach einem Gleichgewicht. Die Erste, die fiel, würde den Krug über der anderen zerbrechen.

»Ihr müsst schreien«, sagte Ines ruhig. »So lange, bis jemand kommt.«

Dann stellte sie die Trittleiter in den Nebengang und betrachtete ihre Arbeit.

***

Hero Dyk kam spät nach Hause und machte sich große Sorgen. Er war bei Hanna vorbeigefahren, hatte sie aber nicht angetroffen. Auch auf dem Handy konnte er sie nicht erreichen.

Dumpfe Geräusche drangen sehr langsam bis zu seinem Bewusstsein vor. Sie klangen leise, passten jedoch nicht in die nächtliche Erwartung von Stille. Ein Rauschen in den natürlichen Winden, mehr nicht. Ein Wirbel im Strom oder eine Welle, die nicht zu den anderen passt. Es dauerte, bis Hero Dyk begriff, dass die Laute wichtig waren.

Er lauschte, konnte aber die Quelle nicht lokalisieren. Es klang wie dumpfe Schreie von weit her, und doch schienen sie nah zu sein. Für Momente ließen sich einzelne Stimmen unterscheiden, die sich sofort wieder überlagerten wie zwei Töne in ungesundem Abstand zueinander. Hero Dyk lief in unterschiedliche Ecken des Hofes und fand dann das Rohr zur Gruft, das unter dem Dachvorsprung seines Schreibhauses und versteckt hinter einem Holzverschlag für Abfalltonnen etwa einen Meter in die Luft ragte. Es war ihm nie aufgefallen, aber er wusste nun, dass die Schreie aus seinem Keller kamen. Und er wusste, dass sie ihm galten.

Vom Haus aus war die Gruft wie von außen durch eine Stahltür mit schwerem Riegel verschlossen. Nun hörte er deutlich seinen Namen und Lillys Stimme. Dann Hannas. Beide waren völlig hysterisch. Hero Dyk hatte keiner von ihnen gegenüber je die Gruft erwähnt.

Er griff sich eine schwere Taschenlampe, die im Keller bereitlag, und schlich sich nach unten, statt die Stufen hinunterzustürmen.

Das Licht brannte. Hatte er selber es brennen lassen? Bestimmt nicht. Er kam nur selten in dieses Gewölbe. Sein Wein lagerte hier.

Hero Dyk war sich durchaus im Klaren darüber, dass er tat, was man von ihm verlangte. Trotzdem stieg er tiefer und trat schließlich in den Gang. Er hätte die Polizei rufen sollen.

Hanna und Lilly standen auf ihren Zehenspitzen, den Hals zur Decke gereckt. Sie hingen mehr, als dass sie sich aufrecht hielten. Wie aufgeknüpft, die Gesichter zwei Krügen zugewandt, sodass sie ihn nicht kommen sahen. Seine Tochter stand ihm am nächsten.

»Was zum Teufel …« Hero begriff, bevor er den Satz ausgesprochen hatte. Man sagt ihn aus Gewohnheit. Er rannte auf Lilly zu.

»Nein, nein!«, schrien sie ihm entgegen und versuchte, den Kopf still zu halten.

Ines stand zwischen den beiden Frauen, straffte den Draht noch ein wenig mehr und legte einen fiesen Knoten vor den Ösenhaken, der sich nur mit Geduld oder einem Messer lösen lassen würde.

Lilly lief Blut über das Gesicht. Hero Dyk stützte sie trotz ihres Protestes. Dadurch brachte er Hanna zum Straucheln, die sich nicht mehr auf den Zehenspitzen halten konnte. Die Krüge schaukelten hin und her. Ein paar Tropfen der Säure spritzten Hero Dyk und Lilly auf die Kleidung, dem Mädchen auch ins Haar.

Er begriff und ließ sie los. Dadurch fand Hanna neuen Halt, das System stabilisierte sich, aber die Frauen standen wieder auf den schmerzenden Fußspitzen.

»Lilly«, rief Hero Dyk. »Du musst die Füße bewegen wie beim Ballett. Dann geht es leichter.«

Hanna folgte seinem Rat und trippelte, jeweils ganz kurz einen Fuß entlastend. Das lenkte sie einen Moment ab, und sie hörte auf zu schreien. Lilly war zu panisch, um auf ihren Vater zu hören. Sie brüllte lauthals, verfluchte ihn und wünschte alle Krankheiten an seinen Hals. Deshalb fing auch Hanna bald wieder zu schreien an, damit man sie nicht vergaß.

»Seid jetzt still«, rief Ines. »Er ist doch hier.«

»Was soll ich tun?«, schrie Hero Dyk. »Um Gottes willen, was?«

»Komm her. Du siehst, ich habe keine Angst. Es bleibt dir nicht die Zeit, um Hilfe zu holen. Sie brechen gleich zusammen. Wir stehen schon eine Weile hier.«

Sie wich tiefer in den Gang zurück und überließ ihm den Platz in der Mitte zwischen den Frauen. Sie beobachtete die Szene von der Wendeltreppe aus, bereit zur Flucht.

Hanna und Lilly drohten durch ihr Schreien ohnmächtig zu werden. Hero Dyk sah, dass der Knoten sich nicht lösen lassen würde, während die Frauen im Drahtseil hingen.

»Hast du ein Messer dabei? Dann könntest du das Seil durchtrennen. Vermutlich nicht. Dir bleibt keine Zeit. Nur eine von ihnen darfst du retten, die andere wird zumindest erblinden. Ihr Gesicht wird entstellt werden. Sterben wird sie nicht daran, das ginge zu weit. Welche wirst du nehmen? Sag es mir!«

Hero Dyk bückte sich und nestelte am Knoten. Die Luft schmeckte nach Elektrizität.

»Ich habe mit Thea gesprochen«, rief er. »Wir wissen das mit Rusty.«

»Das ändert nichts. All die Jahre durfte ich nicht mit ihr reden. Sie wollte es nicht. Ich hätte ein Gespräch gebraucht. Was soll ich tun, damit sie mit mir redet? Ich will euch schreien hören. Ihr sollt weinen um mich, rufen nach mir. Thea war auf den besten Schulen, und Kohn hat es bezahlt. Er gab ihr Arbeit. Mit ihm redet sie. Sage mir, welche von beiden du wählst. Du darfst es dir aussuchen.«

»Sie wird jetzt mit dir reden. Ich verspreche es dir.«

»Sie wird mit mir reden, das weiß ich. Sie wird zu mir kommen, wenn sie hiervon erfährt. Welche wirst du retten?«

»Man darf so eine Entscheidung nicht treffen«, rief Hero Dyk. »Das kannst du nicht von mir verlangen.«

»Doch, man darf«, sagte Ines und löschte das Licht in der Gruft. »Man muss, wenn man keine Wahl hat.«

Augenblicklich steigerte sich das Schreien in eine unfassbare Lautstärke. Hanna und Lilly zerrten an dem Draht, an dem sie hingen.

Hero Dyk warf die Taschenlampe mit aller Kraft Ines hinterher und traf sie am Kopf. Er hörte sie fluchen. Jetzt besaß er kein Licht mehr.

»Lilly«, rief Hero Dyk. »Ich nehme Lilly.«

»Warum?«, stöhnte Ines.

»Sie ist jünger und hübscher. Sie ist das Kind. Sie ist wertvoller als die Mutter. Sie kann weitere Kinder bekommen. Lilly ist meine Tochter. Hanna ist alt. Alles, was du willst, aber mach das Licht wieder an.«

Hanna kreischte vor Entsetzen.

»Hero, ich bin hier«, brüllte Lilly.

»Was verlangst du?«, schrie Hero Dyk Ines hinterher. Er gab es auf, den Knoten lösen zu wollen. Hanna und Lilly zogen nun beide mit aller Kraft am Draht.

»Ich will, dass man mich hört«, rief Ines tief aus dem Turm heraus. Sie stieg die Wendeltreppe hoch. »Thea wird mich hören, das weiß ich.«

Da tat Hero Dyk, was er entschieden hatte. Er tastete nach seiner Tochter, umfasste ihre schlanke Gestalt mit der Linken und hob sie hoch. »Bleib stehen«, rief er Hanna zu. »Bleib um Himmels willen stehen.«

Mit rechts tastete er in völliger Dunkelheit nach dem Draht und zerrte ihn über Lillys Kopf. Mit dem Arm schützte er ihr Gesicht vor der Säure. Hanna konnte sich einen Moment halten, sodass es Hero Dyk gelang, die Schlinge zu lösen.

»Bleib stehen!«, rief er Hanna erneut zu. »Einen Augenblick noch.«

Aber Hanna fand nun keine Stütze mehr an dem Draht und verlor das Gleichgewicht. Sie fiel und schrie und schrie, als sich der Krug über ihr leerte.

Unter einem Rohr in der Decke stand ein Eimer, in dem Sickerwasser aufgefangen wurde. Hero Dyk fand den Lichtschalter und schüttete das Wasser in Hannas Gesicht, um ihr zu helfen und die Säure zu verdünnen. Hanna schrie vor Schmerzen und Entsetzen. Die linke Gesichtshälfte schien stark verletzt zu sein, ebenso die Haut auf dem Kopf, einige lange Haarsträhnen fielen ihr aus. Ein Teil der Säure schien sie jedoch verfehlt zu haben oder ätzte harmlose Löcher in ihre Kleidung.

Hero Dyk kniete neben ihr, schluchzte und bat um Verzeihung, besann sich jedoch, riss sich zusammen und rannte schließlich nach oben, um Hilfe zu holen. Er rief nach Svetlana, die ihm im Morgenmantel entgegenkam. Sie solle Heeger anrufen, um einen Krankenwagen bitten, warmes Wasser bereiten und Tücher. Ines sei hier gewesen. Svetlana schlug die Hände vor den Mund und tat, was Hero Dyk verlangt hatte. Der lief erneut nach unten und führte Hanna aus der Gruft. Sie war bei Bewusstsein. Lilly schien zunächst vollkommen verwirrt, doch sie konnte allein die steile Treppe hochsteigen und ließ sich von Svetlana säubern. Ihre Nase schwoll rot und blau an.

Hero Dyk hielt seine hohlen Hände um Hannas entstelltes Gesicht, ohne sie zu berühren. Dann strich er ihr über den Kopf, aber sie schrie und stöhnte und ließ sich nicht beruhigen.

»Hanna«, rief Hero Dyk. »Bitte verzeih mir!«

Innerhalb von Minuten stand ein Krankenwagen vor der Tür. Man kümmerte sich um Hanna, beruhigte sie und pflegte ihre schrecklichen Wunden. Die Sanitäter brachten sie in dasselbe Krankenhaus, in dem schon Doña Francisca lag. Ines schien ganze Arbeit zu leisten. Hero Dyk blieb hilflos zurück.

Jemand legte Lilly eine Decke um die Schultern, als Hanna versorgt war, aber sie warf sie wütend ab. Das Gesicht ließ sie sich vom Blut reinigen, aber sie nahm keine Schmerztabletten und weigerte sich, in ein Krankenhaus zu gehen. Svetlana gab

Lilly heiße Milch mit Honig zu trinken. Hero Dyk setzte sich zu ihr.

»Es tut mir leid«, sagte er. »Ich musste mich entscheiden. Sehr schnell entscheiden. Ich konnte nicht nachdenken, nicht abwägen. Hätte ich nicht gehandelt, dann hätte es dich getroffen. Verstehst du das?«

Lilly drehte sich zu ihm um und starrte ihn an. Dann spuckte und schlug sie ihm ins Gesicht, schrie und trommelte gegen seinen Oberkörper. Svetlana hielt sie zurück, Hero Dyk wehrte sich nicht. Die kräftige Weißrussin schloss Lilly in die Arme, gab beruhigende Worte von sich und hinderte sie so daran, auf ihren Vater einzuschlagen. Hero Dyk wischte sich die Spucke aus dem Gesicht.

»Ist nicht seine Schuld«, sagte Svetlana.

Das Mädchen schluchzte und beruhigte sich. »Ist es meine Schuld?«, fragte sie.

Svetlana schüttelte den Kopf. »Nein«, sagte sie. »Ist Schuld von Ines Röhr. Du musst deinem Vater verzeihen.«

Karl Heeger läutete an der offenen Haustür und trat ein. »Mein Gott«, rief er. »Hanna. Was ist denn hier passiert?«

Hero Dyk berichtete. Auf der Straße vor seinem Haus sammelten sich trotz der nächtlichen Stunde viele Leute. Sie schienen gut informiert zu sein. Hero Dyk stellte sich in das Licht vor seiner Tür, aber niemand beachtete ihn. Sie schlugen die Hände vor die Münder, vor die Gesichter. Sie sprachen aufeinander ein, gestikulierten wild und waren ganz entsetzt und aufgeregt.

Karl Heeger trat neben Hero Dyk. »Die wollen wissen, was passiert ist«, sagte er.

Hero Dyk betrachtete die Menschen.

Svetlana schob die schluchzende Lilly neben ihn. Hero Dyk legte den Arm um das Mädchen. »He!«, rief er den Leuten zu, damit sie zu ihm hochsahen. »Dies ist Lilly, die ihr gesucht habt!«, rief er. »Lilly ist meine Tochter. Niemand darf ihr etwas zuleide tun.«

»Was haben Sie getan?«, rief eine weibliche Stimme aus der Menge heraus. Hero Dyk erkannte die beiden Mütter aus dem

Café an der Bierstraße. Eine von ihnen war die Ruferin. Sie hatten trotz der späten Stunde den Kinderwagen dabei, der Junge hielt sich mit den kleinen Händen am Verdeck fest und kippte durch sein Wippen fast den Wagen um. Die Menge schwieg wie eine Wand, als warte sie auf Antwort. »Was sind Sie nur für ein Mensch?«, fügte die Frau hinzu, als Hero Dyk sich nicht äußerte. Protest wurde laut. Gegen die Zustände und Dyks Grobheit im Speziellen. Fäuste wurden geschüttelt.

»Dabei läuft die Röhr noch frei herum«, sagte Karl Heeger.

Sie drehten sich um und gingen ins Haus. Hero Dyk bat Svetlana, sich um Lilly zu kümmern.

»Wir müssen die Mörderin fassen«, sagte er und küsste Svetlana auf die Wangen. »Bleiben Sie bei ihr. Bitte.«

»Wir nehmen meinen Wagen«, sagte Heeger, »und fahren mit Blaulicht hintenrum raus.«

Hero Dyk zog seinen Parka an. Im Hof standen ein paar Polizisten im fahlen Licht der Lampe, die vor dem Schreibhaus hing. Eine Standuhr schlug zwei Mal.

»Schnell«, sagte Hero Dyk.

»Wohin?«, fragte Heeger.

»Freytag weiß, wie es weitergeht. Schnell.«

Die Luft schmeckte feucht und modrig, fast wie unten in der Gruft. Ein Dunst hing im Garten, der sich bald in Nebel verwandeln würde. Mario und der Rest von Lillys stolzen Jungs standen frierend vor dem Nachbarhaus. Der Junge sah schweigend zu, wie die beiden Männer vom Hof fuhren.

***

Das Haus war dunkel bis auf einen Streifen blaues Licht, das am Fenster links vom Eingang durch die Vorhänge drang. Ein Summer öffnete die Tür, kaum dass sie geschellt hatten. Hero Dyk und Karl Heeger traten ein, man erwartete sie. Innen Dunkelheit und gedämpfte Musik. Die wimmernde Stimme von Antony, der seine Version von »If It Be Your Will« sang. Ein frommes Moll. Hero Dyk fand die Tür zum Arbeitszimmer. Eike Freytag saß vor seinem Bildschirm und sprach kein Wort, als sie eintraten. Seine Hand lag auf einem Schalter, mit dem er per Funk den Summer an der Haustür betätigen konnte.

Die Stimme seiner Frau rief von oben aus dem Schlafzimmer: »Eike? Wer ist denn da? Ist jemand gekommen? Wie spät ist es denn?«

»Nichts, mein Liebes«, rief Freytag. »Schlaf ruhig weiter.«

Er stand auf, nahm die Gitarre und zupfte einen Akkord, der zu dem Lied passte, das Antony sang, dann spielte er die Melodie mit. Hero Dyk setzte sich auf den Platz an der Computertastatur und starrte auf den Bildschirm, während Karl Heeger die Tür schloss.

»Ist sie schwer verletzt?«

Hero Dyk antwortete nicht.

»Sie wird nicht sterben, aber ihr Gesicht ... Ich bin kein Arzt. Es sah schlimm aus«, sagte Heeger schließlich.

»Es gab mal eine Zeit«, sagte Eike Freytag, »da dachte ich, ich würde die Welt ein wenig besser machen. Zu einem gerechteren Ort als vorher ... also, ohne mich. Ich wollte einfach über das berichten, was ich sah. Über die bösen Menschen.«

»Sie haben ein Monster geweckt«, sagte Karl Heeger.

Eike Freytag lachte und nickte ihm zu. »Im Blog nennt sie sich *Pocahontas*. Sie ist nie groß in Erscheinung getreten. Ines Röhr ... mein Gott, ich habe sie wegen Informationen angezapft. Ich selbst habe sie vor kaum einer Woche dazu gedrängt, sich im Blog zu Wort zu melden. Das hat sie heute Abend wieder getan. Ich schlief bereits. Man rief mich an, um mir zu sagen, ich solle den Computer einschalten.«

Hero Dyk schwieg und starrte auf die spärlichen Zeilen, die vor seinen Augen entstanden. Sie drückten Entsetzen aus und Abscheu über das, was Hanna Clasen zugestoßen war. Die Internetgemeinschaft war bereits gut informiert. Man suchte nach einer Erklärung und appellierte an die Vernunft von Ines Röhr. Sie möge sich stellen. Karl Heeger stellte sich hinter Hero Dyk und las mit.

»Was schreibt sie?«

Freytag legte die Gitarre zur Seite. »Sie schrieb, sie sei enttäuscht. Sie habe geglaubt, dass man den Tod von Reiner-Maria Kohn verlange. Dass es erlaubt sei, ihn zu töten. Diese Aufgabe habe sie als die ihre verstanden. Sie habe nicht nur reden wollen. Später berichtete jemand, dass es ein Säureattentat auf Lilly und ihre Mutter gegeben habe. In Ihrem Haus, Herr Dyk. Die Mutter sei schwer verletzt, hieß es. Man will jetzt wissen, ob Pocahontas etwas damit zu tun hat. Ihre Antwort steht noch aus.«

Voller Wut schlug Hero Dyk mit der flachen Hand auf den Schreibtisch. »Wissen Sie, was sie getan hat? Wissen Sie, was man mit Säure anrichten kann?« Ein Stapel Papier fiel vom Tisch, ansonsten verhallte der Schlag ohne Wirkung. Hero Dyk seufzte. »Wie gelange ich ins Forum? Ich möchte mit ihr reden. Sofort.«

Freytag zeigte ihm, wie man eine Antwort erstellt. Hero Dyk meldete sich unter dem Pseudonym des Reporters.

Listmaster: ines, bist du da? liest du mit? melde dich. hier ist hero dyk.

Der übrige Verkehr auf der Liste kam zum Erliegen. Niemand sandte einen Text.

Listmaster: ines, hanna ist schwer verletzt. lilly geht es gut. sie ist bei hanna im krankenhaus. du hast ihr gesicht verätzt. warum? wozu die säure?

Das ganze Internet schien die Luft anzuhalten, bis Hero Dyk ein drittes Mal nach Ines rief. Da schließlich erschien ihr Pseudonym auf dem Schirm.

Pocahontas: geht es ihr gut?

Listmaster: nein, es geht ihr nicht gut.

Pocahontas: die säure dient der reinigung.

Listmaster: was hat sie dir getan?

Pocahontas: es war deine entscheidung, nicht meine.

Listmaster: war ich dein opfer?

Pocahontas: alle hassen dich. du hast kohn verteidigt und lilly. dann habe ich erfahren, dass sie deine tochter ist. ich habe auch eine tochter, die ich verteidigen muss.

Listmaster: warum will Thea dich nicht sehen? was ist passiert?

Es entstand eine atemlose Pause.

Pocahontas: ich habe versucht, das böse von ihr fernzuhalten. nur das. jede mutter würde das tun. aber sie will das nicht. für mich geht es hier nicht weiter, hero. verstehst du das? kohn ist mit den jahren immer extremer geworden. er hat ständig größere schweinereien von mir verlangt, aber er war nie zufrieden. zu weihnachten hat er gesagt, dass er wegwolle. sich ein schiff kaufen. alle seine betriebe abstoßen und dann auf dem wasser um die welt segeln. ganz ohne mich. ich hasse schiffe, das wusste er. mir wird schlecht davon, und es ist kalt. seit weihnachten komme ich nicht mehr klar, hero. ich dachte, dass ich alles richtig mache, aber immer denke ich falsch. ich schäme mich, weißt du? es tut mir leid.

Dann meldete sie sich nicht mehr, sosehr er auch nach ihr rief, fluchte und schimpfte.

»Das Internet lügt«, sagte Hero Dyk. »Es ist voller Lügen, nur erkennt man es nicht. Es zeigt keine Mimik, keine Gesten, kein Zittern in der Stimme, nicht den geringsten Zweifel. Es wird von Meinungen beherrscht, die mal in diese, mal in jene Richtung schwappen. Ich glaube kein Wort von dem, was Ines schreibt. Die einzige Konstante ist das, was sie tut. Böses. Die Begründungen sind virtuell.«

»Thea«, sagte Karl Heeger und schlug die Fäuste ineinander. »Mensch, die holt sich Thea!«

»Wer ist Thea?«, fragte Eike Freytag.

Hero Dyk drückte so lange auf den Knopf zum Ausschalten, bis der Computer erstarb. Er machte sich nicht die Mühe, ihn herunterzufahren.

Ein Handy klingelte. Freytag nahm den Anruf stirnrunzelnd entgegen. »Ja? ... Guten Abend ... Hero Dyk? Ja, der ist hier.«

Er reichte das Mobiltelefon weiter. »Für Sie. Edith Kohn. Sie sagt, sie habe Ihre Nummer nicht.«

***

Bei Hero Dyk zu Hause klopfte es an der Tür zum Hof, und Svetlana ging, um zu öffnen. Mario stand frierend in der Tür, der ganze Rest seiner Jungs umringte ihn, von den Polizisten argwöhnisch beobachtet.

»Ist Lilly da?«

»Spielen?«, fragte Svetlana verächtlich. »Falsche Zeit!«

Lilly drängte sich an ihr vorbei. »Mario!«, rief sie. »Was ist los? Geht es euch gut?«

Der Junge betrachtete zitternd vor Kälte ihre geschiente Nase. Seine Jungs sahen erbärmlich aus. Mario schüttelte den Kopf, besann sich dann und sagte: »Ich habe einen Onkel, der fährt bei OSNINGFLEISCH die Gabelstapler.«

»Kommt rein«, sagte Svetlana versöhnlich und hatte im Handumdrehen Tassen auf dem Tisch in der Küche stehen und einen frischen Topf voll Milch auf dem Herd.

»Sprich weiter«, sagte Lilly, als sich alles beruhigt hatte und mit heißem Kakao versorgt war.

»Ich besuche ihn ab und zu, und er lässt mich auf dem Stapler mitfahren. Er machte mich auf eine Frau aufmerksam, die das Gebäude verließ. Sie halte sich oft auch nachts in der Verwaltung auf, habe ein eigenes Büro. Mein Onkel glaubt, dass sie ab und zu dort übernachtet, ohne dass jemand davon weiß.«

»Und?«

»Diese Frau kam vorhin hier über den Hof geschlichen. Eine Stunde her. Sie fährt einen alten roten Golf. Ich habe sie des Öfteren gesehen in den letzten Tagen. Ich dachte, vielleicht wohnt sie jetzt bei deinem Vater. Wir haben euch nicht kommen sehen, Lilly. Wir wussten nicht, dass sie dich und deine Mutter in ihrer Gewalt hatte.«

Wie Kinder hielten sie ihre heißen Tassen mit beiden Händen umklammert. Sie sahen weit schmutziger und abgerissener aus als noch vor ein paar Tagen. Lilly sah sich einen nach dem anderen an und reichte Mario schließlich die Hand.

»Sind wir wieder Freunde?«, fragte sie.

Mario griff strahlend zu. Er fuhr Lilly durch das Haar und betastete ihre Nase. »Tut es weh?«

»Kommt«, sagte Lilly, »Hast du noch deinen Bus?«

»Moment!«, rief Svetlana. »Hierbleiben!«

Aber die Jugendlichen rannten schon zum Parkplatz.

»Sie hat Kohn getötet«, rief Lilly zurück. »Meine Großmutter und meine Mutter liegen wegen ihr im Krankenhaus. Doña Francisca würde wollen, dass wir helfen, sie zu fangen.«

Svetlana blieb nichts anderes übrig, als ihnen zu folgen. Man ließ sie vorn sitzen. Mario fuhr das Auto, in dem auch alle anderen Platz fanden.

***

Die Villa von Edith Kohn war hell erleuchtet. Das Wohnzimmer vermittelte das gleiche Gefühl von Enge wie bei Hero Dyks letztem Besuch. Die Witwe war allein und ganz in Weiß gekleidet.

»Wir haben ihn bereits begraben«, sagte sie, als Hero Dyk und Karl Heeger eintraten.

»Frau Kohn«, sagte der Kommissar. »Sie sagten am Telefon, Sie hätten Informationen über Ines Röhr. Wissen Sie, wo wir sie finden?«

»Alle Betriebe stehen still«, sagte die Witwe. »Die Bauern beliefern uns nicht mehr, können Sie sich das vorstellen? Dürfen die das? Sie weigern sich, mit dem Tierschutzverein zu verhandeln. Ich hatte mir das leichter vorgestellt. Die armen Schweine. Unsere Betriebe werden von den eigenen Mitarbeitern geplündert. Wir sind so gut wie ruiniert, und ich kann meine Kinder nicht erreichen!«

»Ines Röhr, Frau Kohn. Wir suchen Ines Röhr!«

»Ach ja!« Edith Kohn lief auf und ab, blieb kurz vor den Fensterscheiben stehen, die das Dunkel draußen im Garten hielten, und drehte sich dann zu den beiden Männern um. »Sie hat ein Büro in der Fabrik, wussten sie das? Sie soll den Kontakt zur Presse halten, dafür bezahlt er sie. Ich weiß nicht, wo es liegt, ich war niemals dort. Ich kenne mich nicht aus. Ines Röhr war fast jeden Tag bei meinem Mann, hat man mir gesagt. Männer haben Liebschaften, das kann ich akzeptieren. Aber vor ihr, da fürchte ich mich, verstehen Sie?«

»Sie hat eine Tochter, Thea Schuh, die auch bei OSNING-

FLEISCH arbeitet«, sagte Hero Dyk. »Ihr Mann hat ihr das Studium bezahlt. Wir glauben, dass sie in Gefahr ist.«

Edith Kohn dachte einen Moment nach. »Sicher war er nicht der Vater, oder? Das würde alles noch komplizierter machen.«

»Nein. Er war nicht der Vater. Er hat ihr geholfen oder ihre Notlage ausgenutzt. Ganz wie Sie das sehen wollen.«

Sie schwieg und schien zu rechnen. Versenkte sich erneut in ihre Gedanken, ohne dass dies zu einem Ergebnis geführt hätte. Ihr Haar lag etwas schiefer als sonst, und das Make-up hatte sie dicker aufgetragen, um eine neue Blässe zu überdecken.

»Frau Kohn«, setzte Heeger nach, »woher kannten Sie die Telefonnummer von Eike Freytag? Hatten Sie Kontakt zur Presse?«

Sie machte einige wegwerfende Handbewegungen, öffnete den Mund ein paarmal, fand aber keine Worte. Es kam nur heiße Luft heraus. Also fuhr sie fort, auf und ab zu wandern, bis sie sich schließlich dem Fenster zuwandte und schwieg.

»Haben Sie die Presse mit Informationen über Ihren Mann versorgt? Seinen Ruin betrieben, ihn angeschwärzt und verraten? Das sind keine strafbewehrten Vergehen. Sie brauchen also keine Angst zu haben. Vielleicht hatten Sie andere Pläne mit seinem Betrieb. Andere Vorstellungen, wie naiv auch immer. Haben Sie sich verführen lassen?«

Ein abfälliger Laut drang aus Edith Kohns Kehle. Sie warf die Arme in die Luft und brachte sich durch diese Bewegung selbst aus dem Gleichgewicht. Fast wäre sie von ihren hochhackigen Schuhen gestürzt, aber sie fing sich.

»Gehen Sie!«, sagte Edith Kohn. »Sofort. Lassen Sie mich allein.«

»Gern«, sagte Karl Heeger und zog Hero Dyk mit sich.

Bis zur Fabrik fuhren sie weniger als zwei Minuten. Das Tor lag im Dunkeln, der Sicherheitsdienst schien seine Arbeit eingestellt zu haben. Es gab keinen Pförtner mehr. Man hatte alles Licht gelöscht, nur die Notbeleuchtung brannte. Im Hof lag Gerät herum, das niemand gebrauchen konnte. Einige Türen waren geöffnet, eine Kälteschleuse stand sperrangelweit offen.

»Weißt du was?«, fragte Hero Dyk. »Dieser Kohn tut mir unendlich leid. Ich kann dir gar nicht sagen, wie sehr. Ich wollte, ich wäre ihm ein besserer Freund gewesen.«

***

Thea Schuh hielt sich die Ohren zu, als sie den Schlachthof betrat. Schon draußen auf dem Hof war ihr Ines' Stimme aus dem Pförtnerhäuschen entgegengeklungen. Gleich rechts neben dem Eingang zur Schlachthalle stand auf einem Pult an der Wand ein Telefon. »Kinder hat man ewig«, tönte es aus dessen Lautsprecher, dann unterbrach kurz das leichte Pfeifen einer Rückkopplung den Monolog, ohne ihn stoppen zu können.

Thea betrachtete verwundert die Verwüstungen, die innerhalb der paar Tage stattgefunden hatten, seit Kohn ermordet worden war. Die Buchten, in denen sonst die Tiere nach Mästern geordnet vor dem Schlachten zur Beruhigung standen, waren leer, wie meist am Wochenende. Aber man hatte sie nicht gesäubert, sondern den Kot liegen lassen. Die Rinne, über der die Schweine zum Ausbluten hingen, war gefüllt mit Dreck und Abfall. An der Wand lehnten noch die Betäubungszangen mit ihren langen Stromkabeln, weil wohl niemand etwas damit anfangen konnte. Der Brühtunnel dagegen war abmontiert, ebenso große Teile des Transportbandes, das die Schlachtkörper an besseren Tagen hängend zu den verschiedenen Arbeitsstationen führte, bis sie am Ende in zwei Hälften gehackt und sauber gewaschen in einem Kühlraum auf ihre weitere Verwendung warteten. Alles sollte hier so rein sein wie in der modernsten Küche, die Luft warm und feucht von all dem heißen Wasser, das man zum Spülen und zum Brühen benutzt. Nun jedoch drängte mit der winterlichen Stadtluft die ganze Welt herein mit ihrem Schmutz.

In der Zerlegung am anderen Ende der Produktion fehlten fast alle der wertvollen Tische aus Nirostastahl. Hier hatte es kalt zu sein, wie es sich bei der Verarbeitung von Fleisch gehört, aber die Türen standen weit offen, soweit man sie nicht gestohlen hatte. Die gewaltigen Gebläse der Kühlung arbeiteten scheppernd gegen die Verhältnisse an, um die vorgeschriebene Temperatur zu erreichen. Maßlose Verschwendung von Energie, mehr kam dabei nicht heraus. Auch hier drängte die feuchte Luft von draußen herein und kondensierte an den Wänden. Die Kühlräume waren leer, bis auf wenige Sauenhälften, die man vergessen hatte. Ein paar Mollen voller Innereien standen herum und begannen bereits zu stinken. Jemand hatte mitten in die Halle einen Schreibtisch und einen Stuhl gestellt, was den Eindruck hinterließ, dass die Plünderung völlig geordnet abgelaufen war. Nach Regeln, die sich jemand gut überlegt hatte. Hier war das Fleisch verteilt worden, das dem Unternehmen gehörte. Ein Schreibblock und ein Kugelschreiber lagen auf der Tischplatte, beides mit dem Logo der OSNINGFLEISCH bedruckt.

Auch hier klang die Stimme ihrer Mutter aus jedem Telefonlautsprecher. Ein Rundruf. Sie habe verstanden, konnte Thea zwischen dem Pfeifen immer wieder hören. Niemand war zu sehen. Ines hatte alle Plünderer mit ihrer Stimme verscheucht. Die Hallen waren leer.

Thea hatte sich wohlgefühlt unter den Schlachtern. Sie mochte die präzisen, einfachen Handgriffe, die Eile, mit der die Männer arbeiteten, ihren Ernst und die oft groben Späße. Sie verstand die Streitereien, mit denen sie sich von der harten Arbeit ablenkten. Die Halle hatte ihr als Schutz gedient, denn ihre Mutter kam nie hierher. So eine Fabrik hat genug Wege, dass man sich nicht begegnen muss. Thea hatte nicht gewusst, dass Ines über ein eigenes Büro verfügte, als sie die Stelle annahm, die Kohn ihr anbot. Und der Job war zu wichtig, zu gut bezahlt, um ihn wieder aufzugeben. Unter den Schlachtern hatte sie sich sicher gefühlt.

Jetzt nutzte das niemandem mehr. Thea stieg die breite Treppe hinauf, die zu den Sozialräumen führte. Links davon befand sich eine Kanzel mit großen Glasscheiben, von der aus sich die Schlachthalle gut überblicken ließ. Dort war ein Schulungsraum untergebracht, den sie gerne benutzt hatte, um mit den Schlachtern, Handwerkern und Kaufleuten das Arbeiten in kleinen, möglichst autonomen Gruppen zu üben. Es war ihr Reich gewesen, zwischen Produktion und Verwaltung gelegen. Nun sprach auch hier Ines aus allen Lautsprechern.

Thea betrat den gefliesten Flur, der zu den Umkleiden und Duschen führte, die die Schlachter genutzt hatten. Rechts den Flur hinunter erreichte man die Kantine und den Treppenturm hoch zur Verwaltung. Die Tür zum Schulungsraum stand offen. Auch hier brannte lediglich die Notbeleuchtung. Der Raum besaß als Abgrenzung zum gefliesten Teil des Werkes einen grauen Teppichfußboden in einfacher Industriequalität, die Wände hatte man weiß gestrichen, die Fensterrahmen rot. Alles sehr schlicht und sparsam. Die Tische und Stühle konnten in verschiedensten Formationen zusammengestellt werden.

Sie kannte den Weg. Die Produktionsgebäude sind alt und in den Jahrzehnten immer wieder umgebaut und anders genutzt worden, sobald es neue Technologien gab. Nur der Treppenturm ist immer am selben Ort geblieben. Ursprünglich hatte man vom Turm aus den früher offenen Hof überblicken können. In der Luft hing leicht ranzig der Geruch nach altem Speck. Bis in die Poren schien das Gebäude davon durchdrungen zu sein. Die Wände boten Platz für halb vergilbte Luftaufnahmen des Werkes in unterschiedlichen Ausbaustufen sowie zwei Glasvitrinen mit Pokalen und Medaillen für besondere Qualität und Leistung. Ein Gemälde des Firmengründers an prominenter Stelle, Fotos von Schlachtern mit unfassbar kräftigen Unterarmen aus den fünfziger Jahren. Auf dem Flur einen Stock höher stand ein Modell des jetzigen Werkes.

Und über allem die Stimme ihrer Mutter. Ines sprach von Engeln und dass sie ganz krank sei vor Sehnsucht. Unten im Treppenhaus stand ein Telefon. Die Sätze brachen sich an den gefliesten Wänden. Sie hallten Thea nach, während sie immer höher stieg, immer höher. In einer Etage waren die technischen Büros untergebracht. Die Türen hatte man geöffnet. Ines' Stimme überschlug sich nun und klang aus vielen Quellen, die sich überlagerten. In der nächsten Etage befanden sich die Produktionsbüros. Ines sprach vom Mord an Kohn. *Wie widerlich sein Tod!*

Die vielen Quellen zerhackten den Klang zu einem Crescendo. Laut und leise, hell und dunkel, ihre Mutter belegte jede Frequenz zugleich.

Die Geschäftsleitung war in der oberen Etage untergebracht. Ines kam ihr auf halbem Weg entgegen und reichte ihr die Hand. »Komm schon!«

Thea schlug die Hand aus und hielt sich die Ohren zu. »Mach das aus!«

Ines stieg vor ihr die letzten Stufen hoch. Sie hielt sich am Geländer fest, war nicht sicher auf den Beinen und hielt sich nur mühsam aufrecht. Sie wies auf einen der dunklen Räume, ging hinein und knipste das Licht auf dem Schreibtisch an.

Thea nickte und trat ebenfalls ein. Ähnlich wie in ihrer eigenen Wohnung gab es auch hier kaum persönliche Gegenstände. Es war ein Raum, der benutzt wurde, aber nicht bewohnt, obwohl es den Anschein hatte, dass Ines hier die eine oder andere Nacht verbrachte.

Die Innenwände aus Rigips waren über und über mit Zetteln bepinnt. *»Glaub n i c h t, dass ich werbe. Engel, und würb ich dich auch. Du kommst nicht«*, stand von Hand auf ein DIN-A4-Blatt geschrieben. Rilke, daneben hingen noch andere Poeten. Es war dieselbe kindliche Schrift, die auf dem Plakat den Tod von Lilly gefordert hatte. Liedertexte von Bob Dylan hingen an der Wand und Plakate, mit denen Greenpeace die Wale retten will. Drei Aktenordner standen in einem sonst leeren Schrank. Es gab ein breites Sofa, auf dem eine Wolldecke ordentlich zusammengefaltet lag. Ein Röhrenbildschirm thronte auf dem Tisch, ein Telefon, dessen Hörer danebenlag, und ein schwerer Aschenbecher aus massivem Kristall, obwohl in den Büros fast niemand mehr rauchte. Der Raum gab keinen Hinweis auf die Tätigkeit, die Ines hier ausübte. Ein Desktop-Computer war eingeschaltet.

Die beiden Frauen starrten sich einen Moment lang an, um sich zu messen und zu vergleichen. Ines gewann das Spiel, wie zu erwarten war, und lächelte darüber. Sie trug den üblichen Pelzmantel. An der Stirn klaffte eine tiefe Platzwunde. Blut war ihr über die linke Wange bis auf den Mantel gelaufen.

Thea senkte den Kopf und nahm die Hände von den Ohren. »Mach das aus, bitte«, sagte sie kleinlaut und sah sich um. Sie fügte sich in die Rolle der Tochter.

Ines legte den Hörer auf und drückte eine Taste. Schmerzhafte Stille unterbrach das Getöse.

»Was war das?«

»Ein Protokoll«, sagte Ines. »Ich rufe nach dir und führe Buch, aber du kommst nicht.«

»Du hast Rustys Leben zerstört. Er kann keine Gitarre mehr spielen. Das hat er nicht verdient. Er war verliebt. Er hat mir nicht wehgetan. Ich wollte, dass du aufhörst damit. Ich wollte dir keinen Grund mehr geben, anderen wehzutun.«

Ines schwieg in die Stille hinein. Es gab nichts hinzuzufügen. Das hatten sie Hunderte von Malen besprochen, bis Thea geflüchtet war.

»Wohnst du hier?«, fragte Thea und wies auf eine gepackte Tasche.

»Ich übernachte ab und zu im Büro. Leben kann man es nicht nennen. In den Umkleiden kann man sich duschen. Die letzten Tage habe ich am Dümmer See verbracht. Das wirst du gehört haben.«

»Was war deine Aufgabe?«, wollte Thea wissen. »Man kannte dich im Unternehmen, aber niemand konnte mir sagen, was du hier tust. Die Leute wurden vorsichtig, als sie hörten, dass ich deine Tochter bin.«

Ines rieb sich die Schläfen und zögerte ein paar Sekunden, bevor sie antwortete. »Die Leute kamen zu mir, wenn sie etwas von Kohn wollten. Sie wussten, dass ich Einfluss besaß, und sie suchten meine Hilfe.«

»Dann warst du wichtig für diese Leute?«

Ines zuckte die Schultern, als sei sie sich nicht ganz sicher, und nahm eine gebrannte DVD vom Tisch. »Das Protokoll habe ich für dich angefertigt. Du sollst wissen, was ich für ein Leben geführt habe. Du sollst begreifen, was er von mir verlangt hat und was ich tun musste.«

»Hast du ihn meinetwegen getötet?«

Ines lächelte. »Ein wenig. Er wollte mich alleinlassen, und ich habe niemanden außer dir.«

»Mutter, wann lässt du mich in Ruhe? Reiner hat mir ein gutes Angebot gemacht, also fing ich bei ihm an. Ich wusste nicht, dass ich auf dich treffen würde.«

»Ich habe ihn darum gebeten, dir ein Angebot zu machen. Ich habe dir helfen wollen.«

»Das war nicht nötig. Ich habe nicht darum gebeten. Bitte nicht helfen, verstehst du das?«

»Nein, das verstehe ich nicht. Du warst ohne Arbeit und geschieden. Den Job bei OSNINGFLEISCH bekamst du, weil ich ihn darum bat. Gott sei Dank hast du keine Kinder. Du weißt nicht, wie undankbar sie sind.«

»Ich kann dir nicht entkommen, das ist alles. Als ich zur Schule ging, hast du einen Jungen stundenlang in unseren Keller gesperrt, weil er mich nicht leiden mochte. Du hast einen meiner Lehrer verprügelt, sodass ich die Schule wechseln musste. Du hast Reiner getötet und nun diese Frau entstellt. Wann hört das auf, Mutter? Wie soll es weitergehen? Sie werden dich fangen.«

»Lass uns fortgehen«, sagte Ines. »Dann kriegen sie mich nicht.« Sie wies auf die gepackte Tasche.

»Wie meinst du das?«

»Lass uns fliehen, bevor sie mich finden. Zusammen. Das meiste Gepäck für uns ist schon im Auto. Hilf mir. Ich habe das alles nicht gewollt.«

»Du hast das alles nicht gewollt? Aber er ist tot! Reiner ist tot. Du hast ihn bestialisch ermordet. Lillys Mutter ist für ihr Leben gezeichnet. Das hast du alles nicht gewollt?«

»Sieh her!« Ines legte eine Zeitung auf den Tisch, ein Seglermagazin, und schlug eine Seite auf, die sehr abgegriffen aussah. Als ob man sie schon oft betrachtet hätte. Sie zeigte den Test eines großen Segelbootes. »Ein Katamaran«, sagte Ines strahlend. »Achtundvierzig Fuß lang, fast fünfzehn Meter. Auf diesem Schiff kann man wohnen. Eine Zeit lang, dann verkaufen wir es. Ich habe die Schlüssel, und ich weiß, wo es steht. In Südfrankreich. Am Mittelmeer. Es ist ein Ort, an dem jeder nackt herumläuft. Man lebt dort in aller Unschuld. Niemand hat etwas zu verbergen. Das Schiff heißt Edith. Das muss ich ändern lassen.«

»Aber du hasst Schiffe. Dir wird schlecht davon.«

»Das behaupte ich ständig. Warst du jemals mit mir segeln? Nein, wir hatten nie die Gelegenheit. Wir waren zu arm. Ich bin in Lembruch aufgewachsen, am Dümmer See. Als Mädchen bin ich viel gesegelt. Ich kann ohne Weiteres mit so einem Boot umgehen.«

»Warum bist du dann nicht mit ihm gegangen? Warum hast du ihn getötet?«

Ines lief jetzt im Büro herum, den Kopf gesenkt. Ihre Stimme klang eine Schattierung tiefer, als sie antwortete.

»Er wollte mich nicht mitnehmen.« Eine Wut drang aus ihr hervor, die sie lange gepflegt hatte. Sie zog den Kopf zwischen die Schultern, sodass er in ihrem Pelzmantel zu verschwinden schien. Ihr Körper spannte sich unwillkürlich und sie schlug die Hände ineinander, als Ventil für die Kräfte, die in ihr wogten. »Er wollte segeln gehen, aber ich habe mich geweigert. Da ging er allein, so fing alles an. Er war ganz besessen. Als ich ihm schließlich sagte, dass ich durchaus mit einem Boot umgehen kann, da wollte er mich nicht mehr. Dann kam das mit dem Gammelfleisch. Ich dachte, das würde ihn aufhalten, aber er wollte nur weg. Man konnte nicht mehr reden mit ihm.« Sie öffnete die Arme weit, blieb aber klein und angespannt wie zuvor. Ihr Blick kam jetzt leicht von unten, es sah ziemlich böse aus. »Man hat mich nie wirklich gejagt, verstehst du? Dann ist doch alles in Ordnung, oder? Sie wollten Kohn und dann dieses Mädchen.«

»Das ist alles dein Werk? Dann warst du es, die diesen Reporter informiert hat? Du warst für die Presse verantwortlich … natürlich.« Thea wich zur Tür zurück und bemerkte jetzt erst das Blut im Gesicht von Ines. »Du bist verletzt, Mutter. Du machst mir Angst.«

»Dazu besteht kein Anlass«, sagte Ines und drückte ein paar Knöpfe am Telefon, bis ihre Stimme wieder über den Lautsprecher klang. Sie griff sich den schweren Aschenbecher. Eine Turmuhr schlug laut drei Mal. Ines kreischte über die Schläge hinweg: »Du musst nur mitkommen. Ich kann so schlecht allein sein. Das verstehst du, oder?«

Thea blieb rückwärtsgehend mit dem Absatz ihrer hohen Schuhe an einer Schnittkante hängen, die der Teppich auf der Türschwelle warf. Sie fiel in den Flur hinaus.

Starke Männerhände fingen sie auf und hielten sie. Karl Heeger, der Kommissar, hatte dort gestanden und gelauscht. Er griff zu, als Thea ihm entgegenfiel, mindestens so überrascht wie sie selbst. Er bückte sich, um Thea zu Boden gleiten zu lassen. In einer Hand hielt Heeger seine Dienstwaffe, deshalb konnte er nicht richtig zufassen.

Im nächsten Moment stand Ines über ihm und schlug den Aschenbecher mit aller Kraft gegen seinen Kopf, sodass dem Kommissar der Revolver aus der Hand fiel.

***

Lilly berichtete im Detail, was in der Gruft passiert war, welche Entscheidung Hero Dyk zu treffen gehabt hatte. So wie sie es erzählte, verstanden alle, was ihr Vater getan hatte. Auch sie selbst beruhigte sich zunehmend, als begreife sie nun langsam, was geschehen war. Sie orientierte sich am Verständnis, das die anderen aufbrachten, am Mitgefühl, das ihre Freunde für Hero Dyk hegten.

»Er ist mein Vater«, sagte Lilly.

Die Wut auf Ines Röhr jedoch stieg ins Unermessliche. Mehrfach schrie Svetlana auf, als Mario rote Ampeln überfuhr. Zweimal wurde er geblitzt, aber er kümmerte sich nicht darum.

Kaum kam der Bus mitten auf dem Hof der OSNINGFLEISCH zum Stehen, als Lilly schon die Tür aufriss und auf den Schlachthof zurannte. Der Dienstwagen von Karl Heeger stand mit brennendem Licht und offenen Türen vor dem Eingang zur Produktionshalle.

»Das ist Heegers Auto. Leer!«

»Wir sollten uns«, rief Mario, »an den Eingängen verteilen.

Rechts und links gibt es weitere Türen zum Gebäude. Dort können immer zwei von uns Wache halten. Und man kann über eine Feuertreppe auf das Dach steigen und so direkt in die Verwaltung gelangen.«

»Los!«, rief Lilly und wies ihre Jungs auf die Plätze.

»Wir beide steigen aufs Dach«, sagte sie zu Mario und nahm ihn bei der Hand.

»Moment!«, rief Svetlana. »Was tun, wenn kommt Verbrecher!«

Aber niemand hörte auf sie. Fluchend beeilte sich die Dame im grauen Wollkostüm, Hilfe im Gebäude zu suchen.

Die Uhr im Turm fing an zu schlagen, als Svetlana durch die Produktionshalle lief. Sie nahm die Treppe hoch in den ersten Stock und erreichte den Flur, als von rechts ein Schuss klang. Eine kurze, staubtrockene Explosion, der das Treppenhaus ein wenig Hall verlieh. Ein Geräusch, das Respekt forderte, aber Svetlana lief weiter in die Richtung, aus der es kam. Zwar bewegte sie sich nun sehr vorsichtig und war bereit, sofort die Flucht zu ergreifen, aber sie stieg die Stufen hoch. Lauschend tastete sie sich an der Wand entlang durch das Treppenhaus. Sie folgte dem Impuls, der die Menschen in einen dunklen Keller steigen lässt, wenn sie von dort etwas gehört haben.

Niemand kam die Treppe heruntergelaufen, um sie zu erschießen. Die Stille nach dem Schuss wirkte sehr beängstigend. Die Kühlaggregate auf dem Dach hörte man fauchen, sonst nichts. Die Angst, zu spät zu kommen, wurde jetzt übermächtig. Svetlana stieg schneller hoch, bis sie zu den Büros kam. Lilly war nirgends zu sehen.

Dort war Licht. Sie blickte vorsichtig um die Ecke und sah Hero Dyk, der sich über Heeger beugte. Ines Röhr bedrohte ihn mit einer Pistole und hielt eine junge Frau am Arm fest. Svetlana war geistesgegenwärtig genug, nun endlich ihr Handy zu nutzen und die Polizei zu informieren.

***

Heeger begrub Thea unter sich, als er fiel. Er konnte die junge Frau nicht halten. Der Schlag auf den Kopf löste unbewusste Abwehrreaktionen aus. Er stöhnte laut, so als würde alle Luft aus ihm entweichen. Sein Körper spannte sich, er wälzte sich von Thea herunter und schlug um sich, zuckte spastisch.

Hero Dyk sprang ihm zu Hilfe. Heeger bäumte sich in seinen Armen auf, während Ines nach der Waffe griff und auf die beiden zielte. Thea kroch in eine Ecke des Flurs, die gelbe Daunenjacke voller Blut.

»Ich habe nicht hart geschlagen«, sagte Ines. Aus ihrer Stimme klang für einen Moment das kleine trotzige Mädchen in ihr. Sofort besann sie sich jedoch, gab sich einen Ruck und stieg über die Beine der beiden Männer hinweg. Sie ging zu Thea, fasste sie roh am Arm und stellte sich hinter ihre Tochter, die Waffe im Anschlag.

»Hast du mitbekommen, was wir geredet haben, Hero? Wart ihr in meinem Haus? Habt ihr all das Spielzeug gefunden, das dort liegt?«

Hero Dyk nickte. »Das meiste.«

Heeger stöhnte erneut, etwas ruhiger nun. Seine Augen waren geöffnet, aber er war nur halb bei Bewusstsein.

»Zieh ihn dort rein«, sagte Ines und wies mit der Waffe auf ihr Büro. »Ich muss nachdenken.« Sie schoss drohend in die Decke, als Hero Dyk nicht sofort tat, was sie wollte.

Er fasste daraufhin seinen Freund bei den Schultern und zog ihn so behutsam wie möglich vor das Sofa. Dann legte er ihm seinen Mantel unter den Kopf. Der Verletzte starrte ihn hilflos an und übergab sich.

Ines stieß ihre Tochter in Richtung Schreibtisch.

»Ich habe eine Geisel«, sagte sie stolz, als sei ihr dieses Argument gerade eingefallen.

»Mutter!«, protestierte Thea Schuh, wehrte sich aber nicht.

»Lass Thea hier«, bat Hero Dyk. »Du kommst allein schneller voran. Sie belastet dich nur. Die Polizei wird gleich da sein. Du hast kaum Vorsprung. Wo wirst du dich verstecken? Vor mir brauchst du keine Angst zu haben. Lass nur Thea in Ruhe.«

»Ihr zwei seid doch die Polizei!«, sagte Ines empört. »Da kommt niemand mehr, und ich habe Thea. Man wird mich nicht aufhalten. All dies Spielzeug, das ihr gefunden habt ... ich mochte, was er mit mir tat, verstehst du? Mir war es wichtiger als ihm. Es ist herrlich, wenn es mich von innen zerreißt. *O Mütter der Helden, o Ursprung reißender Ströme!*«, deklamierte sie. »Ein köstlicher Schmerz. Wie willst du jemanden wie mich aufhalten, Hero? Ich bin voller Gier. Bis zum Rand bin ich voll davon. Es ist fast zu viel.«

Sie schaltete erneut die Wiedergabefunktion am Diktiergerät ihres Telefons ein, legte den Hörer daneben und drückte auf mehrere Knöpfe für die Rundumansage, nahm schließlich ihre Tochter am Arm und schob sie auf den Flur hinaus. Dort fand sich auf einer etwas höheren Ebene eine Stahltür, die man über zwei Stufen erreichte. Die Treppe war aus Edelstahl gefertigt, aus Gitterrosten, nachträglich eingebaut wie auch die Tür. Mit Sorgfalt, aber ohne Rücksicht auf Design oder Geschmack. Rein der Funktion dienend. Die Tür führte direkt nach draußen. Eine Stahltreppe ging bis auf das Dach. Kohn hatte aus Platzmangel einen Teil der Versorgungstechnik hier oben untergebracht. Be- und Entlüftung. Die Kühltürme. Eine Werkstatt für einfache Schlosserarbeiten. Aus Gitterrosten waren Wege angelegt, die kreuz und quer über das flache Dach zu den verschiedenen Installationen führten.

Das Gebäude lag in dieser Höhe in dichten Nebel gehüllt, sodass man kaum zehn Meter weit sehen konnte. Doch Ines kannte sich gut aus. Sie wusste, wie sie schnell zu einer Feuertreppe kam. Thea sträubte sich, hatte aber keine Wahl.

Kaum war Ines draußen, schlich sich Svetlana herein. Der Nebel drückte durch die offene Tür ins Gebäude hinein.

»Ist Bluff!«, rief sie. »Die ältere Frau hat der jüngeren geblinzelt. Seien Sie vorsichtig, Herr Dyk.«

»Svetlana, mein Gott, Sie schickt der Himmel.«

Sie berührte ihn am Arm. Zärtlich. So als ob sie prüfen wollte, ob er tatsächlich vor ihr stand. Hero Dyk nahm sie in den

Arm und schimpfte leise mit ihr, dass sie ihm gefolgt war, während Ines' Stimme aus allen Lautsprechern drang. Hero Dyk legte den Hörer auf und stoppte die Wiedergabe.

»Lilly«, sagte Svetlana. »Ich weiß nicht, wo sie ist. Sie geht über das Dach.« Sie wies auf die Tür, durch die Ines geflüchtet war.

»Lilly ist hier?«, rief Hero Dyk und ließ sie los.

»Dieser Junge hat ein Auto. Ich bin eingestiegen.«

Svetlana berichtete, dass die Polizei informiert sei und bald eintreffen müsse.

Draußen war ein Schuss zu hören.

»Bleiben Sie hier«, sagte Hero Dyk. »Kümmern Sie sich um Heeger. Ich laufe Ines nach. Sind Sie sicher, dass Thea sich nicht wehrt?«

»Nicht sicher«, sagte Svetlana. »Sah so aus.«

»Rufen Sie nochmals an und sagen Sie der Polizei, wo genau Sie sind. Und dass Heeger Hilfe braucht. Kommissar Heeger braucht Hilfe, verstehen Sie? OSNINGFLEISCH. Mehr brauchen Sie nicht zu sagen.«

Hero Dyk sprang auf und lief durch die Tür nach draußen. Der Nebel stoppte ihn schnell. Es hatte zu regnen begonnen, ein feiner Sprühregen, die Roste waren rutschig. Er musste sich am Geländer entlangtasten. Hero Dyk stieg aufs Dach und verlor sofort jede Orientierung. Bald kam er an eine Abzweigung und wusste nicht, in welcher Richtung es weitergehen sollte. Er hatte nur eine grobe Vorstellung von der Form des riesigen Gebäudes. Im Laufe der Jahre war immer wieder angebaut worden, sodass sich überall Winkel und Giebel fanden.

Ohne Mantel war er sofort durchnässt. Viel zu langsam kam er vorwärts. Die Polizei müsste bald eintreffen. Richtig … über das Fauchen der Maschinen hinweg waren Sirenen zu hören.

Doch die Martinshörner gaben Hero Dyk dort oben im Nebel nur eine vage Vorstellung von Raum und Zeit. Der Schall wurde zu oft gebrochen. Ines hingegen hatte sicher längst einen Weg nach unten gefunden.

Da hörte er deutlich Stimmen gerade vor sich. Ines, die mit

ihrer Tochter stritt. Er wusste nun, in welche Richtung er laufen musste.

»Jetzt stell dich nicht so an. Ich komme hier ohne dich nicht raus!«, schrie Ines.

Ihre Stimme kam von etwas weiter oben. Hero Dyk übersah die Stufe, die vor ihm lag, fluchte laut und fiel der Länge nach auf den Bauch. Am Gitterrost riss er sich den rechten Handballen auf, den der Staplerfahrer vor ein paar Tagen erst verbunden hatte. Das Überraschungsmoment war nun verloren. Er wollte Ines nicht stellen. Nur aufpassen, dass Lilly nichts geschah. Wissen, dass sie in Sicherheit war.

»Hero!« Das war Lillys Stimme. Sie klang ganz nah. »Mario ist bei mir!«, rief sie und gab so preis, dass sie nicht allein war.

»Bleibt, wo ihr seid!«, schrie Ines und schoss in den Nebel. Sie packte ihre Tochter an der Gurgel, die Waffe in der rechten Hand, und drängte sie über das Geländer, bis Thea nur noch mit den Fußspitzen den Boden berührte. Die junge Frau schrie vor Angst.

»Lilly!«, rief Hero Dyk. »Geh ihr aus dem Weg. Lass sie durch. Sie hat eine Waffe. Such dir eine Abzweigung und versteck dich im Nebel. Versuch nichts, bitte! Sie wird schießen. Sie hat keine Wahl, hörst du? Sie kommt direkt auf dich zu. Geh aus dem Weg, sonst zwingst du mich, mit ihr zu kämpfen.«

Ines lockerte den Griff um Theas Hals, sodass die junge Frau sich etwas entspannte.

»Warum ich?«, fragte Hero Dyk. »Warum zerstörst du gerade meine Familie?«

»Kohn wollte unbedingt dein Freund sein«, sagte Ines Röhr. »Du hast dich auf seine Seite gestellt. Gegen mich. Ich hatte dich vollkommen vergessen, Hero, bis neulich nachts der Unfall passierte. Als ich erfuhr, dass Lilly deine Tochter ist, wusste ich, dass ich mich auf dich verlassen kann. Du hast dich für sie entschieden und dafür ihre Mutter geopfert. Nicht ohne deine Tochter. Thea sollte das sehen. Und tatsächlich hat sie begriffen. Sie ist hier, Hero.«

»Das ist der Grund?«, sagte Hero Dyk. »Ich verteidige meine

Tochter, und du dringst in mein Leben ein? Wir haben nichts miteinander zu tun.«

»Thea ist gekommen, das gibt mir recht. Ich musste sie zwingen! Sie hat nun begriffen, dass ich nicht aufhöre. Sie soll mit mir gehen. Kohn wollte mich nicht mehr.«

Ines stieß Thea vorwärts, genau in die Richtung, aus der Lillys Stimme gekommen war. Ihre Wunde am Kopf hatte aufgehört zu bluten, aber sie wischte sich wiederholt mit der Waffenhand über die Augen.

»Sie kommt jetzt!«, rief Hero Dyk.

Lilly antwortete nicht. Der Weg führte in etwa zwei Meter Höhe über das Dach. Das war keine lebensgefährliche Tiefe. Notfalls würde sie aus dem Weg springen können. Es war ein stabiles Flachdach. Mit Teerpappe verkleidet.

Hero Dyk hörte Thea weinen und Ines, die sie beschwor, doch endlich ruhig zu sein. Sie würde sie auf keinen Fall zurücklassen und sie solle doch einsehen, wie schön sie es haben würden.

»Du Schlampe!«, rief Lilly aus dem Nebel heraus. Sie spuckte Ines das Wort entgegen. »Du verdammte Fotze!«

»Lilly, nicht!«, schrie Hero Dyk. »Nicht!«

»Du musst die eigene Tochter mit der Waffe zwingen, sonst geht sie nicht mit! Ich dagegen habe einen Vater, der sein Leben für mich riskiert. Meine Mutter liegt im Krankenhaus, und ich werde die ganze Nacht bei ihr Wache halten, das schwöre ich. Wer tut das für dich?«

»Halt still, Lilly, damit ich dich erschießen kann!«

Ines feuerte in die Richtung, aus der die Stimme gekommen war.

Doch Lilly kam jetzt richtig in Fahrt. »Du hast dich all die Jahre ficken lassen, statt ein eigenes Leben zu führen. Du Schlampe! Du hast Kohn ermordet, weil er dich nicht mehr wollte. Alles andere ist völliger Blödsinn. Du hast entsetzliche Angst, allein zu sein. Niemand kann dich leiden. Man geht dir aus dem Weg. Du stehst immer am Rande.«

»Sei still!«, heulte Ines und schoss erneut. Die Waffe fiel ihr aus der Hand und schepperte über die Metallroste. Fluchend tastete sie danach und fand sie auch. »Bleib zurück!«, schrie sie und schoss in Hero Dyks Richtung, um ihm zu zeigen, dass sie weiter gefährlich war.

»Lilly!«, rief er, aber seine Tochter antwortete nicht.

»Bleib zurück!«, schrie Ines erneut. »Lass mich gehen, dann kannst du ihr helfen.« Sie stieß Thea vor sich her. »Jetzt lauf!«

Man soll in so einer Situation die Schüsse zählen, aber wer weiß schon, ob die Waffe über sechs oder acht Patronen verfügt?

»Ines«, schrie Hero Dyk, »das alles fällt nur dir allein auf. Ich sehe ganz andere Dinge als du. Es gibt viel Schönes in meiner Welt. Es hilft dir nicht, wenn du die Leute umbringst. Du musst anders hinsehen.«

Er hastete Ines nach, hielt jedoch Abstand. Plötzlich zog ihn jemand an der Hand.

»Mensch, Lilly«, flüsterte er, schloss seine Tochter in die Arme und besah sich kurz ihre gebrochene Nase.

»Sie hat mich nicht getroffen«, sagte Lilly. Er hielt ihr den Mund zu und machte leise »Schsch!«, um sich selbst zu beruhigen. Lilly war unverletzt. Jemand stand hinter ihr. Mario.

»Wie kommst du hier rauf?«, flüsterte Hero Dyk.

Sie wies auf den Jungen. »Er stieg die Feuertreppe hoch. Ich wollte ihn nicht alleinlassen. Wir hörten den Schuss.«

Hinter Mario sah Hero Dyk einen Wegweiser. Er schob den Jungen beiseite, um das Schild zu lesen.

»Sanitätsraum«, stand darauf geschrieben. Ein Pfeil, der die Richtung wies.

»Kommt«, sagte er. »Ich kenne jetzt den Weg. Ich weiß, wo wir sind.«

Eine Stahltür versperrte den Weg ins Gebäude. Sie war verschlossen. Hero Dyk trat mit dem Fuß dagegen und schrie vor Wut.

Da hörten sie, wie innen ein Schlüssel ins Schloss gesteckt und umgedreht wurde. Die Tür öffnete sich. Der hagere Gabelstaplerfahrer trat heraus. »Kommen Sie«, sagte er. »Alle drei. Dies ist der schnellste Weg.«

»Onkel Fritz!«, rief Mario und umarmte den alten Mann.

Sie standen direkt neben dem Aufzug, der darauf wartete, sie nach unten zu befördern.

***

Der Nebel war so zäh, dass man ihn greifen konnte. Er schien in feinen Tropfen an den Geländern zu kleben, nach denen man griff, an der Kleidung und im Haar. Er legte sich beklemmend auf die Gesichtshaut, er durchdrang die Atemwege. Ines Röhr liefen Tränen der Wut aus den Augen. Sie stieß ihre Tochter vorwärts. Den Weg kannte sie, Kohn hatte ihn oft benutzt, um schneller durch den Betrieb zu kommen und auch die hintersten Ecken im Blick zu behalten. Am Ende lag eine breite Feuertreppe, es konnte nicht mehr weit sein.

»Mutter!«, rief Thea. »Du wirst nicht schießen.«

»Doch, das werde ich!«, schrie Ines außer sich und stieß ihr immer wieder die Waffe in den Rücken. »Ich werde schießen, falls du nicht weitergehst. Glaub mir, dass ich mit so einer Pistole umgehen kann. Du wirst mit mir kommen, und wenn ich dich prügeln muss. Wir werden zusammen auf diesem Boot fahren, und sei es das Letzte, was ich tue. Du wirst endlich folgsam sein. Es ist nun genug. Seit so vielen Jahren redest du nicht mit mir. Ich bin deine Mutter und will dir helfen. Ich habe alles, was nötig ist, und du wirst mich nicht alleinlassen.«

Thea stolperte voraus, sie beeilte sich. Plötzlich stand ein Geländer im Weg.

»Hier geht es nicht weiter«, schluchzte sie.

»Halt dich rechts, da ist die Treppe.«

Thea stolperte die Stufen hinunter, sie klammerte sich an das Geländer, um nicht zu fallen. Ängstlich drehte sie sich um, als sie das erste Podest erreichte.

»Mutter«, rief sie, »bitte lass mich gehen. Ich möchte nicht auf so ein Boot.«

»Das ist Unsinn.« Ines stieß sie weiter. »Es wird dir gefallen.«

Der Nebel lichtete sich. Sie erreichten die ebene Erde, den Hof des Werkes.

»Dorthin!«, rief Ines und wies auf den alten Golf. »Kohn hat selbst an den Firmenautos gespart. Sie dir das an. Völlig verrostet. Das Auto ist zehn Jahre alt.«

Ein paar Kinder sprangen aus dem Weg, als sie die Waffe sahen, mit der Ines ihnen drohte. Lillys Jungs. Sie waren klug genug, sich zurückzuziehen.

Ines schloss die Beifahrertür auf und zwang Thea, einzusteigen. Sie warf die Tür zu, griff sich an den Kopf und wischte über ihre Augen. Die Pistole entglitt ihren Händen. Sie bückte sich und suchte danach, fand sie schließlich. Als sie sich aufrichtete, schwankte sie sehr deutlich. Sie stützte sich auf die Kühlerhaube und führte mit einer Hand die Waffe wild drohend durch die Luft, als erkenne sie keine Gegner mehr. Dann tastete sie sich zur Fahrerseite, stieg ein und startete den Motor. Links an der Werkshalle vorbei führte ein Hof zum Tor. In der Nässe spiegelte sich das Blaulicht von vielen Peterwagen an der Außenmauer des Werksgeländes.

»Scheiße!«, schrie sie. »Scheiße, Scheiße, Scheiße! Was ist das?«

»Die Polizei hat das Tor versperrt«, heulte Thea.

Da trat Ines das Gaspedal ins Bodenblech. Der Wagen sprang vorwärts, für sein Alter fuhr er recht schnell.

»Da kommen wir nicht durch!«, schrie Thea.

»So oder so!«, schrie Ines und hielt frontal auf die Mauer zu, in die das Tor eingelassen war.

***

Der alte Mann schien zu neuem Leben erwacht und rannte voraus, um die Tür zum Staplerraum aufzuschließen. Die Zündschlüssel waren durchnummeriert, und die Nummern korrespondierten mit denen, die auf die Fahrzeuge geschrieben standen. Stapler fünf war direkt am Tor nach draußen geparkt. Hero Dyk nahm sich den entsprechenden Schlüssel von einem Bord. Der Staplerfahrer wies seinen Neffen an, den Ladestecker zu ziehen und das Rolltor zu öffnen.

Vor der Tür standen Kinder rum. Jugendliche. Lillys Jungs. Sie wollten helfen.

»Bleibt hier!«, rief Hero Dyk. »Bringt euch in Sicherheit. Lilly, sag ihnen, dass sie zur Seite gehen sollen.«

Er sah, wie Lilly Mario an der Hand zurückzog, als der auf den Hof laufen wollte, und nickte zufrieden. Dann drehte er den Schlüssel im Schloss.

Der Motor sprang nicht an.

»Der ist kaputt, verdammt«, rief er und trat vor Wut auf das Gaspedal.

Der Stapler machte einen Satz nach vorn, als der Strom in den Antrieb schoss, und raste durch das Tor ins Freie. Hero Dyks Kopf und der Oberkörper wurden nach hinten gerissen, er hielt sich nur im Sitz, weil er einen Griff fand. Ein Elektrofahrzeug hat eine Beschleunigung, die sich schwer mit einem Verbrennungsmotor vergleichen lässt. Es gibt kein Getriebe und keine Gangschaltung. Die Kraft ist sofort da.

So ein Stapler fährt nicht schnell, wenn man ihn mit einem Auto vergleicht. Aber er hat viel Masse und zwei lange Gabeln. Hero Dyk wusste allerdings nicht, wie er sie anheben sollte. Sie schleiften laut scheppernd über den Boden. Dann blieb er mitten auf dem Hof stehen.

Der rote Golf näherte sich von links und bremste plötzlich scharf, sodass der Wagen über den nassen Asphalt rutschte. Er blieb ein paar Meter von dem Stapler entfernt stehen. Im Gegenlicht rechts rannten Polizisten hin und her und fingen die Mitglieder von Lillys Jungs ein, die auf dem Hof herumliefen. Lilly und Mario blieben in Deckung.

Hero Dyk sah in den Wagen. Er erkannte Ines Röhr, die ihn wütend mit der Waffe bedrohte. Die Scheibe des Golfs splitterte, aber die Kugel flog weit an Hero Dyk vorbei. Thea schrie und schrie.

Da gaben beide Gas. Ines lenkte das Fahrzeug nach links an der Außenmauer entlang, in der Hoffnung, schneller zu sein als der Gabelstapler.

Es gelang ihr nicht. Hero Dyk schnitt ihr den Weg ab. Der

Golf fuhr mit den Vorderrädern über die erste Gabel, bäumte sich auf und schlug gegen die Mauer. Der Gabelstapler quetschte den Kühler an die Wand, bis der Wagen stillstand.

Hero Dyk sprang ab und zog die Beifahrertür auf. Thea hatte sich böse im Gesicht verletzt, aber sie war bei Bewusstsein. Er riss sie aus dem Auto, bevor Ines klar denken konnte. Sie drehte den Kopf und sah ihn mit glasigen Augen an. Langsam hob sie die rechte Hand, in der sie immer noch die Pistole hielt.

Da schlug Hero Dyk die Beifahrertür zu und zog Thea ein paar Schritte zur Seite.

Jemand mit einem Blitzlicht erreichte als Erster den Schauplatz. Eike Freytag war allen anderen vorausgeeilt und schoss seine Fotos. Eine Polizistin rannte ihm nach und riss ihn zu Boden, um den Reporter zu schützen. Es war die junge Beamtin, die vor einer Woche Reiner-Maria Kohn in seinem Auto geblitzt hatte. Sie selbst hatte nicht die geringste Ahnung, welche Rolle sie in dieser Geschichte spielte.

Es entging der allgemeinen Aufmerksamkeit ebenso, dass der hagere Staplerfahrer nun allein vor dem Raum mit den wertvollen Elektrofahrzeugen stand und plötzlich brutal am Kragen gepackt wurde. Ein großer Mann riss ihm den Schlüssel vom Hals. Der Dieb trug die weiße Arbeitskleidung der OSNINGFLEISCH, genau wie zwei kleinere Kollegen, die ihn unterstützten. Gemeinsam scheuchten sie den alten Fritz davon, der sich schließlich resignierend unter all die Leute mischte, die Ines begafften.

SONNTAG

Als Hero Dyk spät am nächsten Morgen erwachte, war das neue Jahr fast eine Woche alt. Man hatte Ines aus dem Golf schneiden müssen, sie schrie die ganze Zeit. Er selbst war kurz verhört und für den Nachmittag ins Präsidium bestellt worden. Mario hatte alle nach Hause gefahren, Svetlana hatte Kaffee gekocht und ihn dann ins Bett geschickt.

Jetzt war es fast Mittag. Unten hörte er seine Haushaltshilfe in der Küche hantieren. Hero Dyk zog sich an.

Es sei Zeit, sagte Svetlana, als er die Treppe herunterkam. Er müsse ins Krankenhaus.

»Bitte begleiten Sie mich«, erwiderte er und zog den lila Mantel über, den Svetlana hatte säubern können.

Svetlana nickte und stieg zu ihm ins Auto.

Die kleine schwarze Frau hatte die Nacht gut überstanden. Man hatte den Arm geschient, den Kreislauf stabilisiert und ihr ein Schlafmittel gegeben, bis sie endlich still war. Sie würde sich erholen, hieß es. Bald sollte sie erwachen.

Hero Dyk und Svetlana warteten ein oder zwei Stunden, auf Stühlen sitzend. Der Fernseher lief ohne Ton. Ab und zu kam ein Pfleger herein und sah nach Doña Francisca, dann war es wieder ruhig. Svetlana häkelte, während Hero Dyk zunehmend schläfrig wurde.

Mit einem gewaltigen Grunzen erwachte Doña Francisca gegen vierzehn Uhr zu neuem Leben. Hero Dyk fiel fast von seinem Stuhl vor Schreck. Sie riss die Augen auf, grunzte, schmatzte, richtete sich auf und sah sich um.

»Scheiße«, sagte Hero Dyk.

Svetlana lachte.

Doña Francisca fixierte ihren Sohn und sprach mit belegter, aber kräftiger Stimme. »Man muss sich um diese Gerda kümmern.«

Dann räusperte sie sich, ließ sich in ihre Kissen zurückfallen, seufzte noch einmal und schloss die Augen.

»Mann«, sagte Hero Dyk schockiert. »Jetzt schläft sie wieder.«

Er gab Svetlana Anweisungen, wie sie ein Zimmer für seine Mutter herrichten solle. Sie lachte erneut und schob ihn vor die Tür. Er hatte noch Hanna zu besuchen. Fünf Frauen beherrschten sein Leben. Drei davon lagen stationär in einem Krankenhaus, und seine Tochter hatte eine gebrochene Nase. Eine ansehnliche Bilanz. Hero Dyk selbst war bedrückend unversehrt.

Es machte wenig Sinn, bei Hanna zu wachen. Sie wurde in einem künstlichen Koma gehalten. Ihr Gesicht war verbunden. Lilly hatte den Rest der Nacht bei ihr gesessen. Sie trug einen Nasenschutz, ihre linke Wange glänzte in Grün und Blau. Still in einer Ecke, die Mütze in den Händen drehend, hockte Mario auf einem Stuhl und tat Buße.

»Lass uns frühstücken gehen«, sagte Hero Dyk zu seiner Tochter und schickte den Jungen nach Hause.

Lilly trug unauffällige Jeans, einen Rollkragenpullover und eine warme Jacke. Kleidung, die lediglich eine schützende Funktion erfüllte, ohne als Symbol für irgendetwas zu dienen. Der Nebel hing weiter wie eine Glocke in der Luft, aber jetzt lag er viel höher und störte kaum.

Hero Dyk entdeckte Christina sofort, als er eintrat. Sie trug schwer an einem Computer und schwitzte.

»Herr Dyk«, schnaufte sie, »sehen Sie nur, man hat mich degradiert. Ich muss nun schleppen und putzen. Wir räumen das Internetcafé aus. Kein Internet mehr. Kein osnabrueckerleben.de. Alles weg. Die Chefin sieht jetzt alles anders. Den Bildschirm hat sie sich zu Hause an die Wand gehängt.«

»Meine liebe Christina«, sagte Hero Dyk, »der Schweiß lässt Sie viel jünger erscheinen. Ich nehme an, Ihre Chefin sorgt jetzt für Ordnung?«

Sie wurde rot wie ein Backfisch und trug schimpfend den Computer zu einem Lieferwagen, der vor dem Eingang wartete. Das Café war ungewöhnlich leer für einen Sonntagnachmittag.

Die Besitzerin kam von der Empore herunter und sah ihn böse an. Sie trug wie jeden Tag die orangefarbene Strickjacke, um sich von ihrem Personal zu unterscheiden.

»Herr Dyk«, sagte sie, »ich muss Sie bitten, zu gehen. Sie sind hier nicht mehr willkommen.«

Nun war es an Hero Dyk, rot zu werden. Es verletzt, wenn man abgewiesen wird.

»Sie haben mit all diesem Müll zu tun. Viel zu viel zu tun, nach meinem Geschmack. Ich möchte Sie hier nicht mehr sehen. Dies ist ein anständiges Lokal.«

»Ich bin nur der Müllmann«, stotterte Hero Dyk. »Ich bin der Gute.«

»Das kann ich nicht unterscheiden«, sagte Sina Benning. »Sie haben mit Müll zu tun. Wie konnten Sie es wagen, das Leben der Mutter Ihrer Tochter aufs Spiel zu setzen?«

Hero Dyk rang nach Luft, er war unfähig, eine Antwort zu formulieren. Lilly zog ihn schließlich auf die Straße, wo er tief durchatmete.

»Steck es weg«, sagte sie. »Gehen wir ins Erdbeerblau. Wo man singt, da lass dich nieder …«

»Auch schlechte Menschen«, stöhnte Hero Dyk, »lesen Rilke. Sie hängen sich Texte von Bob Dylan an die Wand und Poster von Greenpeace. Sie haben Lieder, verstehst du? Es ist nicht so einfach, sie zu unterscheiden.«

Ein Betrunkener saß an einer Hauswand und sackte langsam auf die Seite.

»Das ist Rusty«, sagte Hero Dyk leise und richtete den Mann auf. »Lass uns eine Decke für ihn suchen. Es ist zu kalt, um hier zu sitzen.«

In seinem Defender fanden sie, was sie suchten. Als sie nach zehn Minuten zurückkamen, war Rusty wieder auf die Seite gesunken. Hero Dyk richtete ihn erneut auf. Lilly half ihm, den Betrunkenen auf eine Decke zu setzen.

Ein älteres Ehepaar blieb stehen. Die Frau kam näher.

»Was tun Sie da?«, fragte sie mit keifender Stimme. »Sie können den Mann doch nicht in eine Decke wickeln und ihn dann sitzen lassen. Sie müssen einen Krankenwagen rufen. He!« Sie rief jetzt laut. »Der Mann hier braucht Hilfe. Jemand soll einen Krankenwagen rufen. Es ist viel zu kalt.« Sie sah Hero Dyk an, schüttelte den Kopf und sagte: »Was sind Sie nur für ein Mensch!«

Ihr Mann schien sehr erschrocken über diese ausfallenden Worte. Aber wem hilft das?

»Weißt du was?«, sagte Hero Dyk zu seiner Tochter. »Lass uns zu Heeger nach Hause gehen. Du kennst Lena noch nicht, seine Frau. Bei ihr gibt es immer ein gutes Frühstück.«